英美生态文学研究与作品解读

康利荣　著

全国百佳图书出版单位　吉林出版集团股份有限公司

图书在版编目（CIP）数据

英美生态文学研究与作品解读 / 康利荣著. -- 长春：吉林出版集团股份有限公司，2021.8
ISBN 978-7-5731-0360-4

Ⅰ. ①英… Ⅱ. ①康… Ⅲ. ①英国文学-文学研究 ②文学研究-美国 Ⅳ. ①I561.06 ②I712.06

中国版本图书馆 CIP 数据核字（2021）第 172769 号

YING MEI SHENGTAI WENXUE YANJIU YU ZUOPIN JIEDU

英美生态文学研究与作品解读

著：康利荣
责任编辑：朱　玲
封面设计：雅硕图文
开　　本：720mm×1000mm　1/16
字　　数：210 千字
印　　张：11
版　　次：2021 年 8 月第 1 版
印　　次：2021 年 10 月第 1 次印刷

出　　版：吉林出版集团股份有限公司
发　　行：吉林出版集团外语教育有限公司
地　　址：长春市福祉大路 5788 号龙腾国际大厦 B 座 7 层
电　　话：总编办：0431-81629929
印　　刷：吉林省创美堂印刷有限公司

ISBN 978-7-5731-0360-4　　定　　价：58.00 元

前言
Preface

与绘画、音乐、舞蹈、戏剧、电影等其他艺术相比，文学是语言文字的艺术，是社会文化的重要表现形式，是更多地诉诸读者审美想象力和创造力的艺术，这是其他艺术样式无法企及的。文学作为一种审美意识，具有审美娱乐、审美教育的作用；作为语言研究的一部分，具有传播文化、陶冶情操的作用。因此，文学深受人们的喜爱和关注。

随着文学的不断发展，作为文学重要分支的英美文学也在不断发展。英美文学是西方文学的主流，是英美国家文化传播与发展的重要载体，也是对英美国家社会历史发展及审美情趣的重要体现，它以其独特的语言魅力、审美意境、文化内涵屹立于世界文学之林，成为全人类的文学瑰宝。

英美生态文学属于英美文学的范畴，生态危机使英美生态文学在20世纪生态思潮中迅速发展。英美生态文学蕴含着丰富的生态思想和生态文化，研究英美生态文学对英美文学和生态文学的发展具有重要的意义。

英美生态文学作品是作家用独特的语言艺术表现其独特的心灵世界的作品，是作家的情感表达，蕴含着丰富的生态文化。对经典英美生态文学作品进行解读，有利于学习者深入了解英美生态文化，有利于学习者理解作品在人物刻画、语言表达等方面的魅力，有利于提高学习者的鉴赏能力，同时还有利于升华学习者作品阅读时的情感体验，从而促进学生的综合发展。基于此，作者在总结前人研究成果和自身多年科研经验的基础上系统梳理了英美生态文学与作品相关的知识并编纂了此书，以期能够为英美生态文学与作品研究提供有益借鉴。

本书共分七章。第一章主要介绍了英美文学中的英国文学和美国文学。第二章主要分析了英美生态文学的概念、主要意象、回归主题、思想内涵等理论知识。第三章到第七章主要从英美生态女性主义文学、生态翻译学与英美文学翻译、英美生态文学批评、基于生态思想的英美经典文学、当代英美生态文学多个方面系统论述了英美生态文学的不同理论视角，并分别对各个层面的英美生态文学作品进行了解读。

本书之所以能够在众多相关优秀著作中独树一帜，主要源于以下特色：

第一，全面性。本书以英美生态文学为主题，囊括英美文学及英美生态文学的理论知识，涉及生态女性主义文学、英美文学翻译、生态文学批评、当代英美生态文学等多项内容，对英美生态文学进行了系统而全面的研究，为英美生态文学研究拓宽了思路。

第二，实用性。众所周知，英美生态文学理论是枯燥、乏味的，如果只局限于英美生态文学的理论层面，则不利于读者的理解和学习。本书采用理论与作品相结合的方式，在对不同层面英美生态文学理论分析的基础上，选取一些优秀的、有代表性的英美生态文学作品进行了解读，避免了理论的艰涩难懂。例如，在论述英美生态女性主义文学时，对多丽丝·莱辛科幻、斯坦贝克等的作品进行了解读；在论述生态翻译学与英美文学翻译时，对张爱玲和余光中的《老人与海》译本进行了解读；在论述英美生态文学批评时，对美国文学作品——《麦田里的守望者》进行了解读，等等。这些都在很大程度上提高了该书的实用价值。

本书在写作过程中，查阅了很多国内外资料，吸收了很多与之相关的最新研究成果，借鉴了大量学者的观点，在此表示诚挚的感谢！由于时间仓促，再加上作者能力有限，书中难免存在不足之处，请广大读者批评指正。

目录 Contents

第一章　英美文学概述

英美文学通常是指英国文学和美国文学。英美文学内容涉及广泛，著名作品众多。要想全面了解英美文学，且对英美文学作品进行深入解析，就必须了解英美文学思潮和风格演变。本章主要对英美文学的思潮和风格演变进行系统论述。

第一节　英国文学

一、英国文学思潮

（一）古代英国文学思潮（公元5世纪之前）

在古代，英国受着希腊文明、希腊化文明和罗马文明三个文明的熏陶。在这三个文明中，蕴藏着丰富的美学和文论及诗学思想，对英国的文学产生过深远影响。从古罗马时期开始，一直到后来的文艺复兴以及启蒙时期，英国陆续将古希腊文艺思想本土化。从毕达哥拉斯到苏格拉底，从柏拉图到亚里士多德，从贺拉斯到维特鲁威，从朗吉弩斯到普罗提诺，他们的美学和诗学，都是后世英国文论的源泉。一直到近现代，仍可见“以追求真实为最高的创作境界”的传统影响，并以多种形式显示出强大的生命力。[①] 至英国文学史上第一个比较系统提出现实主义小说理论的费尔丁，也没有完全脱离亚里士多德的理论框架。

从翻译理论方面也可以看出这种影响和联系。翻译家阿尔弗雷德（Alfred）并不完全凭经验而是遵照一定指导原则和方法。他认为翻译“有时

① 毕玉娟，王彦．英美文学作品研究［M］．长春：吉林出版集团股份有限公司，2019：42.

采用逐词译，有时采用意译，尽量做到明白易懂”，有时“随心所欲的活译”。①

此后的阿尔弗里克（Alfrek）也多采用意译，注重译文的“简明易懂”，采用质朴的译法，只用“纯属本民族语言、意思清楚明了的词语”，避免译文晦涩难懂。② 英国文学是借助翻译诞生的，而这些围绕翻译的思潮，显然是与整个文学思潮联系在一起的。

（二）中世纪英国文学思潮（5 世纪—15 世纪）

中世纪指文艺复兴时期同古希腊罗马时期之间的一千年，即从公元 5 世纪至公元 15 世纪的一千年。③ 这一千年之久并非全是一个“黑暗的世纪”，真正的黑暗只有自 5 世纪至 10 世纪的 500 年时间，这一时期的英国，是由盎格鲁-撒克逊人统治着，随着封建制度的逐步建立，诞生了新的文明。即从 1050 年到 1300 年的三百年，人们称之为“基督教文艺复兴”或“原始文艺复兴”的时期。

15 世纪后期人文主义者首次使用“中世纪”一词，用以表述西欧历史上从 5 世纪罗马文化瓦解到人文主义者正在参与的文明生活和文艺复兴的时期。构成中世纪文明的基础来自三个方面：古希腊罗马的遗产；基督教的传统；日耳曼和斯堪的纳维亚的社会模式。中世纪社会最突出的特征是它的多样性和复杂性，它实际存在着四种相互重叠、相互制约的结构：经济结构、领主制结构、教会结构、君主制结构。

11 世纪之后的英国，随着经济的逐步发展，一个知识发酵的过程也在开始，人文主义思想得到进一步发展。

到了 15 世纪末，哥白尼的“日心说”，用科学真理给几千年来上帝创造世界的神学以毁灭性打击，哥伦布、麦哲伦的地理大发现为地圆说提供了无可辩驳的证据。路德发起宗教改革运动，英国开始了文艺复兴的进程。人文主义与文艺复兴这两件大事，一扫英国中世纪的沉闷气氛，带来思想界和文化界的新面目。尤其是文艺复兴，开始了英国的历史从中世纪向近代的迈进。

文艺复兴时期形成的思想体系被称为人文主义，它主张以人为本，反对中世纪以神为中心的世界观，提倡积极进取、享受现世欢乐的生活理想。莫尔是英国最主要的早期人文主义者，他的《乌托邦》（Utopia）批评了当时的英国

---

① 赵秀明，赵张进．英美散文研究与翻译［M］．长春：吉林大学出版社，2010：121.

② 梁静．英美文学翻译理论与策略研究［M］．北京：现代出版社，2018：68.

③ 张忠喜．英美文学与翻译研究［M］．长春：吉林出版集团，2018：43.

和欧洲社会，设计了一个社会平等、财产公有、人们和谐相处的理想国，描绘出人类理想社会的面貌，成了人类文明史和思想史上的一大盛事。作者笔触所到，意蕴显豁，思想犀利，透过历史的迷雾，而洞察到未来的梗概。①

（三）近代英国文学思潮（1500 年—18 世纪）

在 16 世纪中叶伊丽莎白登位前后的年代里，理论探讨盛极一时，因而这一时期出现了各种文艺思潮。

1. 古典主义

古典主义在 17 世纪开始统治英国文坛，至 18 世纪得到发展。古典主义是 17 世纪欧洲的一种重要文艺思潮和流派，它在创作实践和理论上均以古希腊、罗马的文艺为典范，因而有“古典主义”的名称。古典主义在文学理论和实践上提倡有意识地学习古代的艺术方法并采用古代文学艺术的体裁、题材、情节、相似冲突和性格，以之表现新的历史内容和作家对现实的态度。这一流派以笛卡儿的唯理主义为哲学基础，崇尚理性，把理性作为文艺创作和评论的最高标准。它要求文学的语言准确、典雅、明晰并合乎规范，艺术形式符合“三一律”的模式，结构严谨朴素，故事情节的发展合乎常情。

一般认为古典主义文学有下列特征：（1）基本精神是“理性”至上，注重正常情理，要求作家正常地理解世界，并且用明确的方式加以表现；（2）重视“模仿自然”；（3）要求“逼真”，但并不要求写真实，因为真实的事物有时并不使人赏心悦目；（4）各种文学作品的体裁要有严格的界限并遵守各自的规律，不能混同；（5）要求简洁、洗练、明朗、精确的文风，反对烦琐、枝蔓、含糊、晦涩。古典主义文学在当时的历史条件下，具有进步意义，在刻画人物性格、分析人物心理等艺术手法上也有较大的贡献。

古典主义思潮也往往通过翻译展开论争，并通过翻译理论体现古典主义思潮。翻译家受古典主义思想影响，大规模地从事古典作品的翻译。在方法论上，译者和作者一道，深深地卷入了风行一时的“古今之争”，直译和意译的问题也就跟厚古薄今、厚今薄古的问题紧紧地联系在一起。

至 18 世纪末，翻译理论出现了突破。理论的研究不再局限于零散的观点和方法，而开始出现全面、科学而系统的论述翻译问题的专著。首先是坎贝尔。他写过“修辞哲学”（The Philosophy of rhetoric），被认为是 18 世纪最重要的著作。许多思想已成为 20 世纪语境理论、灵活对等理论和风格比较等理论的先导。尤其是他所提出的翻译三原则具有划时代的意义：准确地再现原作

① 周淞琼．英美文学与翻译研究［M］．西安：西安交通大学出版社，2017：58.

的意思；在符合译作语言特征的前提下，尽可能地移植原作者的精神与风格；使译作像原作那样自然、流畅。①

此外，在近代英、美文学理论上，关于文学的本质、表达、功用、发展等，都得到了新的阐发。因此，等到进入18世纪，除了古典主义外，一种裹挟着原始主义、历史主义和感伤主义的新思潮在英国兴起，这其中有洛克的感觉主义，有“世界主义”观念，也有珀西《古诗拾遗》和麦克菲森《欧辛集》等文学史编纂学思想。于是，经验论的或主观论的美学，便在英国形成主潮。这表明，英国美学和文艺思想在经过理性支配和权威支配之后，现在轮到趣味支配了。

2. 新古典主义文论

新古典主义亦即古典主义，因为新古典主义发端在启蒙时期，在这个时期既有古典主义倾向，又有科学求新的变革，所以称之为新古典主义。“新古典主义”文学倡导恪守希腊罗马时期的古典美学原则，如秩序、理性、戏剧创作三一律等，它和文艺复兴的最大区别是后者更注重古典文艺中的人文主义精神而非形式上的金科玉律。②

18世纪初，新古典主义成为时尚。因此这一时期的文学在形式上强调各种体裁的既定格式，在主题上则强调文学的道德说教性，较为古板，但理性主义和散文创作的繁盛也为后来现实主义文学高峰奠定了基石。新古典主义推崇理性，强调明晰、对称、节制、优雅，追求艺术形式的完美与和谐。文学上崇尚新古典主义，其代表者是表现出启蒙主义精神的散文作家们，他们推进了散文艺术。

3. 文艺复兴与文学思潮

文艺复兴时期是14世纪至16世纪欧洲文化和思想发展的一个历史时期是欧洲由中世纪到现代的过渡时期。随着新兴资产阶级的诞生，他们需要取得与自身经济地位相适应的社会地位，需要将本阶级的价值观、思想文化提升为社会主流。文艺复兴还包括新航路的开辟和天文地理等领域的大发现，是欧洲封建制解体、资本主义上升的时期。

文艺复兴是欧洲历史上一次重大的新文化运动，是人类历史上一个百花齐放、硕果累累、群星争艳、人才济济的光辉时代。文艺复兴的核心是“人乃万物之本”，主张以个人作为衡量一切事物的尺度。人文主义者重视人的价值，提倡个性与人权，主张个性自由，反对天主教的神权，主张享乐主义，反

① 卢春林．英美文学与翻译实践研究［M］．北京/西安：世界图书出版公司，2017：69.

② 黄发洋．英美文学与翻译实践研究［M］．长春：吉林出版集团股份有限公司，2019：57.

对禁欲主义，提倡科学文化，反对封建迷信。[①] 文艺复兴运动是欧洲历史上一次思想大解放，表达了资产阶级破除封建思想体系的精神桎梏，解放生产力、建立新的生产关系的要求。文艺复兴开阔了人的视界和对自身之外世界的认识，也开始了欧洲一体化的趋势。

文艺复兴在15世纪末都铎王朝时期传到英格兰并在16世纪达到高潮。英国自16世纪战胜了西班牙，夺取了海上霸权，对美洲进行贸易和殖民扩张便一跃而成为西方最先进的资本主义国家。从根本上来说，这种经验主义思潮又是有着源远流长的历史传统和民族底蕴的。那就是英吉利民族的学术传统及传统的理论思维方式就是“实用精神”。这种实用精神，其实质就是一种求真务实的精神。当德意志沉湎与抽象玄虚、纯粹思辨的哲学时，英吉利却在构造直接研究国计民生、社会进步的经济——社会学大厦。

在这一时期，最独立、最具原创性的思想家是培根（Bacon）。培根是近代英国哲学的创始人，首先，培根初步把握到了认识与实践的密切关系，指出认识是为着实践，认识也是根据实践；培根提出了归纳法更有助于科学的发现与创造。其次，实用与求真这一时代精神与民族文化的耦合在当时的英国文学上也是鲜明的反映。它不是那种抒发主观信念和阐述抽象理念的“席勒式”传声筒文学，而是冷静地观察人生、分析世界的“莎士比亚化”的实践性、经验性文学，是一种生动形象的、真实可靠的人生哲学。[②]

而对于这种新的文学思潮，培根不仅有自身创作的成功实践，也有重要的理论贡献。正是培根以求真务实的哲学精神为底蕴进行文学创作，使他的文章具有深厚的内蕴。培根提出了实验的科学方法。培根对美学问题也相当关注，并提出了一些具有时代意义的美学问题，使他成为西方美学史上经验主义美学的重要代表人物。培根的实用主义美学观点是对当时形式主义文艺思潮的反拨，启蒙了他之后的浪漫主义文学思潮。

4. 启蒙主义与文学思潮

18世纪在资本主义经济发展的基础上，在自然科学和唯物主义哲学的影响下，启蒙运动爆发，这是继文艺复兴之后的又一次全欧性的文化思想运动启蒙运动继承并发展了文艺复兴的精神，更进一步把斗争的矛头直接指向封建社会的全部上层建筑，目的是要推翻封建大厦并在其废墟上建立起一个新兴资产阶级的“理性王国”。

启蒙思想家们用相信人类不断进步、社会需要共同的繁荣昌盛、人民需要

① 赵秀明，赵张进．英美散文研究与翻译［M］．长春：吉林大学出版社，2010：123.

② 周建新．英美文学与文化［M］．广州：华南理工大学出版社，2019：44.

普遍享受自由平等的幸福生活等先进思想，来启发教育群众，因此称为“启蒙”。

18 世纪也是英国的一个启蒙时代，所以这些思想早在英国资产阶级革命时期就已有所显现。英国不仅是现代唯物主义的发祥地和现代实验科学的始祖，也是现代政治哲学的故乡。

在启蒙理性思想影响下，18 世纪的英国，美学和文学思想也是丰富多彩的。18 世纪的英国文学思潮总的说来是启蒙主义的理论，而启蒙主义时期又被冠以“理性的时代”。[①]

不过也有既重理性又不忘情感的，如霍姆（Hom）即认为文艺批评家是联系理性与情感的媒介，他既坚持古典主义的基本原则，又广泛融会同时代人的新思想。他的《批评的原理》一书，就是运用各种美学思辨来讨论文学，企图使批评成为一种自成体系的“理性的科学”，给人提供“美的艺术的真正原理”。为此，他以感觉论、体验论作为自己美学思想的基础。他认为语言艺术是传达思想的艺术，对艺术的最重要的要求，是把形象的生动性与情感的感染力结合起来。因而审美趣味和道德情操也有相通之处，它们受社会因素的影响和制约。他还特别强调文艺的审美教育作用，它建立在人与艺术之间的情绪沟通或移情作用的基础之上。[②] 这些思想为文学翻译的等效原则奠定了基础。因此，18 世纪是一个“通情达理”的时代，“理”即理性，“情”即情感。“理性是从 17 世纪继承下来并发扬光大的，而情感则是矫理性之弊而新提出来的。”[③]

（四）现代英国文学思潮（18 世纪—1960 年）

1. 感伤主义文学思潮的兴起

经历了文艺复兴和启蒙运动后，文学已不再认为是只会单纯模仿现实的镜子，而是变得犹如一盏灯，照射出作家变动不安的内心世界。多样性是对 18 世纪追求单纯和普遍性的艺术理想。而对艺术个性的关注不仅是作家自己之事，19 世纪前 30 年里，对艺术家的个性产生的强烈兴趣开始滋长。这也导致作家对读者的关注。然而如何在回归内心和关注读者之间取得平衡，又成了理论的热点。

至 18 世纪末，由于文艺自身的发展，人们对统治英美这两个世纪之久的

---

① 张晓丽．英美文学赏析新视野［M］．长春：吉林大学出版社，2020：34.

② 周淞琼．英美文学与翻译研究［M］．西安：西安交通大学出版社，2017：64.

③ 卢春林．英美文学与翻译实践研究［M］．北京/西安：世界图书出版公司，2017：73.

新古典主义发起挑战。他们在社会和自然、现在和过去、主观和客观、感性和理性等问题上，与新古典主义反其道而行之，把自然、过去、主观、感性等摆在第一位，于是出现了英国的感伤主义。在这种思潮看来，邪恶的力量统治着世界，与一个人的命运抗争毫无用处，神秘因素扮演着重要角色。

随着英国工业革命，许多作家对资本主义工业化发展给大自然和农村传统生活方式带来的破坏发出悲哀的感叹，以大自然和情感为主题的感伤主义作品一度流行。感伤主义是欧洲启蒙运动中接替古典主义的一种文艺思潮和派别，因斯特恩（Laurence Sterne）的小说《感伤旅行》而得名。感伤主义反对纯理性主义和古典主义的国家概念，提倡刻画内心世界，描写自然景色，抒发真情实感，崇尚人际关系的纯朴、真诚，反对贵族阶级的冷酷和丑恶，表现了对当时社会的不满。感伤主义强调人的个性，抨击古典主义的封建桎梏，为浪漫主义开了先河。这一思潮在当时具有进步意义，但有些作品内容空虚，流露出浓重的悲观失望和消极厌世情绪。

另外，感伤主义把对情感的分析提高到一种艺术境界，它对所述主题作隐晦或不切实际的陈述，以激起读者脆弱的感情、怜悯或同情心到不相称地步。如不仅对周围的同情心所深深感动，还对日落、景色或音乐产生敏锐的反应。感伤主义的代表作家有高尔德斯密斯、斯特恩等。

2. 浪漫主义思潮

当古典主义思想逐渐衰落时，浪漫主义思想开始兴起。

浪漫主义是一个比较笼统的概念，每个作家各有其特征。同样是“湖畔派”诗人，华兹华斯（William Wordsworth）将大自然视为灵感的源泉，自然美景能给人力量和愉悦，具有疗效作用，使人的心灵净化和升华，柯勒律治（Samuel Taylor Coleridge）则赋予自然神奇色彩，擅长描绘瑰丽的超自然幻景。①

19 世纪初英国浪漫主义文学的代表是拜伦（George Gordon Byron）、雪莱（Percy Bysshe Shelley）和济慈（John Keats）。他们抨击封建教会势力，表现出争取自由和进步的民主倾向，在艺术上发展和丰富了浪漫主义诗歌的形式和格律。② 拜伦和雪莱属于革命诗人，但拜伦自我表现意识强烈，而雪莱深受柏拉图哲学影响，憧憬美丽的理想和理念。济慈一生追求美，是创造艺术美的天才诗人。

---

① 张忠喜．英美文学与翻译研究［M］．长春：吉林出版集团，2018：55.

② 张彩霞，王祖友．英国文学评论案例［M］．北京：高等教育出版社，2015：119.

3. 维多利亚（1819—1901）时代的文学思潮

英国自从1814年拿破仑战争结束以后，在百余年内未经历过大的战乱。至维多利亚1837年继承王位，统治英国直到1901年逝世，是英国历史上在位时间最长的君主，她在位的这段时期被称为“维多利亚时代”，是英国历史上最为光辉灿烂的盛世。值此盛世，英国科学、工业和文化艺术都得到极大发展，国家经济得以高速发展，国民生活水平亦有所提高，印刷术的发展促进了文学艺术的空前繁荣，还形成了男女平等和种族平等的进步观念。

在英国文学史上，维多利亚时代是与伊丽莎白和浪漫主义阶段并列的三个文学高峰。文化艺术和文学思潮更是全盛时期，文艺上先后出现了古典主义、新古典主义、浪漫主义、现实主义、自然主义、唯美主义、象征主义、印象派艺术以及后印象派等等主要流派。

除此之外，还有一些社会和政治学说中，也包含一些文艺思想，或者说是同一定的意识形态相联系的文学理论。其中空想社会主义思潮，继承16世纪莫尔（St. Thomas More）《乌托邦》对理想的社会制度的空想的描写，出现了欧文的社会主义思想，他们的文艺理论主要从宏观上关照文艺。① 这一切都使英国的文学创作发生了重大变化，出现了英国小说发展的黄金时期，涌现出了一大批杰出小说家。

4. 新浪漫主义文学思潮

19世纪后期至20世纪初，出现了主张以奇异的、神秘的、“有魔力的”事物为创作题材，创造“美”的境界的新浪漫主义思潮，实际上它是象征主义、颓废主义、唯美主义与消极浪漫主义的逃避现实、歪曲现实等特点在新的历史条件下的混合与发展，后来演变发展为现代主义。

代表作家有斯蒂文森等。他对各地的地理环境、风土人情等有着敏锐的观察，这些都充分运用到他的写作当中。他的《骑驴旅行》用幽默讽刺的笔调叙述了自己一段有趣的经历，从反映出作者的世界观，对人生乃至对政治的看法。② 描述的是细微的事物，却反映了深刻的社会现象。

5. 批判现实主义思潮

批判现实主义思潮是自由资本主义上升时期的产物，是资本主义社会矛盾在文艺上的反映，它的进步意义在于：真实而深刻地揭露和批判腐朽没落的贵族阶级和满身铜臭的资产阶级丑恶本质，展示贵族阶级走向衰亡和资产阶级取而代之的历史进程，有的作品对劳动人民的悲惨遭遇表示同情，在艺术上，着

---

① 赵秀明，赵张进．英美散文研究与翻译［M］．长春：吉林大学出版社，2010：141.

② 卢春林．英美文学与翻译实践研究［M］．北京/西安：世界图书出版公司，2017：81.

力反映现实，自觉地掌握了典型人物与典型环境的关系。批判现实主义丰富了艺术技巧和手法，提高了作品的表现力。

社会生活环境随着物质进步而变得日益冷漠和无情，因为在物质文明逐渐发展而人与人之间的关系却愈益疏远的情况下，人们把家庭视为避风港和安全岛。家庭观念因而越来越强烈，稳定而亲密的家庭成了最受人珍重的社会关系这样，家庭的重要性在维多利亚时代作品中便有了充分的反映，因为这类作品给当时的读者带来了无限欣慰。社会关系只是兑现法定合同。在这种社会关系及文化背景下，人的孤独感便油然而生。

（五）当代英国文学思潮（1960 年—至今）

当代英国文学思潮主要是后现代主义思潮。后现代思潮反映在文学上，从 20 世纪 50 年代起出现了“垮掉的一代”“黑色幽默”“荒诞派”等写作。文学批评上的精神分析、形式主义、新批评、阐释学、西方马克思主义、女权主义、后殖民、解构主义、接受美学等，都是后现代思潮的反映。后现代主义是西方资本主义社会的产物，是对现代主义的一种反驳，其特征之一就是取消某些关键性界限，打破高级文化和大众文化或流行文化之间的界限。在表现方法上，最重要的特征是“拼凑”以及对时间的特殊关系。

20 世纪 50 年代出现的愤怒的青年，也是一个颇有影响的文学思潮。艾米斯（Amis）和韦恩（Wayne）等人是“愤怒的青年”的代表，他们在小说中抒发了对英国社会等级森严、贫富不均现状的愤怒和不满。艾米斯在《幸运儿吉姆》（*Lucky Jim*）中编织的“不幸者意想不到地得到幸运”的情节深受读者的喜爱，是“愤怒的青年”一派的代表作。[①]“愤怒的青年”的特点在于表现新的内容，而不是创造新的文学形式，他们在艺术上并没有突破。英国文坛直到 20 世纪 60 年代实验主义小说的出现才让人们看到艺术创新的方向。与欧洲大陆和美国相比，英国实验主义作品来得较晚。

到 20 世纪八九十年代，英国文坛思潮愈加纷繁，文坛批评资本主义社会对金钱的疯狂崇拜，作品中现实主义的叙述伴随着现实主义、意识流、黑色幽默、魔幻现实主义等后现代主义思潮。小说创作对历史题材很感兴趣，在讲述历史的过程当中，质疑“真实”观念，叙述者获得一种自我认识，形成“新型历史小说”。

---

① 张忠喜．英美文学与翻译研究［M］．长春：吉林出版集团，2018：60.

二、英国文学风格的演变

（一）古代英国散文风格（5世纪初—11世纪初）

古英语文学的基本主题是宣扬勇武精神，传播基督思想和感叹人生之短暂。这个时期的文学颇具阳刚之气，但缺乏阴柔之风，基本上属于一种男性的文学。从语言风格论，“文”与“质”两种风格已基本确立，“文”的风格无论是单词的拼写还是词汇句法，都明显地表现出古老和陈旧。这种风格从盎格鲁撒克逊时期开始，一直到18世纪，都是拉丁风格影响的结果。而“质”的风格重在朴素，阿尔弗雷德（Alfred）的《编年史》即写得朴素自然。这种朴素的风格与现代散文已相去不远，重在对史实直截了当地忠实记录，而当表达其情感时，也极为真实明晰。翻译理论家贝茨（E. Stuart bates）著《现代翻译》一书，系统讨论翻译的诸多问题，其中他认为翻译古典作品，可以体现其古味。① 特别是在宗教作品和荷马史诗等典籍的翻译方面，由于原作成于远古时代只有在译文中使用古字才能反映出它的历史面貌，这是不言而喻的。

但究竟古字、旧字用到什么程度，却是一个众说纷纭的问题，要用得恰到好处，可以在以下两个方面下功夫：一是用古字必须用得自觉，错用一个属于后来时期的词，就会破坏整个段落，甚至整个章节。还必须用得先后一致，一用到底，不能古今混杂，什么都不像。二是用古字必须用得巧妙，使读者能看懂。这就要求译者不要脱离当代读者的实际情况，不宜使用过于古旧冷僻的字眼，致使译作难懂。既要译文有古味，又要易懂，最好的方法就是使用词源古老而当前仍在使用中的单词。贝茨说的这两点，对翻译较为古老的作品很有指导意义。

文言文是区别于白话的古汉语书面语，在春秋战国时期，文言文已逐步规范化定型化了，诸子百家的著作，历史著作，在内容和语言上都给后代留下了典范。于是，自汉代起，直至清朝，人们都以春秋战国时代（先秦）的著作为写作楷模，语法和词汇都牢守先秦传统。这个传统超越时空变化，始终保持其高度的一致性稳固性。文言文的主要缺点是脱离口语时代越后，这个缺点越显得严重。由于脱离口语，也就脱离了广大群众，从而导致两方面的后果：一是影响了文化的普及，二是延缓了新的文学语言的成熟。这也是严复的翻译受到改良派批评的主要原因。

---

① 张忠喜．英美文学与翻译研究［M］．长春：吉林出版集团，2018：74.

（二）中世纪英国散文风格（1066 年—15 世纪初）

中古英语时期由于时局相当稳定，长矛利箭不再是话语的中心，表现在文学上，便是男女爱情描写的比重加大，文学角色性别失衡的现象得到局部的纠正。乔叟（Chaucer）运用现实主义手法，以精练幽默流畅自然的文笔，描绘出他那个时代的生活状貌。他的散文散佚自然而极尽个人闲谈的风格，开创了英国散文打破思想桎梏，排斥格套，关注人生，抒发个人情怀的笔调。于是，乔叟以及乔叟以后的文字已明显好懂，如读他的《论亚里士多德》，会感觉到这种阅读的轻松。①

（三）近代英国散文风格（1500 年—18 世纪）

1. 15 世纪英国散文风格

15 世纪的英国散文作品虽然在今天看来显得比诗歌更加陈旧，但是那个时期的很多散文作家的活力战胜了他们所处的时代和当今方言之间的不一致所带来的困难，因此，无论是他们古朴的文体，还是自然的风格，无论是庄重的笔法，还是轻松的语气，对我们依然有吸引力。

2. 16 世纪英国散文风格

16 世纪正值伊丽莎白时代，是英国文化繁荣，学术兴盛的时代，因此整个社会面貌以至文章风格都显得朝气蓬勃，甚有气象。伯纳斯在 1523 年翻译过弗洛萨特（Froissart）的法语著作《编年史》，他的译文依照原作，译笔有力明晰而又朴素，与马娄的风格形成鲜明的对照。他的叙述空间也比马娄宽广，较少古风。从某种意义上说，伯纳斯的翻译开始了英语散文的历程。王佐良在《英国散文的流变》中指出：16 世纪的风格从总体上说仍是一个讲究高雅端庄和注重朴素自然并存的时代。前者继承的是古典罗马的拉丁散文风格余绪，后者是日益壮大的英国本土的散文风格。②

莫尔用英语写了《理查三世》等著作，他在哲学上颂扬伊壁鸠鲁思想，相信认识来源于经验，但他往往以唯理论的观点反对经院哲学和宗教迷信，而又不完全反对宗教。而莫尔“第一个具有能满足十六世纪英国的一切要求的散文风格的人”③，不仅说明莫尔散文风格的娴熟与多样，更表明十六世纪的英国散文艺术已基本确立。钱伯斯揭示了莫尔在散文史上的地位与其风格特

---

① 赵秀明，赵张进．英美散文研究与翻译［M］．长春：吉林大学出版社，2010：233.

② 王佐良．英国散文的流变［M］．北京：商务印书馆，1994：47.

③ 王佐良．英国散文的流变（珍藏本）［M］．北京：商务印书馆，2010：2.

征。同时他还认为由阿尔弗雷特开始的英国散文传统从九世纪延伸到了十六世纪，并指出其中的关键人物是莫尔。钱伯斯还进而论述莎士比亚的历史剧《理查三世史》也得益于莫尔的这部同名史书，文笔真是很出色的散文，组织严密，叙中有论，细节生动，形象鲜明，文字平易，流畅顺口，接近近代英语，的确是一种“有力散文”。同时又开创了英国散文平易文风的先端，成为班扬、德莱顿、斯威夫特、科贝特、萧伯纳、奥威尔等一路传统的先驱。这是英国散文一条注重平易的路线。

3. 17 世纪英国散文风格

在 17 世纪的前半叶，由于政治及宗教纷争，散文表现出庄重严肃与华丽的风格。较有代表性的就是罗利（Raleigh）的《世界史》。进入 17 世纪中叶，作为一种文体的英国散文已经稳固地确立了。此时期，英国散文诸家竞起，文类多样风格纷呈，散文得到广泛运用，是英国散文经受锻炼和实验的时期，也是散文获得文学性，带有明显的文学色彩的重要时期。散文作家也首次在英国历史上享有与诗人同样的地位，他们的卓然不群在于他们始终注重作品的高质量，而不在意作品是否能够唤起读者的恐怖或者欢笑。不过总体上的风格还是以刻板、拘谨、陈旧为特色。

另外，17 世纪散文，因为类型繁多而风格各异。

一类是科学文章。写得朴实无华，清晰简明。这种朴素自然者属英国本土散文风格，着重论点的鲜明与表达的有力，句子短促，不求堂皇的韵律而接近口语的节奏。这主要是科学家们的写作。1660 年成立的皇家学会要求会员运用直接简朴的风格，尽力把一切事物表达得“像数学那样朴实无华”。他们追求“一种紧凑、朴素、自然的说话方式，正面表达，意思清楚，自然流利，一切尽量接近数学般的清楚，宁用工匠、乡下人、商贩的语言，不用才子、学者的语言。”① 因为这种语言具有迷雾和不确定性，这是斯泼拉特 1667 年写在《皇家学会史》里的宣言，公开反对修辞术，追求明晰化。如此强调语言的大众性，有如中国五四时期的白话文运动的宣言，不啻一次空前的革命性主张。于是就有了一种新的文风，这种文风干脆不问风格，更不谈修辞，只强调把事情说清楚。

另一类是哲学著作，写得清楚有力，注重求实的文风和民主思想，先有霍布斯，后有洛克，都用清楚、有力的文字发表了他们的经验主义哲学和政治思想，特别是洛克的影响深远的社会契约论成了近代资产阶级民主政治的理论基础。

---

① 张忠喜．英美文学与翻译研究［M］．长春：吉林出版集团，2018：78.

此外，17 世纪散文还因为作者众多而风格各异。16 世纪末至 17 世纪初，文艺复兴渐趋尾声，骑士派的贵族有闲者的爱情诗流行一时，“玄学派”（Metaphysical Poetry）诗歌出现。玄学派诗歌是情感和智力的混合体，重在描写爱情、田园生活和宗教感情，强调诗人个人内心的感受。它尤其以意象奇幻取胜，富于“奇想”，即通常在一个实体的精神品质和自然界的一件事物之间进行对比，将表面上互不关联的观念或事物突然联系在一起，以使读者感到惊讶，并不得不认真思考诗中的论点。

17 世纪的英国还因激烈的宗教纷争，连绵的内战以及王政复辟也使此时期的散文创作舍弃了简洁朴实的传统，追求华丽堂皇的风格。

到了 17 世纪晚期，英语已经基本确立文学语言的地位，散文也基本以英语口语为基础了，这些散文写得生动流畅。这时期的说理文和抒情文两大类都得到很大发展，至 17 世纪中叶，在风格上也逐渐趋于平易，转向朴素和准确，丽词长句逐渐消失。这种平易风格，以平实为特点，追求能更加切近现实生活的真实文风，以及更加明晰地表达作者思想和易于读者理解的文体结构。这种平易被确立为主导风格，是经过几代作家努力的结果。因为平易，并不是文字的粗糙或平淡，而是艺术风格上的成熟。

这时期在翻译界，科顿（Cotton）是一位试图使译作成为一种真正的原作的翻译家。他于 1685 年所译的蒙田的《散文集》仍是英语译作中的一颗明珠，其价值甚至胜过弗洛里欧的译作，使蒙田的风格深深影响了英国散文。① 坦普尔和考利着意模仿蒙田的风格，用亲切的笔调撰写随笔。坦普尔的代表作为三本《杂谈集》，著有《联省共和国见闻》和《论古代和现代学问》等，他的思想和文学风格对 18 世纪的许多作家特别是斯威夫特产生过很大影响。

到了 17 世纪下半叶，古典主义风格基本确立。古典主义推崇古代希腊罗马风格，注重形式的美，讲究平衡和节制，崇尚和谐与清晰。古典主义风格经过德莱顿，最终在蒲柏的作品中得到进一步发展，达到极高的水平。

此外，在王政复辟前，散文中很少听到作者个人的声音，即使有个人的声音，也出现在重要或公众场合。而在这之后，作者在散文中亲切地谈论着个人生活的细节，如皮佩斯（Samuel Pepys）的《日记》（*Diary*）、伊夫林（John Evelyn）的《日记》（*Diary*）、胡克（Robert Hook）的 An Account of a Dog Dissected。牛顿提出过万有引力定律、力学三大定律、白光由色光组成的理论，并开创微积分学，著有《自然科学的数学原理》及《光学》等。②

① 赵秀明，赵张进．英美散文研究与翻译［M］．长春：吉林大学出版社，2010：245.

② 张忠喜．英美文学与翻译研究［M］．长春：吉林出版集团，2018：80.

4. 18 世纪英国散文风格

18 世纪称为“散文的世纪”，并不是因为其他文体写得不出色，而是因为散文写得太优秀了。在经历了 17 世纪一系列狂风暴雨式的变动之后，英国进入了一个相对平稳的发展阶段。人们受着清教徒宗教激情的影响，特别是迅猛发展的科学的推动，开始理性地考虑自己的行为，因此这个世纪重要的是理性而不是激情。在这个时代，还有一个最重要的特征就是，随着社会生活水准的提高，人们出入于咖啡馆和俱乐部，这种社会生活对文学产生了巨大影响，作家们在这里讨论的话题也便成了文学的主题。因此，18 世纪的大量作品都是关于社会时事、政治、时尚、街谈巷议。而且当俱乐部先锋派人物将时尚定义为举止、服饰得体，优雅地吸鼻烟，以及适宜地穿戴假发或绣花边时，文学大家们也便开始强调文体的正确与规范。整个 18 世纪，新古典主义深深地影响了英语语言的发展，艾蒂生斯威夫特（Addison swift）以及约翰逊（Johnson）都试图使英语正式化，使之具有拉丁语一样的庄重和精确。

（四）现代英国散文风格（19 世纪—20 世纪）

1. 19 世纪英国散文风格

19 世纪最重要的散文风格是浪漫主义散文家的贡献。浪漫派作家们热爱自然和自由，一切表现内心的感觉，认为想象比理性重要，创造比批评、激情比机智更有价值。他们注重形式，讲究语言，但形式更自然，语言更简朴，往往觉察不到雕琢和修饰的痕迹。他们反对典雅陈旧的词句，主张采用民间生动的语言，认为这是“一种更淳朴和有力的语言”；使用这种语言的人“表达情感和思想都很单纯而不矫揉造作”。①

在浪漫主义风格的影响下，不管是散文家们的创作，还是诗人和小说家们的作品，都使散文的表达力可以尽情驰骋，尽量发挥。在风格上，生活在一个伟大浪漫时期的人们，更倾向于认可邓恩那种风格，而蒲柏的风格显得冷落一些。因为在维多利亚时代英国文风表现出与浪漫主义截然不同的气象，文人们不再沉湎于主观感情的发泄，而是注重形式的典雅，对诗艺精益求精。如兰姆、德昆西、科贝特、亨特、麦考莱和和斯蒂文森等人，他们都是杰出的浪漫主义散文作家。

然而，19 世纪又是一个风格多元化的时代。首先，随着教育的普及，文学的读者和作者迅速增多，为了适应不同类型的读者和表达不同内容的需要语言风格也为主流与多样化并存。有的文雅亲切，平易清晰，朴素简洁，有的追

---

① 杨苗．英美文学理论研究［M］．长春：吉林出版集团股份有限公司，2020：88.

求唯美，有的保持“中间性”。有华兹华斯的寄情山水，在大自然中寻找慰藉，有柯尔律治的神游异域和古代，以梦境为归宿；有诗人布莱克的严峻，拜伦的无所忌惮，济慈的敏锐和透彻，也有小说家有司各特的苍劲雄迈和奥斯丁的细腻委婉。还有勃特勒的语言，简单明了，准确达意，简朴生动，接近平易的口语完全是细密的说理和逻辑性的步伐，被称为“近乎完美的平易风格”。①

然而，平易不是平庸，简朴不是简单，因此平易和简单并不是一切，更不是失去文字的魅力和语言的艺术性，变成淡而无味的白开水和粗俗的大白话。真正的好散文正是平易而不平庸，简朴而不简单的。其次，19 世纪由于各种思潮的影响，还形成了众多的风格流派，有拉菲尔前派、颓废主义唯美主义等风格。同时，也由于 19 世纪的许多散文实质上是 18 世纪的延续，后世的英国作家越来越欣赏“奥古斯都时代”的价值，这不仅是因为那个时代拥有像斯威夫特和菲尔丁这样的散文大家和文学巨匠，还因为这个时代产生了如此多的壮美诗篇。正是 19 世纪的散文家们以各自迥异的风格和高超的技巧，把 18 世纪作家使之已经基本定型的散文进一步发展成为语言优美、结构精巧、别具一格的艺术精品，使散文这一体裁长久为人所注目。

从 19 世纪中叶开始，现代派的新风开始影响散文创作，写法更加自由。语言也重视口语，但有所提高和润色，也就是去粗取精。如散文家杰弗里斯（RichardJefferies）的作品，以写景见长而驰名英国文学史载。所写漫步田野时的自然风物、乡村生活之作，笔墨浓而不艳，细腻入微，感情真挚，可与哈代小说中的乡村氛围相媲美。

19 世纪是英国文论兴盛的时期，也文论家辈出的时代，历史学家麦考莱、卡莱尔，经济学家贝杰特等都写过出色的文论，这其中阿诺德的文论影响最大。阿诺德认为文学衍生出文化，他在《文化与混乱》（*Culture and Aarchy*）中提倡文化而反对科学的物质主义，认为文化的完美可以防止腐败和对物质财富的崇拜。他所指的“文化”包括政治、社会及宗教，也指独立思想的品格和开放的心态。他提出了一个关于文化界定的观点。他认为文化有两大成分：希伯来成分与希腊成分，前者给人以宗教的安慰，后者给人以智慧的启发，前者甜蜜，后者光明，合起来就是“甜蜜与光明”。于是，他常用“甜蜜与光明”来指称理性和智慧②。

他在《批评文集》（*Essays in Criticism*）中认为批评的范围超越文学，在培养时代高贵的精神方面批评具有社会功能。阿诺德意识到在工商业繁荣的盛

① 赵秀明，赵张进．英美散文研究与翻译［M］．长春：吉林大学出版社，2010：260.

② 张忠喜．英美文学与翻译研究［M］．长春：吉林出版集团，2018：90.

况之下，英国正在遭遇道德和文化上的危机，因此主张加强资产阶级的文化教育、道德观念以及宗教宣传，这使他的文章涉及文学外部和内部。就文学内部言，阿诺德继承卡莱尔等人对自由资本主义的批评传统，反对英国中产阶级的市侩气，同时又提出明确的对策。就文学内部言，他认为英国没有确立文学批评的地位，这就不仅影响了创作，而且会使社会缺少一种文明的智慧力量。在风格上，他提倡“壮伟的风格”，即一种高尚、淳朴、清澈的风格，古希腊史诗作者荷马是这一风格的最高体现者。他风格的特色之一就是善于在关键地方提出醒目的概括性词语。①

2. 20 世纪英国散文风格

20 世纪的英国经历了一个变动巨大的时代，两次世界大战、殖民体系的解体、经济的大萧条与重振、科技发飞速发展等等。社会情景的变化带来文化及文学内部的变化，不仅为散文带了又一个辉煌的黄金时代，文坛群星璀璨，佳作迭出，而且也给散文带来了新的变化。

这种“新”的变化中，首先是散文新类型的诞生。那就是，英国散文历来正式论文和随笔两大类型的分途，在新的历史条件下走向融合，使严肃庄重的论述和优美闲适的笔调，重大的问题与艺术的享受结合起来，散文既面对社会现实，置身于生活环境又从自己的体验出发，把写散文当作一种对社会生活中的现象和问题进行思辨、探索或发言的方式。其次是萧伯纳在戏剧创作中运用“无拘无束地自由运用演说家、传道士、辩护律师和行吟诗人的全部修辞和抒情的技巧”② 写散文，使得散文不再像以前那样从属于戏剧，而是变成了戏剧的主宰。萧伯纳的散文还特别注意速度和节奏，这又使他的文章不仅给人以教育，而且给人以乐趣。再次是斯屈奇，以艺术精品意识写传记文章而且传记的人物都是代表社会生活的一个重要方面，又利用弗洛伊德学说对人物做深入细致的心理分析，揭示他们秘密的动机和愿望，透露他们的弱点，这就使得他的传记不同于以前英雄崇拜式的“正式”传记，而成为反偶像精神的“新传记”。再次是吴尔芙提倡以“女性的句法”之美写散文，文章清新俊秀，透出一股灵秀之气，真正是华而不艳。③

第一次世界大战以后，现代主义从西欧艺术界延伸至文学，在 1922 年英国文坛上是现代主义的“奇迹年”，艾略特的《荒原》和乔易斯的《尤里西斯》两部杰作问世，成为现代主义的奠基之作。艾略特写诗，也以文论著称，

① 赵秀明，赵张进．英美散文研究与翻译［M］．长春：吉林大学出版社，2010：262.

② 《易卜生主义精华》.

③ 陈倩．基于生态思想的英美文学多维研究［M］．北京：中国农业出版社，2020：93.

乔易斯写小说，也让散文为他的小说艺术服务。这些都从根本上发挥了散文的功能，也发展了散文艺术。因此，29 世纪初也是散文创作的“奇迹年”。“奇迹年”的散文创作，首先是英国一大批随笔作者，出了不少散文集。他们是 19 世纪随笔传统的追随者，在相当时间之内吸引着读者。散文作家们一方面随笔的传统仍为一部分作家继承着，另一方面早就存在于散文领域的正式评论（formal essay）因为这个充满纷争的时代的需要而迅速发展起来。其次是散文受到社会各界人士的重视和运用。政界有丘吉尔这样的文章高手，也有哲学界、科学界的能文之士；有学府文雅之士的“学府体”文章，写得言之有物而又有文采，那是一种文雅的平易。再次是小品文继培根、艾狄生、兰姆之后再度兴盛，如比尔博姆写的《重游伦敦》。最后是二战后的英国发生了巨大变化，大英帝国的地位下降，社会富足，“福利国家”在形成，阶级差别在缩小，人们的注意力渐渐集中到日常生活上来，一切价值在悄然改变。所有这一切都对散文创作产生了微妙的然而却是直接的影响，那就是，散文家的情趣呈现出一种从喧嗔纷乱的大世界退避到安谧的小天地里去的倾向。既然在紊乱的外部世界，作家已无力如先知般提出安邦济世的妙计，那么他们自卫性地走下大舞台，在小舞台上活动，也是事态顺乎情理的发展。他们观察和描写生活中的次要问题，注意精雕细琢，小巧玲珑，短小精干。在语言风格上，注意在朴素和平淡中显出深刻和韵致。①

二战后的散文家们，观察和描写生活中的次要问题，注意精雕细琢，小巧玲珑，短小精悍。散文开始强调坦率、朴素、运用口语化语言。

福斯特的作品反映了 20 世纪的人文主义思想，包括六部小说，两集短篇小说集，几部传记和一些评论文章。他的小说再现了后维多利亚时代到第二次世界大战后这段时期的英国社会的许多侧面，如英国自由主义的命运、中产阶级知识分子的焦虑，作为最大的资本主义帝国的英国的社会现实和未来命运，英国与欧洲大陆和殖民地印度的关系等等。福斯特认为英国民族“太重实际”，主张肉体与精神、理性与情感、工作与娱乐、生活与艺术的多重统，重视个人充分发展的价值，这使他的作品虽然人物个性容易把握，但命运安排往往令人不可预测却又铺叙自然。福斯特在文学理论也卓有贡献，他的《小说面面观》分析小说各个方面及各种要素，提出“平面人物”和“浑圆人物”的观点，对后来的评论家具有很大影响。福斯特的语言清新淡泊，优美典雅，耐人寻味。文字用的是接近口语的非正式化语言，在词语上，基本上都是口语

① 黄发洋．英美文学与翻译实践研究［M］．长春：吉林出版集团股份有限公司，2019：53.

词汇和口语化的短语：在句法上，大部分句子都比较短的口语化的句子。①

第二节 美国文学

一、美国文学思潮

（一）近代美国文学思潮（1500年—18世纪）

1. 殖民地时期的文学思想——清教精神

美国最初的移民多是具有某种宗教狂热情绪的教徒。尤其是在新英格兰，清教徒的首要目的是建立一个神权国家，一个由上帝通过教堂统治的社会，因此教堂成为至高无上的政治实体。这样，文学受着神学的影响。

清教精神的一个突出特征是重视理性。理性本是哲学中进行逻辑推理的能力和过程。严格地说，它是与感性、知觉、情感和欲望相对的能力（经验主义者否认它的存在），凭借这种能力，基本的真理被直观地把握。

清教精神具有坚韧高尚、勇敢正直的品格，但也具有严酷冷漠的一面，尤其是对事物的看法过于极端。他们把自己看成是上帝选中的人，因而很自然地认为那些和他们生活方式相冲突的人就是在违背上帝的意愿，是不能被接受的。他们极力地维护自己的信仰，而不容忍他人信仰的存在。此外，清教徒们严守循规蹈矩和艰苦朴素的生活模式，反对人们对快乐和艺术的追求，把寻求快乐和欢笑看成是犯罪，用清规戒律约束个人的道德准则和公众行为。清教徒的宗教教育也倾向于强调上帝严厉的一面，而忽略了上帝仁慈的一面。

2. 独立革命（1775年—1783年）前后的美国文学思潮

18世纪70年代，北美洲的英属殖民地掀起了独立革命运动。在这场运动中，殖民地的精神生活在很大程度上受到资产阶级启蒙思想的影响。

这一时期，美国大众对牛顿、斯威夫特、洛克等科学家、哲学家及作家非常感兴趣，法国的启蒙思想作家如伏特也很受欢迎。于是，独立革命时期的文学已不同于殖民地文学，由于独立革命期间充满反抗与妥协之间的尖锐斗争，迫使作家们采取政论、演讲、散文等简便而又犀利的形式投入战斗，同时，由

① 赵秀明，赵张进．英美散文研究与翻译［M］．长春：吉林大学出版社，2010：271.

于政治上的独立促进文化上的独立，美国文学的民族性开始萌发，开始了逐渐摆脱英国文学传统的垄断局面，因此这一时期的文学具有浓烈的政治论辩风格，带有强烈的政治色彩，使文学明显地受着革命的影响。

20 世纪二三十年代，美国文坛先验主义蔚为大观。先验主义是一场思想解放运动，先表现为宗教，哲学思想中的改革，倡导人文主义，强调人的价值，反对权威，崇尚直觉，主张个性解放，打破神学和外国教条的束缚。后扩展到文学创作领域，倡导追求自由，主张摆脱英国文学的束缚，重视人的精神创造，在他们的努力下美国浪漫主义文学开始蓬勃发展。

新的世界环境和欧洲浪漫主义传统的思想阵容塑造了美国作家的个性。18 世纪末，新浪漫主义在英国已经崭露头角，并且很快延伸到整个欧洲大陆，至 20 世纪初期，传入美国。美国浪漫主义文学有着多元化的特征，其精髓和它所蕴含的文化底蕴一样，是多变的，富有个性而又充满矛盾的。然而浪漫主义也有统一的特征，即道德上的热忱，强调个人主义和直觉洞察力的价值，认为精华来源于自然世界而糟粕来源于人类社会。

（二）现代美国文学思潮（18 世纪—1960 年）

现代性与古典性相对而言，最早生成于文艺复兴后期即启蒙时期，它是以“启蒙”“理性”为核心的，此后引领整个西方文明进入现代文明高峰的文化合法化工程是人类社会自近代以来“现代化”进程的必然产物。从学理上说，现代性作为西方文明史的一个发展阶段，它是科学技术进步、工业革命以及资本主义带来的经济和社会的包罗万象的变革的产物。大致而言，“现代性”具有强烈的线性时间观念和目的论的历史观念，得益于启蒙运动和近代工业革命的成果，主张理性主义和个体主体性，也维护工业化和理性制度，秉承社会分工思想和科学精神等。①

现代性引发现代派文学的兴起。美国文学史上的现代主义时期以第一次世界大战为起点，经历了 20 世纪三十年代经济大萧条时期一直延续到第二次世界大战。这是美国文学的第二次繁荣时期，从这个时期起，美国文学开始发生世界性的影响。

在第一次世界大战的前几年里，19 世纪的现实主义和自然主义仍然保持着强劲的态势，优雅的传统和流行的浪漫情调也依然是文学的主体。社会面貌与人的精神面貌，已非 19 世纪传统现实主义手法与惠特曼式的风格所能准确反映，传统的艺术词汇无以表述，需要有新的文学表现，这便出现了印象主

① 雷华．现代视角下的英美文学［M］．延吉：延边大学出版社，2019：106.

义、达达主义、表现主义、象征主义、超现实主义、现代主义等前卫纲领，竞相比美，表现了高度发展的资本主义社会的种种矛盾和精神世界方面的问题，也极大地推动了散文创作。

第一次世界大战是19世纪与当代美国文学的巨大分水岭。继19世纪坡和詹姆斯在理论批评的基础上，文艺理论与文学批评迅速发展起来，自由主义的文学批评家蔑视传统的创作清规，他们的论点为美国现代文学的发展准备了条件。欧洲的现代派文艺不断介绍到美国，也加速了现代派文学的成长。①

20世纪出现了“哈莱姆文艺复兴”思潮，即在当时文艺界推崇“原始主义”的影响下，纽约的黑人区出现的一种思潮，例如休斯（Langston Hughes）等。他们的作品在描写异族情调的同时，发掘了黑人古老传统，树立了民族自尊心。之后出现“怯懦的十年”文学思潮。

（三）当代美国文学思潮（1960年—至今）

到20世纪60年代，美国文坛也开始活跃起来，出现了一批爱思索的作家。他们普遍感到不知怎样解释这样的现实，于是便通过怪诞、幻想、夸张的方式，再现生活中的混乱、恐怖和疯狂。在这种背景下，各种创作思潮、文学观念精彩纷呈。

1. 后现代思潮

历史进入当代，无论在理论、艺术和科学中都发生了一个后现代转向，即从现代到后现代的划时代转变。生活中各个方面的巨大动荡与变化，产生了关于后现代问题的理论。在文化领域，最近的十几年中出现了对现代主义的否定，同时各类艺术中的后现代主义遍及从电影到新兴多媒体的各个美学领域。

此外，后现代主义的理论也波及学术界的各个领域，对包括科学在内的众多领域中的知识传统提出了挑战并且已经改变了它。这种表现在社会生活、艺术、科学、哲学中的巨大变化称为“后现代转向”理论。后现代转向包括在广泛领域中从现代到后现代理论的转变及向一个新范式的趋动，这一范式以新的方式观察和阐释世界。

后现代转向所带来的经验、理念和生活形态使已有的思考和行为方式不再无争议，并提供了观察、写作和生活的新方式。后现代转向超越了那些既定的人们久已习惯安于其中的事物，而进入一个新的思想与经验的王国。后现代转向是全球性的，已波及整个世界，活跃在从学术界、前卫文化圈到大众文化及日常生活的广泛领域，因而尽管对于后现代多有争议，但它对于阐明当今时代

① 周淞琼．英美文学与翻译研究［M］．西安：西安交通大学出版社，2017：87.

已具有决定性的意义。后现代转向跨越了艺术、人类学、科学、政治等多种不同的生活领域和理论领域。

2. “后理论时代”思潮

所谓“后理论时代”是指批评界出现的对纯理论的反思。所谓的“纯理论”或者“元理论”指只满足于侈谈“理论”的理论，通常指解构主义或者拉康心理分析等伴随“语言学转向”的批评理论。[①]

进入20世纪80年代后，随着自然科学的突飞猛进和社会科学的日新月异，人文学者对人类文化的进步做了更加深入的思考，取得了众多突破，使得美国文学文化批评理论又有了新的发展。事实上，人类有史以来发生过的巨大变化中，大部分巨变发生在20世纪。人类有史以来产生的科学家、思想家中，大部分生活在当今社会。同样，人类有史以来产生的文艺文化批评理论家，也大部分生活在这个世纪。

“后理论时代”或者说美国批评理论在20世纪末的变化，从更深的层次上说，反映出当代美国批评理论的一种困境和无奈。“后理论”所主张的“现实化”并没有改变传统批评理论的性质。后殖民主义理论元老赛义德指责当代批评理论的泛文化趋势，痛感当今人文传统消失，人文精神淡薄，人文责任丧失，称之为“人文的堕落”。

二、美国文学风格的演变

（一）早期散文中的清教主义精神

美国早期散文风格主要受着清教精神的影响。清教精神的散文创作有神学的研究与一些个人的旅行笔记与书信、记录与报告、稗史等文字。在散文风格上，这些作品多是运用英国传统语言，亦步亦趋于英国文学传统。题材也大多是关于家庭、儿女、爱情和自然方面。而面对美国的民主、西部边界及时局却不很关切。他们的写作技巧精湛，善于用词造句，音韵优美，节奏性强，为人喜闻乐道。

随着工业、贸易和民族意识的增长，宗教自由的呼声提高，清教主义的神权统治走向衰亡，为人本主义与自由民主等民族独立的意识所代替。

（二）浪漫主义散文风格

美国的浪漫主义有其特色，那就是它受着清教主义、超验主义、象征主义

---

① 卢春林．英美文学与翻译实践研究［M］．北京/西安：世界图书出版公司，2017：110.

以及自由诗的影响。库珀（Cooper）是美国第一位重要的小说家，他开创了两种极受欢迎的故事类型：海上冒险故事和疆域传奇故事。①

自独立革命开始，散文面貌发生了根本性变化。因为在此期间充满反抗与妥协之间的尖锐斗争，迫使作家们采取政论、演讲、散文等简便而又犀利的形式投入战斗，使得散文发挥它应有作用，也促进了散文创作，这便造就了美国头一批重要的散文家，他们写出了激励人民热情的散文杰作。随着政治上的独立，文化开始独立。年轻的共和国使人们充满信心，也使人们的创作具有浪漫主义色彩。作家们吸取欧洲浪漫派文学的精神，描绘美国的历史、传说和现实生活。

爱默生的散文风格极富个性。他的论文看起来杂乱无章，缺乏逻辑性，实际上它们都是由他的日记、演讲稿、笔记整理而成的。在写作时，爱默生尽量使每一句话都变成震撼人心的思想，让读者感觉到他是从句子中而不是从段落中来归纳中心思想，正是由于这种写作技能的独特性，使他的每一部作品都成了不朽之作，因而他的散文被誉为“美国文学史上最有价值的散文”。在语言上，他不事雕琢，但含义深刻，用词清新，表达贴切。他对表达贴切的理解是：只有在作者淋漓尽致地表达了自己的思想，或者说是心灵之花盛开时，他才真正做到了表达贴切。② 爱默生最伟大的言论之一是《论美国学者》，声言学者的使命是一个漫长而艰辛的任务，认为没有参加过实践的学者就不是一个真正意义上的学者，不参加实践，思想就不可能发展成理论。他说学者应该是自由的，不仅是自由的，而且是无所畏惧的。

（三）现实主义散文风格

美国的现实主义受到达尔文主义、法国自然主义以及地方色彩主义的影响。19 世纪的南北战争也使得散文进一步繁荣。亨利被誉为本时期“曼哈顿桂冠散文作家”。梭罗（Henry David Thoreau）、罗威尔（James Russel Lowell）、荷尔默斯（Oliver Wendel Holmes）等人都是这时期著名的散文家。除了他们的诗歌创作外，其主要的文学形式都是散文。

梭罗是美国早期文坛巨匠，超验主义哲学先驱，他的思想深受爱默生的影响，并在爱默生家中完成《康科德河和梅里麦克河上的一周》一书。差不多同时，他发表了一篇名为《消极反抗》（On CivilDisobedience）的极为著名的、

① 张鑫友.《美国文学史及选读》学习指南（第 1 册）［M］. 武汉：湖北科学技术出版社，2003：153.

② 张忠喜. 英美文学与翻译研究［M］. 长春：吉林出版集团，2018：98.

很有影响的论文。但梭罗并不认为自己是一个超验主义者。然而，梭罗却是一位彻底的超越论者，超越论者相信人有非凡的能力，用于在对与错之间做选择。他深信如果人能专注于乐观，就能在人世间创造出一个美好的世界，而且他相信人类美好的未来。他还积极倡导一种生活观念，一种与现代物质生活日益丰富对立的简朴的生活方式，堪称超验主义的实践家。

他的《沃尔登湖畔蛰居记》（Walden）或《沃尔登湖》（Walden），一译《沃尔登湖》或《湖滨散记》。《沃尔登湖》在美国国会图书馆的评选中，与《圣经》等同时被评为“塑造读者人生的25部首选经典”。该书记录了作者隐居沃尔登湖畔，与大自然水乳交融，在田园生活中感知自然重塑自我的奇异历程，是当代美国拥有读者最多的散文经典。《沃尔登湖》是美国文学作品中的异类，也很可能是杰出的异类作品中最为异类者。它传达了关于一个人会失去贵重之物的严肃警告，提出了关于应当轻装上路和进行新冒险的论据，反复说明了积极崇拜的力量，它包含宗教意识但无宗教形象，坚持不收入负面消息。[①] 甚至它那泛神论的口吻也那么纯洁，因此不具腐蚀性——就像很久以前夏夜时响彻湖上的笛声一样纯洁。沃尔登湖畔美丽而宁静，那澄明的月光，淳朴恬静的大自然，古朴的令人神往的原始生活，都使大自然之子的人类永远怀念不已。与其同时代的伟大作家们相比，《沃尔登湖》的风格独特甚至比霍桑、梅尔维尔和爱默生这些天才作家们更富于20世纪散文的气息。这一特点具体体现于它的句子平铺直叙（straight forward），简洁（concise）和有观点（to the point），完全不像维多利亚中期散文那样散漫、用词精细、矫情和具体，也没有朦胧和抽象的气息。与海明威、詹姆斯等人的作品风格十分接近，只不过梭罗的风格更显得丰富而已。

（四）现代主义时期的风格

《诗刊》在美国芝加哥创办，标志着现代派文艺的开始。现代派文学以第一次世界大战为起点，持续至二战结束，也是美国文学的第二次繁荣时期。在这段时期里，各流派纷纷出现，其中有两支主流：现代派文学（包括未来主义、达达主义、超现实主义等）和左翼文学。

20世纪科学技术的迅猛发展对散文文体产生了巨大影响，通俗的口语和谈话式的风格十分显著地引到散文中，使散文更加接近大众，接近生活，更富人情味。这在奥维尔（George Orwell）思想里很有代表性。[②] 他是小说家向主

---

① 赵秀明，赵张进．英美散文研究与翻译［M］．长春：吉林大学出版社，2010：277.

② 张忠喜．英美文学与翻译研究［M］．长春：吉林出版集团，2018：101.

张艺术政治有紧密联系。他的主要题材是政治性极强的。

20 世纪的散文风格也有文雅的一派，语言不是很口语化。如克劳斯（Carl H. Claus）的《散文风格简论》（*Reflections and Prose Style*）在词语表现上大词多抽象词语都不用第一人称，而用 one，转折连词多；在句法上多用长句，圆周句，插入语，虚拟语气，引语等，这些特点都是极为正式的风格。

（五）后现代主义散文风格

两次世界大战及战后，美国散文风格发生了重大变化，产生了现代主义风格。现代主义风格受到欧洲现代艺术、马克思主义及弗洛伊德等学说的影响文坛出现了迷惘的一代、意象主义、表现主义、荒原意识以及意识流等风格战后，多是以随意笔调写的散文，风格主要有两种：一种是清楚确实；一种是恣意渲染。奥维尔（Orville）属于第一种，康诺利（Connolly）属于第二种，这种风格注重自我表演和自我放纵，因此笔调也随之感情色彩极浓，句子短，而且每一短句都带来一种或是享乐或是伤感的联想。① 因此，评判作品是否成功，首先要看它能否被接受者即时看懂，能否起到思想信息、感情的交流作用。于是，散文开始强调坦率、朴素、运用口语化语言。在后现代风格影响下一种散文文学正悄然兴起。

① 赵秀明，赵张进．英美散文研究与翻译［M］．长春：吉林大学出版社，2010：279.

第二章　英美生态文学的理论分析

“生态文学”是一种世界性的文学，随着全球化时代的到来，工业文明和科技革命的日新月异，改变了人与自然的关系，生态环境危机突显，人类的生存受到威胁。“生态文学”从客观的角度展现了目前的环境现状，对人类自工业文明以来破坏环境的行为进行深刻的反思，用文学与其他学科相结合的方式共同找寻解决生态环境问题的方法，为呵护人类目前唯一的家园向世界发声、呼号。本章对英美生态文学的理论进行分析。

第一节　生态文学的概念界定

一、生态文学的概念界定

（一）“环保文学”“自然文学”“环境文学”

长期以来，反映生态环境危机的文学作品都处在一种无名状态，其创作远远领先于理论概括。当这一创作潮流引起学者关注时，对这一现象的命名也时见仁见智，除了“生态文学”外，还有诸如“环保文学”“自然文学”“环境文学”等等。

“自然文学（Nature Writting）”这一概念是美国学者费朗西斯·H·哈尔西在1902年发表的一篇评论《自然文学作家的崛起（*The Rise Of The Nature Writers*）》中第一次提出的。“自然文学”概念的内涵主要源自美国的文学中非虚构作品的经验。美国文学评论家约翰·A·默里（Jhon A·Murray）在《自然文学论丛》的前言中就将自然文学界定为一种散文体作品。学者程虹延续了这种看法，在其专著《寻归荒野》中也将美国自然文学的范畴界定为

“非小说的散文”[①]。“自然文学”在体裁上的非虚构性限定一方面将小说、戏剧、诗歌等领域内反映生态环境危机的作品排斥在外，这就无法涵盖新时期文学创作的现状；同时也存在将这一文学思潮引向写实类报告文学的危险，这会导致对作品艺术深度的消解。

“环境文学”这一概念最早是于1984年高桦在《中国环境报》“绿地”副刊上提出，她认为“环境文学”就关于揭露破坏环境与歌颂保护环境的创作。[②] 这一概念容易给人造成误导，以为此类文学的题材仅仅局限于对环境生态的描写，而无法上升到文学应有的精神高度和艺术高度。更严重的是，“环境文学”这个词本身就有很明确的主客体之分，作为主体的人与作为客体的环境之间泾渭分明。而这种区分的背后显示出一种根深蒂固的人类中心主义观念。这种人类中心主义意识恰恰就是生态文学所要批判的。在这一点上，“环保文学”也同样存在这个问题。

（二）生态文学的内涵

所以，在众多的名称中，“生态文学”是相对较合理的命名。

从词源学上考察，生态文学（Eco-literature）一词是由生态学（Ecology）转换而来。生态学（Ecology）这个词最早是在19世纪70年代，主要由德国动物学家海克尔提出的。到了1931年，威尔斯（H·G·Wells）将economics看作生态学的一个分支——人类的生态学。这种看法加速了后来的词义演变，使得生态学成为一种较普遍的社会关怀。20世纪50年代，环境污染开始成为西方工业化国家普遍面临的社会问题，即所谓的第一次生态环境危机爆发。于是，Ecology一词的词义逐渐演变，主要表达一种对环境保护的普遍关注[③]。至1972年，约瑟夫·米克（Joseph W·Meeker）在《生存的喜剧：文学生态学研究》（*The Comedy of Survival：Studies in Literary Ecology*）中首次提出“生态文学”的概念。此时，西方的生态文学创作已经颇有燎原之势，生态文学概念的产生结束了这一创作潮流长期的无名状态。

一个新的概念产生以后，它的内涵并非立刻就能清晰地形成，而是随着时代的发展而慢慢沉淀、演变。就“生态文学”的内涵而言，也是众说纷纭，没有统一的意见。

---

① 程虹．寻归荒野［M］．北京：三联书店，2001：6.

② 黄轶．新世纪乡土小说的生态批评［M］．上海：东方出版中心，2016：34.

③ 雷蒙．威廉斯．关键词——文化和社会的词汇［M］．北京：三联书店，2005：139.

二、生态文学的特征

从生态文学定义的界定我们可以看出生态文学具有如下特征。

（一）揭示生态危机及其社会根源，张扬忧患意识

生态文学作家对人类当前所面临的生态危机表现出强烈的忧患意识和猛烈的批评态度。他们对日益严重的生态危机有着细致的观察和深刻的体会。中国的生态文学如《伐木者，醒来?》《淮河的警告》也对中国经济大潮背景下人无知、贪婪以及对生态环境的破坏进行了深刻的揭露。

忧患意识的张扬是生态文学突出的精神特质。几乎每一部作品都以不同的视角发出盛世危言或揭示警策，同时对造成生态灾难的社会根源进行无尽的探索。

（二）重新审视人与自然的关系，对人类中心主义的否定、生态责任的弘扬

在表现人与自然的关系时，传统的人类中心主义提出的“人是万物的尺度”“人定胜天”的思想，在生态环境出现危机的今天，越来越受到严厉的批判。生态文学指出人类是自然界的一部分，而不是自然界的主人。自然界可以摒弃人类的存在而存在，随必然的规律而演变，但人类则寸步不能离开自然界而独立生存，所以对狭隘人类中心主义进行了彻底否定。

生态文学特别重视人对自然的责任，认为人类必须对所有生物的生存和整个地球的存在负起责任。人类必须将自己置身于自然万物大系统之中，进而对整个系统以及系统内部各种关系的和谐、平衡负责，倡导为生态整体利益做出自我牺牲。几千年来，文明人足迹所过之处常常留下一片沙漠，这是文明的悲剧。今天，人类比任何时候都能感受到生态危机的威胁。面对如此前景，生态文学告诫我们必须采取行动，来弥补我们前人以及我们自己对自然所犯下的过错。尊重自然、热爱自然、保护自然、维护生态系统的平衡与和谐，应当是我们义不容辞的责任。

（三）以生态系统的整体利益为最高价值，对经济主义的批判，对征服、掠夺自然行径的抨击，对生态整体观的推崇

“生态文学以生态整体主义或生态整体观作为指导考察自然与人的关系，它对人类所有与自然有关的思想、态度和行为的判断标准是：是否有利于生态

系统的整体利益，即生态系统和谐、稳定和持续地自然存在。”①

生态整体主义认为，必须从道德上关心整个生态系统以及其他自然存在物，不仅要承认自然界的一切生物都是具有独特价值和创造能力的生命体，而且要把物种和生态系统这个“整体”视为拥有道德地位的道德顾客。人要尊重共同体中的其他伙伴，而且要尊重共同体本身。利奥波德的《沙乡年鉴》表达的土地伦理观就是这样一种价值观。用他自己的话说，“土地伦理是要把人类在共同体中以征服者的面目出现的角色，变成这个共同体中的平等的一员和公民。它暗含着对每个成员的尊敬，也包括对这个共同体本身的尊敬”②。

长久以来，经济主义价值观使人类倾向于以狭隘的功利眼光审视人与自然的关系。人类为了经济利益不断地利用、开发、掠夺大自然。这种只看到自然的经济价值的经济主义，以及只把大自然看作人类的工具，对自然进行无情掠夺的行径，都是生态文学抨击的对象。

人只是自然的小小分子，永远也不能脱离自然，只有确保整个自然的持续存在，才能保证人类自身安全、健康、长久的生存和发展。所以对生态整体观的推崇一直是生态文学的突出特点。

（四）倡导人和自然和谐共生，表达人类与自然万物和谐相处的理想，描述回归自然的浪漫

生态文学的另一特质可以描述为回归自然的浪漫与和谐。生态文学回归自然的浪漫主要来自对家园——物质性的家园或是精神性的家园的美好憧憬。生态文学认为，自然是人类的哺育者，也是人类的良朋益友，人类不仅在物质方面依靠于大自然，而且在精神方面也受到自然的熏染和陶冶，人类生存的最高境界是人与自然、人与社会、人与他人、人与自身的一种诗意的和谐关系。

生态文学家也清楚地知道，人类发展到今天，已经不可能返回与原始时代同样的生存状态，但他们认为人类在当今的发展阶段应该思考并做到最大限度地与自然和谐共生，提倡与环境友好的精神消费，“诗意地栖居”于地球之上。

---

① 王诺．欧美生态文学［M］．北京：北京大学出版社，2003：7.

② ［美］奥尔多利奥波德．沙乡年鉴［M］．侯文惠，译．长春：吉林人民出版社，1997：228.

第二节　古代西方的生态观

一、忒奥克里托斯最负盛名的牧歌

忒奥克里托斯（Theocritus）出生于意大利西西里岛，他的《田园诗》描写的也是西西里岛上牧羊人质朴的生活。但他的许多作品却并不是真正走到乡村里去创作的，而是在埃及亚历山大的宫廷里写出来的。诗人忒奥克里托斯用充满诗意的语言，向读者描绘了一个完全理想化的、远离现实的田园世界。在这个世界里，读者可以了解到牧羊人们的爱情故事，可以见证人们在唱山歌、辩论等丰富的活动中尽情享受生活的美好，感受到那种恬静和惬意。

但必须指出的是，作品中的田园生活并不是现实生活的真实写照，因为在诗人所生活的时代，西西里山区的生存条件是非常恶劣的，人们的生活也远没有诗歌中描绘的那么惬意和舒适。诗歌中的田园世界几乎完全是诗人凭想象虚构出来的。诗人通过对这种乌托邦式的田园风光和乡村生活的诗意的描绘，表达了一种对城市文明生活的厌恶和对大自然的向往；或者更准确地说，对“回归”大自然的向往。因为从人类发展的历程来看，人类本来就是来自丛林，起源于大自然的。但随着“文明”的产生和发展，人类逐渐脱离了大自然，建立起了属于自己的居住环境——城市。在诗人所处的公元前三世纪，埃及的亚力山大城已经有了高度的发展，城市里人口众多，商业十分繁荣。然而伴随着文明的发展，城市生活的问题也日益展现。人类虽然在物质生活上较以往更加富足，但精神生活方面却没有出现相对应的进步，反而出现了诸如贪婪、偷窃和杀戮等道德问题。因此人们逐渐对现实生活产生了种种不满。此时，与城市文明生活相对的田园生活，便成了人们逃避现实的精神寄托。也许诗人并不熟悉真正的乡村生活，但他依然用诗歌语言虚构了一个理想化的田园世界，以此寄托自己的精神理想。诗歌中西西里岛上的人们生活得非常恬静悠闲，并且精神生活十分丰富。这种世外桃源般的生活模式正是诗人所渴望和幻想的。诗人对田园生活的美化和向往与当代生态主义思想所倡导的回归大自然、融入大自然的质朴的生活观有诸多相似。

二、维吉尔的田园抒情诗

维吉尔（Vergilius）（公元前 70 年—公元前 19 年），古罗马最伟大的诗人。维吉尔早年住在曼图亚（Mantua）附近的安第斯（Andes）一个小村的农庄里，父亲是个富足的农民，这使得维吉尔受到了良好的教育。他 17 岁时赴罗马，向当时最优秀的老师学习修辞学和哲学，著有长诗《牧歌》（Eclogues）、《农事诗》（Georgics），史诗《埃涅阿斯纪》（The aeneid）等。

维吉尔最重要的作品是史诗《埃涅阿斯纪》。全诗 12 卷，1 万余行，叙述英雄埃涅阿斯（Aeneas）在特洛伊城被希腊军队攻陷后离开故土，历尽艰辛，到达意大利建立新的邦国的故事（其后代奥古斯都建立罗马），以当地部落首领图尔努斯与埃涅阿斯决斗被杀结束。史诗借用神话传说歌颂罗马帝国，歌颂奥古斯都统治的历史必然性。其情节结构模仿了《荷马史诗》，但具体描写有自己的特色。全诗情节生动，故事性强，语言凝练。《埃涅阿斯纪》是欧洲文学史上第一部个人创作的史诗，自问世到现在，一直受到很高的评价。

维吉尔第一部公开发表的诗集《牧歌》（Eclogues）共收诗 10 首，具体写作年代在公元前 70 年至公元前 19 年之间。维吉尔的牧歌主要是虚构一些牧人的生活和爱情，通过对话或对唱，抒发田园之乐，有时也涉及一些政治问题。维吉尔的第二部作品《农事诗》（Georgics），写于公元前 37 年至公元前 30 年间，共 4 卷，每卷分别叙述一个农业问题：种谷、园艺、畜牧和养蜂。

维吉尔的《牧歌》大约问世于公元前 39 年，诗集的问世让维吉尔闻名全国。牧歌是一种精美的传统诗歌，它通常是诗人对在理想化的自然环境中的牧羊人和其他农人的淳朴恬静生活的描述。维吉尔的《牧歌》是对古希腊诗人忒奥克里托斯（Theocritus）所首创的田园诗歌的模仿，但同时又形成了自己的风格。《牧歌》以阿卡狄亚（Arcadia）山区理想化的田园环境为背景，通过流畅而精美的语言描写了牧人们的生活。他们或在阳光下歌唱他们的欢乐，或通过对大自然的景物的描述来悲叹爱情和死亡所带来的不幸。很多诗歌也暗含诗人想要表达的政治主题，有很强的现实意义。

《牧歌》由十首诗歌组成，该章节我们选录了其中的第十首来进行分析。这首诗中的伽鲁斯（Gall）也是现实中的人物。他是罗马一位优秀的将军，同时也是名出色的诗人。在安东尼于阿克丁战役失败后，伽鲁斯担任了罗马共和国的埃及总督，但最终却在政治斗争中遭遇失败。在这首诗里，伽鲁斯爱上了一名叫作吕柯丽斯（Lycoris）的女子，但她却随别人远走他方。情感上受到巨大打击的伽鲁斯只能对着自然界里的各种生命抒发自己的悲痛之情。牧人们也很同情他。最终他只能接受爱情残酷的现实。

在维吉尔的许多作品中，古朴的生态主义观点有较为明显的体现。在《牧歌》中，作者用生动的语言塑造了一个理想化的田园世界。在这个世界里，人类（以牧羊人为代表）和大自然（山川、动植物以及天神）并不是对立的。相反，人和自然和谐相处，并融为一体。人类并不是自然界的中心，不是其他生物的高高在上的统治者，而是和其他生物一样，是自然界不可分割的一部分。人类和自然界中的其他生物能够平等地进行情感上和思想上的交流。诗歌中，牧羊人总是把自己的喜怒哀乐向大自然诉说。此时，自然界就像人类的朋友，认真地聆听人类的情感表达，并且对人类的经历和遭遇感同身受。在这首诗中，一个人与自然和谐相处的理想世界生动形象地展现在读者的面前。当诗人为饱受恋爱折磨的伽鲁斯唱起哀歌时，自然界的一切都充满了灵性，像一个个知心朋友一样，能够感知伽鲁斯心中的悲伤。高山、动物和植物都默默地聆听诗人的哀诉，并为之落泪；而自然界中的神灵则不断安慰伽鲁斯。此时人和自然界中的其他生物并不是征服与被征服的关系，毫无高低之分。相反，双方相互理解、相互关联、高度融合。因此维吉尔笔下《牧歌》的世界，是一个人和自然高度和谐、密不可分的理想化世界。这体现了维吉尔的生态整体主义的观点。

维吉尔被但丁写进《神曲》，让他在地狱和炼狱两个境界里做自己的向导。因此可以说，维吉尔在欧洲人的自然观中具有一个非常重要的桥梁作用，他维系并发扬了古希腊人开创的神性自然的观念，并把它传递下去，形成了一个与以古希腊自然哲学为源头的物化自然相对应的思路。

第三节　英美生态文学中的主要意象

一、田园与荒野的诗意向往

（一）生态文学为何要追求田园与荒野

田园与荒野，是自然具象的典型显现，长期以来一直是人类感知自然的主要地方。田园、荒野的文学描写不仅可以成为现实生态的对照，还可以带给读者一种心理上的回归感，因为田园、荒野的自然宁静和质朴是对城市喧嚣的反动。

田园主要指乡村未受污染的自然生态景观和乡村生活状态的描写。从传统乡土文学开始，田园、荒野的书写就作为现实矛盾的逃避和城市文明的对立面而出现。随着社会的发展，越来越多的人积聚在城市中生活，城市生态环境污染越来越严重，而且城市生活切断了人与自然的天然联系，破坏了人内在的和谐心境，城市和城市生活在一定程度上麻木了人对大地和生命的感觉，在速度和欲望的焦虑中，人不再有与大自然相依相惜的恬然闲适。因此，作家们通过田园和荒野的描写，为我们展示了被人类荒疏的生态和谐图景。他们所呈现的田园、荒野生活大多是诗意的，是被距离化、理想化和审美化了的世界，它保持了一种超越的姿态，浪漫气息和古典情调流溢其间，人与大地处在亲和关系中，人和人的生活与自然共在。

（二）生态文学中的田园、荒野描写与传统乡土文学描写的区别

生态文学对田园和荒野的诗意描写和遥望与传统乡土文学的描写有着本质的区别。

乡土文学中的山水、田园只是作者写作的背景和与城市文明对照的场景，是与淳朴美好的自然人格相应的客体，作者主要彰显的是乡土中的人情美，对乡土自然的写作更多的是对城市文明的简单拒绝，缺乏内在的精神力量和独立的审美价值。在生态文学中，对田园、荒野、原生态的生活方式和生命的自为状态，甚至对带有贫穷、落后、封闭的生活状态和荒野之地的审美回望和推崇，不仅成为作家对抗工业文明、城市文明、科学技术、享乐主义、物质主义的武器，而且还满足了他们对现实生命缺失性体验寻求补偿的渴求。这里的乡村不是已经城市化和工业化了的现代农村，而是传统意义上保持着与大地的血脉联系的自然、缓慢、淳朴、厚重的乡村，是与人类相伴千年却仍不失原初、山野气息的乡村。

在生态作家的眼里，这是人类尚可拯救的依傍、人与自然和谐相处的写真。在传统写作中，乡村、乡土、乡愁一直是很多作家的题材选择，生态文学得以在传统乡土文学的基础上展开对乡村的诗意怀想，很多作家借助传统文学中的乡土题材，融入当代生态意识，使乡村意象在生态文学的表达中成为一个独特的生态文化符号。

（三）田园与荒野意象表达的利弊

生态作家笔下的乡村，是作为生态危机的对立面、参照体而出现的，是一个诗意的、心灵化、象征化的审美乌托邦，作家旨在借助对乡村自然的描写表现对生命存在价值的思考和追寻，由此把握人类生命意识的深层，表达对可回归和栖息的理想家园的追思与怀想，对传统文化价值回归的期待和呼唤。这是一种对现实的精神逃亡和家园的守护，是城市与乡土、异化与本真、贪欲与简单、工业文明与农业文明等文化与价值冲突的选择。

荒野是一个由自然之道来演绎的世界，田园和荒野都保存着大地的速度，

都是人类和其他生命共在的地方，在田园和荒野中人们所经验和获取的一切，都是从大地中生长出来的。“自然首先是价值之源，只是在后来，在第二性的意义上，它才是一种资源。在荒野中，我们是在体验根，这种体验是有价值的。但我们体验的对象，即这些野性的、生发生命的根是在人类出现之前就已在运行自然过程，这些过程给我们以很多价值，而且不管我们是否意识到，它们给我们的益处都一直在我们的生命中起作用。”①

梭罗的《瓦尔登湖》就通过描写自己在湖畔简单的物质生活和在大自然中享受到的欢愉，通过与荒野自然中各种生命存在的交流，让那些为名利奔忙的人们看到了另一种自然生活的美好，那些深情的文字涵养了人们珍视自然、保护生态环境的心性。尽管城市带来的激情、欲望和享受是偏僻、落后、简单的乡村山野所不能替代的，但对田园生活的向往、对荒野的呼唤，成为人们日常生活状态的短暂溢出和补偿调剂。梭罗相信文明人可以从荒野中找回在文明社会中失落的东西，可以从荒野中获得一种敬畏生命的谦卑态度。

当然，对乡村和荒野的诗意表达可能与发展、文明、进步这样的话语发生冲突，如同艾米莉《呼啸山庄》里的凯瑟琳和梅里美笔下的吉卜赛女郎嘉尔曼身上的自然野性无法与文明世界共融一样。但生态文学家是把乡村和荒野作为价值理想来建构的，是对生存现实的另一种揭示和价值追求的潜在表达，不是把他们作为遮蔽生存现实的桃花源来描绘的。由于今天的乡村和荒野正受到来自人类的巨大的威胁和破坏，越来越多的作品表现了由于乡村和荒野生态系统的破坏导致自然与人的冲突、紧张和对立，人类正在陷入无家可归的可悲状态。“人们必须明白一个道理，有的时候，今天最慢的速度可能正好是明天最快的速度，特别是在对原生态和环境的开发问题上更是如此，而在对待那些仍处于原生形态的民族、族群的文化样式和类型的时候尤显突出。不少人其实明白个中道理，只是他们经常无法抵御？眼前利益的诱惑。”② 因此，对乡村和荒野和谐生态的坚守也就成为作家生态理想的守望。

二、乡愁意象

（一）乡愁的产生

乡愁，是一种历史的心绪，传统艺术中，思乡是频现的题材。“乡愁”这

① 霍尔姆斯·罗尔斯顿．哲学走向荒野［M］．刘耳，叶平，译．长春：吉林人民出版社，2000：153.

② 彭兆荣．旅游人类学［M］．北京：民族出版社，2004：359.

一古老的母题，孵化出许多丰美的诗情画意——乡情、乡恋、乡梦、离乡、怀乡、思乡、望乡、还乡。故乡有两种意义：一种是自我躯体的故乡，另一种是心灵自然本性的故乡。躯体的故乡是生我、育我、长我、成我的地方；心灵的故乡是自然本有、清净无染、不生不灭的归依处。关于故乡的一切——山水、风物、老街、老屋、老井、老友、往事等等，因有真情、深情在兹，情之所至，总让人津津乐道，常说常新，特别是午夜的离愁别绪有如泉涌之时，更是不吐不快。

从生理病症上看，乡愁不仅产生于个人的健康，还与主体的性格力量和社会背景有关。来自乡村地区的人，就更容易产生。在19世纪，怀旧者就梦想着逃离城市，融身于那天然的乡野之中。而现代乡愁是对神话中的返乡无法实现的哀叹，对于有明确边界和价值观的魅惑的世界业已消逝的惋惜，也是对于一种精神渴望的世俗表达，对某种绝对物的怀旧，怀恋一个既是躯体又是精神的家园，怀恋在史前的伊甸园里的统一。作为一种大众的疾病，乡愁的基础是某种失落感。这种失落感在人的记忆中变得很模糊，但人们又知道在哪儿可以找寻到它。

在大多数人的时间观中，只有现在才是至高无上的最真实的存在，持久的现在内在于永恒的时间，最具有价值。人的完整性在现实生活中的分裂通过乡土怀旧的途径得到了和解。在这种和解中，乡土怀旧又包含着具有现实意义的建设性，在一个积极的层面上对现实进行批判，并努力重构一种人的精神上的本真和统一。

（二）生态文学中的乡愁

人类精神家园也同样离不开大自然。自然不仅赋予了人类各种生命情感，而且也是人类精神文化作用的场所，经过人工改造的自然也就成为人类精神文化的显现和表征，大自然在人类的眼里是何存在、人类以何种方式作用和改造自然、在自然里人以何种方式生存等问题都与人类精神家园的构造有关，自然是人类肉体和精神双重栖居的家园。

生态文学笔下的乡愁和家园描写是一种对存在本源的探寻和回归，是对诗意栖居的怀想和渴望，这种描写和表达指向现实与精神两个层面的思考，是对现实家园和精神家园的寻找，需要安顿的，不仅是肉体，而且还有灵魂。因此，生态文学写作中关于乡愁和家园的寻找与呼唤，有助于人类对自然家园的保护和心灵家园的关照，只有不忘家园并致力于家园守望的人才能从虚空中找回自我，无论在哪里都有所依傍，不断审视并确认自己。海德格尔从农鞋中看到的是农妇的生活和生活的所有，人类从自然中领会到的是对生命存在的承诺和安慰。同样，我们也可以透过自然——人类的家园来审视人类的现实，认真思考人类发展的出路和方向。因为，如果人类的自然家园一旦陷入绝境而丧失了对生命和存在的保证时，必然带来人类对自身存在的忧思。此时，自然也就成为一面镜子，映照出人类自身心灵和行为的不同样貌。

（三）乡土怀旧意识在生态文学的主要意象中呈现

生态文学的很多意象自身具有丰富的生态价值内涵和可供展开生态反思的广阔空间，如自然、城市、乡村、荒野、动植物等。环绕在这些意象周围的，是一些使人产生安宁感、家园感和归属感的东西，是一种缥缈的却真真切切充满人心灵的光彩。生态文学中的怀旧意象，通过对原始自然意象的叙述，积淀成为一种应对现实危机的智慧和经验。

1. 乡野意象

乡野，是人类童年的生境。人类的童年时代是星星点点地散居于天地之间、乡野之中的。城市何其无情，让人们逐渐失去了美好的童年，童年何其无辜。在对童年的追思和怀想中，人们也发现了文明的偏颇、理性的误区。

生态文学家站在传统和现代生态思想的立场上，表达了人与乡野的原初关系，让自然乡野的无私宽厚与人类的自私暴虐形成鲜明对比，并对丧失再生和自洁功能的自然可能产生的生态灾难向人类预警，力图唤醒人类感恩大地，保护自然的生态意识。作家在与大地及万物的交流和对话中真诚地体验、拥抱、感悟和赞美着它们的世界，让它们在自己书写的世界中重新“复魅”。如同画家高更在美丽的塔西提热带之夜的寂静中，倾听到的心脏跳动的甜蜜而又动听的咚咚声，那声音与周围的神秘生态保持着一种柔情的和谐。

与乡野联系在一起的总是大地、生命、丰富、野性、和谐、自由、自在、本色等自然意象。自然既是实体，也是本源，自然的包容性是所有生命得以存在的依据和背景，它是生命启程和回归的地方。生态文学家对自然乡野的敬畏、感恩、向往、依恋的情怀既是对现实的否定和批判，同时也是对逝去家园的寻觅，这既是现实意义上的逃亡和憧憬，更是是精神意义上的真正还乡。

古典诗词似乎与农耕文明密不可分。山林泉石、鸟啼虫吟、古道夕阳、野渡扁舟、平湖秋月、垂柳啼莺、芙蓉海棠、梧桐芭蕉……种种乡土原野意象密集地汇聚在诗词之中，形成了独到的引人遐思的韵味和意境。文学中的乡野意象把人与自然紧密地融合在一起，表达了人对大地万物的依恋，也彰显出人与自身生命的协调与和谐，显现出博大的生态情怀。田园渔樵、怀远思乡、感时悯农等都是现代乡土文学的传统主题。怀乡思归表达了更具体实在的恋土情结，融会着更切身的生命与生活体验。因其较少神话色彩和虚拟性，更显得富有人间情味，这一传统特点也就使得生态文学在表达怀乡主题时乐于选取故乡的生活场景和原始乡野的自然风物，其乡土怀旧意识便有了现实依托和时代特征。

2. 家园的深情呼唤

工业革命以来，人的生活越来越陷入封闭、疏离、焦虑、异化和远离本原的痛苦中，“还乡”和“家园”的文学描写在继承原有意义的同时吸纳了现实话语来使自身不断得到丰富，具有了对抗现代文明和超越世俗的精神意义。

故乡是最初的家园，是生命启程的地方，对乡土的依恋是对生命之本的感恩、体认与牵挂，是对现实需要无法满足的怅然，是在离乡路上的幡然悔悟。“还乡”的心理诉求来源于人们对从诞生到死亡的生命过程的惊觉，对肉体和灵魂分离后生命归栖的想象。

“还乡”是中外文学一个古老的母题，从荷马史诗中奥德修率众返乡开始，还乡的祈愿和情愫就一直萦绕在文学的描写中，这是家园之思，更是无法割舍的血脉相连。还乡之路是极为艰难和痛苦的，每一个阅读过《奥德修记》的人都会被他和部下对故乡的眷恋和执着返乡的情感所打动，从中认识到只有毅然不舍的信念才能克服重重险阻指引游子回到故乡。

生态文学写作继承了这些母题的合理内涵，站在当代生态立场上使它们获得新的内涵和意义，通过人类与土地、与自然、与生命、与故乡、与家园的血脉联系，在生命体验和情感关照中以生态思想、生命意识和审美批判的目光挖掘人类历史文化中深层积淀的生态内涵，让它们获得新的文学表现。

在生态恶化的现实焦虑中，“家园”是对钢筋水泥包裹的坚硬而远离土地的“家”的拒绝，“还乡”是对回归生存本质和诗意状态的渴望，它们是更具精神层面的思乡和回家，是荷尔德林和海德格尔笔下的“返乡”和对家园的“筑居”和“照料”。现代人的“还乡病”更多的是处于人类对现代文明在情感上的不适应，处于人类在情感上对本源性的生活境界的依恋。这正表明现代文明并没有有效地安顿人类的精神生活，现代文明许诺的美好生活并没有全部实现。在今天的生态困境中，没有天神来庇护，没有奥德修和埃涅阿斯那样的精神领袖能率领世人走向光明，也没有可以逃离的世外桃源，甚至连信念也需要重建。

生态文学语境中的“还乡”和“家园”由于要对抗人类已成积习的破坏和污染环境的行为，重构人类的价值体系和生态观念，还乡和重建家园之路会更加艰险重重，较之于传统的“还乡”和“家园”表达必然更具悲剧色彩。因此，生态文学表达中的乡土怀旧意识获得了更加丰富的意蕴，成为生态话语中的“还乡”和“家园”。

（四）生态文学中基于问题意识的乡愁描写

尽管乡愁之感和家园之梦几乎贯穿在各个时期的文学中，但在生态文学中所展现的乡愁和家园却以一种新的问题意识丰富了传统文学中的乡愁描写。

对家园的呼唤和乡愁的痛苦已经成为当代人一种普遍的心理诉求，一种时代性的和全球性的集体事件。乡愁是一种怀旧，是对已经失去和逝去的追忆和神往，是一种“不在场”而渴望“在场”的情感，是对故乡家园的思念怀想，是对现实的不信任和不适应。在时间和空间中的审美距离中，故土家园成为最具审美意义的对象。通过乡愁和家园的表达成为生态乌托邦的构建方式。“换句话说，‘家’（或‘家园’‘故乡’‘故土’，等等）已经成为一个现代性问题，只有当现代人在一定程度上疏离了家或者失落了家园时，谈论家的意义才是十分必要和紧迫的。……因此，我们所要讨论的、经由怀旧所能建构的家，就是精神的冀望所在，它必须能给人一种扎根在内心深处、人生有所依附和归宿的感觉。在此意义上，现代人所向往的家与物质存在关系不大。”①。

从生态文化的角度来看，乡愁正是由于人的生存现实与理想世界的巨大反差引发了人类对传统生存经验的追忆和依恋，在对现实的失望和拒绝中有了文化批评的意义。作家着力表达的是想要在现实中获得的生命归属感和在家感。

三、动植物意象的生命书写

（一）传统文学与生态文学的生命书写

生态文学最重要的精神立场就是在整体生态系统的视野下对生命的敬畏和平等共处、相互依赖的观念，对动植物的保护和关爱在生态伦理中占据着非常重要的位置。在人类中心主义和享乐主义的肆虐下，世界上的动、植物的数量和种群正以惊人的速度消失，我们与自然生命的联系越来越远，在人类的世界里，除了作为人类消遣和娱乐的少数动物和供我们食用的动物外，我们已经很少能在周围看到自由成长的生命了。

传统文学中大量关于动、植物的话语里都包含了丰富的生态智慧，展示了人类从自然到人文的进程。人类从自然中本能地把自已和动植物的生长、气候的变化、四季的变迁连在一起并以它们作为参照，渴望获得生命力和生殖力等充沛的自然力量。伴随着对自然的认知，必然出现相应的表述，神话传说及与神话和信仰相关的大量生活习俗、仪式活动中包含着关于人与自然关系的认

① 周宪．文化现代性与美学问题［M］．北京：中国人民大学出版社，2005：5.

识，成为早期人与自然关系认识的“生态叙事”、人与自然关系认识的固化和有形形式。

植物给人类提供了重要的食物，使人类获得了生计的基本保证，而且“对于人类，就对生命的认识而言，可以说最早从植物变化上感知到生命的时态。因此，在象征和比附上，人类将生命比作植物，比如‘生命树’亦最为平常。植物的‘一岁一枯荣’韵律和变化直接为人类观察生命的存在和运动提供了参比物。人类通过‘生命树’的母题不仅仅从植物的意象中做出对生命的认同，还可以通过神话和仪式作为创世纪的原生形态的纽带和中介。”①如葡萄、常春藤、松柏、枫树等植物中都被嵌入了人类早期认识世界的态度和知识，这些不同的植物联结和象征了不同的文化心理和生存场域。几乎所有人类传统文化信仰和习俗的内容都离不开植物，那些仪式、习俗中包含有大量关于动物和植物的叙事，自然界中的动、植物通过信仰习俗获得了神圣因子并进而得到人们的敬畏和保护，因此“植物的生命意象无须作更多的思辨就已经悄然地成为作家们必备的创作养分”②。

各种动、植物之间遵循着自然的法则，食物链之间的动、植物充满了互为依赖基础上激烈的较量争夺。在传统文学书写中，这是一种在大自然背景下展开的公平的较量，人类只是靠着有限的器械和智慧来捕猎，而且目的是为了获得生存必需的食物而不是取乐和享受。那时，人口的数量是有限的，人类的生存活动并没有影响到其他生命正常的生存繁衍。然而，随着人类的进步发展，人掌握了越来越多的技术，各种各样的武器和设备足以使动、植物遭受灭顶之灾，加上人口增加、欲望的膨胀，人类对大自然过度开发、掠夺，原来人与其他生命共存的家园被人类大肆侵占，越来越多的动物要么被人类过度捕杀而濒临灭绝，要么失去它们的家园而无处栖居。

动、植物在很多生态文学作品中是主要描写和表现的对象。作为与人同样的生命存在，动、植物不仅是生态灾难的直接受害者，而且还是人类暴行的直接施于对象。对非人类生命的热爱能唤起我们命运的共同感，给人类带来温暖和安慰，而对其他生命的残暴则映照了人类的自私和冷酷，折射了人类内在心灵的孤独和绝望。

生态文学作家们把动、植物作为有生命意识和人类的共同体来书写，超越了传统文学中把动物视为神灵和猎物的观念，摆脱了神秘主义和人类中心主义的褊狭，在对生命普遍尊重的基础上，站在把所有生命都视为生命的立场，赋

① 彭兆荣．文学与仪式［M］．北京：北京大学出版社，2004：135.

② 彭兆荣．文学与仪式［M］．北京：北京大学出版社，2004：139.

予每一种生命以情感和尊严的诗意怀想，承认每一个生命和每一种生活方式的合理和珍贵，尊重和平等看待每一种生命及其生活，在生态文学写作中让它们作为生命的存在使人类的生活有了超越自身狭隘世界的意义。

生态作家对动、植物的描写是在主体间性的立场中展开的，它摆脱了传统审美主体与审美对象之间的对立，物我交融契合为一。动、植物成为人性化的、与人类交往对话的生命存在，它们自然自在的存在与今天人类的生存行为形成对照，在人类对动、植物肆意的掳掠和征服中凸现它们生命的神奇、灵性和它们捍卫生命的惨烈、悲壮，警告目空一切的人类即将遭受随着动、植物的毁灭而到来的生存危机和毁灭，指出只有动、植物与人类相互和解之时，才有可能真正重建生态系统的平衡。

（二）生态文学对动、植物生命书的分类

生态文学对动、植物的生命书写主要有两类。

1. 对丰富多彩的动、植物世界和人与动、植物和谐亲密关系的描写

这一类作品众多，如梭罗的《瓦尔登湖》、李奥帕德的《沙郡年记》、缪尔的《我们的国家公园》等，梭罗在瓦尔登湖畔独居的日子其实并不孤独，因为他有湖泊、有森林树木和各种动物做邻居，他可以和野鼠等小动物像朋友那样相处："有一天，我用肘支撑自己，坐在凳子上，它（指野鼠）爬上我的衣服，沿着我的袖子，绕着那块包着我的午饭的纸团团团转。这时，我把那块纸拉近自己，躲开它，和它玩捉迷藏的游戏。最后，当我捏起了一片干酪时，它跑过来，坐在我的手掌里一口一口吃了下去。接着，像苍蝇那样把脸孔和爪子舔擦干净，便扬长而去。"① 在冬天里给松鼠和小鸟喂食，麻雀放心地飞到他的肩膀停歇，松鼠淘气地从他的脚上踩过，野兔和他成为邻居。在观看红蚁和白蚁的殊死搏斗中，梭罗完全用人化的语言来描写蚂蚁之间的战争。他用这样的语言来形容："一场两个蚁民族之间的战争""遍野横尸""奄奄一息""不战死，毋宁死""激动""窥测""怒气冲冲"，从而让他："仿佛我由于目睹门口发生一场残酷、横尸遍野的人类战争而使我为之激动和痛苦不已。"②

而在缪尔的笔下，荒野中的生命与人类完全站在平等的地位上来审视人类。他这样描写在荒野中与一群鸟的相遇："一群高山鹑从我身后的河谷中走了上来……终于，它们中的一只与我四目相对，它惊异地盯着我，经过片刻的沉寂，发出一声特别的尖鸣，接下去就便是一串'咕咕''咕咕'的急切的低

① ［美］梭罗．梭罗集［M］．陈凯，等，译．北京：生活·读书·新知三联书店，1996：575.

② ［美］梭罗．梭罗集［M］．陈凯，等，译．北京：生活·读书·新知三联书店，1996：647.

声细语，仿佛是在演讲……接着，走在前面的高山鹑一哄而散，奔向后面的同伴，向它们通报新闻。‘那是什么？那是什么？噢，你从来没有见过这样的东西’，它们似乎在说，‘不是鹿，不是狼，也不是熊；过来看呵，过来看呵。’‘在哪儿？在哪儿？’‘在那儿！那棵树下。’然后，它们小心翼翼地走过来，隔着树，一个个依次伸长自己的脖子，向我张望……”① 看到这样的文字，你能说在其他生命里没有和人类同样的情怀吗？

2. 对动、植物的生态书写揭露、批判了人类对待动、植物的暴行

表现了在自然环境破坏和人类疯狂的杀戮、掠夺下动、植物濒临灭绝的命运。如艾特玛托夫的《断头台》，莫厄特的《与狼共舞》、加里的《天根》等。艾特玛托夫在《断头台》中描写了母狼阿克巴拉一家被人类赶尽杀绝的悲惨命运：一对狼夫妇在人类利用各种武器的围猎中失去了自己的三个孩子和家园，被迫离开荒野逃走，在一个湖滨安家生下了五个孩子。可人类为了开采这一带的矿藏，竟然一把火把一望无际的芦苇荡全烧了，连着狼的五个孩子也烧死了。两只狼又开始伤心的逃亡，最后在一个山岩下安了家。它们再也无路可走了，前面已是茫茫的大海。这一次，它们又生下一窝四个孩子。结果，它们的孩子被人给偷走拿去卖。狼夫妇发现后一路追赶，围在偷盗者藏身的地方哀号。最后，一再失去孩子的母狼把一个小男孩叼走，它只想做这个孩子的母亲，只想让自己的母爱能够有依托。最终，人类的子弹在击中母狼的同时也打死了无辜的孩子。狼的孩子和人的孩子、狼的悲愤和人的自私，多么可怜的狼，多么残忍的人！艾特玛托夫颠覆了我们对人与狼关系的传统认识，在人对狼的暴行中展开对人类道德良心的拷问。

通过各种意象，生态文学生动形象地传达了丰富的生态主题内容，这些意象在带给读者审美享受的同时引发了读者对生态问题的关注和思考，从而构建起由作者和读者共同组成的心灵共同体，形成普遍的生态共识并对人们的行为和道德产生积极而深远的影响。

① ［美］约翰·缪尔．我们的国家公园［M］．郭名倞，译．长春：吉林人民出版社，1999：153.

第四节　英美生态文学中的回归主题

一、英美生态文学所倡导的“回归自然”

所谓“回归自然”，就是在自然中感受美好，在自然中享受生命，这是很多生态文学作品所主张的核心主题。以英国著名的浪漫主义诗人华兹华斯（William Wordsworth）为例，他就是一个典型的“自然诗人”。华兹华斯擅长描写山川河流、花草鸟类、儿童与农民或追忆自己的童真，把自己看到的自然景象通过诗歌语言描绘成一幅幅美妙的画卷。他的那首“我好似一朵孤独的流云”把看在自己眼中的黄色水仙花通过优美的文笔深深地印在了读者的脑海中，形成一页挥之不去的美好图景：“我好似一朵孤独的流云，高高地飘游在山谷之上，突然我看到一大片鲜花，是金色的水仙遍地开放它们开在湖畔，开在树下，它们随风嬉舞，随风飘荡”①。读者在感受诗歌的美妙中也感受着水仙花的美丽，诗情画意，令人如醉如痴、心旷神怡，不禁感慨生活是多么美好！美国著名超验主义作家爱默生（Ralph Waldo Emerson）的名作《论自然》，更是把对大自然的敬仰推向了极致。在他眼中，宇宙是由自然界和灵魂组成的。他在文中有一段脍炙人口的描述：“我站在空地上，头沐浴在和煦的空气里，仰望着一望无垠的太空，小我的一切都消失了。我变成一只透明的眼球；本身不复存在；我洞察一切；上帝的精气在我的周身循环；我成为上帝的一部分”②。由此，我们不但感受到了自然的美丽、浩瀚、纯净，更看到了“自我”的生命与大自然的融合，并在其怀抱中得以升华，仿佛感知到了佛语中的“顿悟”。

所谓“回归自然”，除了歌颂自然的美好，尽享生命的乐趣之外，也倡导回归朴实、简单的生活方式。在此方面，美国另一位著名的超验主义作家梭罗在其名作《瓦尔登湖》中给我们做了清晰的描绘。他隐居瓦尔登湖两年，过着简陋朴素的生活，他用质朴的语言记录下了自己的这段生活经历。虽然物质生活简陋，但他却丰富、深化了自己的思想，感受到了自然中的灵性。在书

---

① 史东梅．精美诗歌赏析［M］．呼和浩特：内蒙古人民出版社，2008：186.

② 张云岗，陈志新．爱默生的超验主义思想研究［M］．石家庄：河北科学技术出版社，2013：56.

中，他直言不讳地描述了自己此举的目的："我到林中去，因为我希望谨慎地生活，只面对生活的基本事实，看看我是否得到生活要教育我的东西，免得到了临死的时候，才发现我根本就没有生活过"①。这返璞归真的生活，使人会远离并忘掉社会生活中的纷繁复杂与乌烟瘴气，也使人会看清真实的世界和真实的自己。在当今物质极大丰富的世界里，这种简单朴素的生活态度难能可贵。因为人们在追求奢华、在追逐名利的生活过程中往往很容易迷失真正的自己。

所谓"回归自然"，也是在警告世人，如果继续以破坏自然、干扰生态的方式来追求现代生活，那么人类必将走向自我毁灭。美国作家库珀（James Fenimore Cooper）在他的小说《拓荒者》中就描写了人们对物种大肆毁灭和破坏自然资源的种种行径，批判了人类文明对荒野的侵扰。当人们用所谓人类文明去掠夺、绞杀原生态的资源的时候，我们真不知应该说人类社会是靠智慧进步了还是因无知倒退了。美国现代女作家卡森（Rachel Carson 的可寂静的春天加更直接、更真诚地向人们介绍了杀虫剂将给人类造成的恶果。在书中，卡森为我们描绘了一个小镇，那里原本一年四季生机勃勃、五彩缤纷，尤其在春天，候鸟归来，蹲鱼戏水，展现的是热闹的自然图景。但随着定居者（人类现代文明）的到来，小镇就像遭到了诅咒，人病了，鸟飞了，草枯萎了，热闹的春天归于寂静和光秃。原因就是杀虫剂等工业产品造成的污染春天带给人的本是憧憬和希望，而寂静的春天让人们想象出来的是绝望和毁灭。卡森正是借助她细腻的描写和恳切的话语诱导人们要尊重自然，要保护自然，切莫为了眼前的小利而失去长远的大益，愧对我们的子孙后代。卡森为保护环境所做的努力得到了世界各地爱护环境人士的支持和赞许。

二、英美生态文学所倡导的"回归本性"

在英美生态文学作品中，"回归本性"也是作家乐于宣扬的主题思想。美国现实主义作家杰克·伦敦（Jack London）在他的著名小说《野性的呼唤》中描绘了一只叫作巴克的狗的转变。巴克本是米勒法官家的爱犬，在南方过着舒适的生活，经过了文明的教化。但是，阿拉斯加的淘金热彻底改变了巴克的命运，他被偷盗、转卖至北方，成了一只雪橇狗。在北方恶劣的生存环境下，巴克逐渐适应了环境，学会了生存之道，学会了战斗，唤醒了体内祖先的野性，最终成为狼群的领头狗。在杰克·伦敦眼中，野性才是狗的本性，它应该回到自己的本能生存状况中，活出真正的自我价值和意义。

① 吴静，刘会．外国文学经典作品赏析［M］．成都：西南交通大学出版社，2017：149.

此外，美国当代小说家德里罗（DonDeLillo）的成名作《白噪音》虽是后现代小说，却被人们冠以“新现实主义”的称号，其原因也正是小说中的写实并倡导本性回归的内容。小说主人公杰克和妻子畏惧死亡，希望延年益寿。为此，妻子不惜出卖自己的肉体去换取尚在研发阶段的益寿药“戴乐儿”，杰克因此向奸夫格雷先生开枪报复，但终又良心发现，送格雷先生去医院救治。小说中的“戴乐儿”闹剧，向读者传递了三个本性回归问题：一是要回归人体正常的生命规律，不要指望借助外力来单纯延长生命的长度而压缩了生命的宽度，也就是人的良心、价值和幸福感，这是没有意义的交换；二是回归人单纯善良的本性，在帮助他人、远离功利、消除是非中获得内心的安宁与充实，其实杰克夫妇怕死的原因正是基于小说中所描绘的波与辐射、空中毒雾等等这些人类自己造成的却伤害人类自己的污染；三是要回归自己的价值评判，避免人云亦云，仿效跟风，迷失自我小说中的白噪音这一隐喻，指代的就是广播、电视的电波，也就是各色各样的媒体宣传。这种噪音无处不在，侵扰着人们的意识，在不知不觉中控制了人们的思想和行为，使人被“洗脑”，成为失去自我、失去判断能力的“行尸走肉”。因此，小说给读者展现了现代人生存危机的种种问题，其核心就是主张人要顺应自然、尊重本性，只有这样，各种生物才可能在地球上和谐共存，包括我们人类自己。

第五节　英美生态文学的思想内涵

一、质疑人类干扰自然进程、征服自然的权利

梭罗在日记里质问道：“非得把河滨的樱草花移植到山坡上吗？‘此地’即它萌芽生长之处；‘此刻’即它姹嫣怒放之时辰。设若阳光、雨露降临‘此地’，催促它绽放成长，我们应否僭越此地攀折它？可否因为私心而将它移植至暖房去呢？”①

在《缅因森林》里，梭罗对登山者渴望征服地球所有高山顶峰发出了谴责。他说：“山顶是地球未造完的部分，爬上那地方，刺探神的秘密，考验它们对人类的影响，这是有点侮辱神明的。也许只是胆大妄为、厚颜无耻的人才会去那里。原始种族，如未开化的人，就不会去爬山，山顶是他们从未去过的

① 陈长房．梭罗与中国［M］．台北：三民书局，1991：105.

神圣而神秘的地带。”与之相反，现代人却“习惯于认定人无处不在，每一个地方都有人的影响”。梭罗模仿大地母亲的口吻对登山者发出警告：“这个地方不是为你准备的。我在峡谷里微笑还不够吗？我从未把这块土地作为你的立足之地，没有把这里的空气供你呼吸，让这些石头作为你的邻居，我不能在这里怜悯你也不能爱抚你，但我永远会无情地把你从这里赶到我能宽容的地方。为什么在我没有召唤你的地方来找我，然后埋怨因为你发现我只是一个后娘？”① 艾特玛托夫在《死刑台》里也痛批了人类把魔掌伸向莫云库梅荒原等人类并不居住的地方，呼吁人类给世界留下一些净土，不要去打扰践踏。

华兹华斯在《泉水》里指出，“对于大自然”，千万不要“做无谓的争斗”。在《劝戒》一诗里他又告诫人们：不要“从大自然的书上把这珍贵之页撕下”，不要为了自己的贪欲去亵渎自然，因为“凡现在使你着迷的一切，从你插手的日子起就消失”②！

普里什文在《大地的眼睛》里指出，“我们无条件地认为人类是大自然的‘君主’”，我们“利用大自然的财富，使之有益于自己，但还不知道，这是我们在控制大自然呢，还是恰恰相反，是大自然迫使我们服从他的规律”③。

二、批判工业与科技

19 世纪以来，人类的工业生产与科学技术飞速发展。然而，工业和科技的发展并不都表现为正确认识自然、合理利用自然、在自然能够承载的范围内适度地增加人类的物质财富；在很多情况下，却表现为干扰自然进程、违背自然规律、破坏自然美和生态平衡、透支甚至耗尽自然资源。工业和科技文明对自然的征服和破坏，在 20 世纪达到了前所未有的程度。正因为如此，生态文学向工业化和科学技术发出了强烈的质疑和激烈的批判。

应当指出，一些作家的批判有矫枉过正的倾向，但他们看似极端的批判都有着良好的动机，那就是使人类安全、健康、长久、诗意地生存在这个星球上。更应当指出的是，科学技术绝对不能置身于被监督的范围之外，科学技术头上的光环绝不意味着不受文学家、哲学社会科学学者和一切追求真理、正义和良知的知识分子批判的特权。失去了监督、批判和制约的科学技术，就像失去了监督、批判和制约的权力一样，肯定会失控，肯定会走向专制（科技专制）和疯狂。而且，工业化和高科技早已使人类具备了将地球毁灭 N 次的巨

① 罗伯特·塞尔．梭罗集［M］．陈凯，等，译．北京：三联书店，1996：715-716.

② 华兹华斯．华兹华斯抒情诗选［M］．黄杲炘，译．上海：上海译文出版社，1986：114，255.

③ 普里什文．普里什文随笔选［M］．非琴，译．上海：百花文艺出版社，1992：85.

大而令人恐怖的能力，因此，一旦科技与工业发展失控，它所导致的后果很可能比政治集权的后果更为严重，很可能是整个人类和整个生态环境的毁灭性的灾难！

生态文学对工业和科技的批判并不是要完全否定工业和科技本身，而是要突显人类现存的工业文明和科技文明的致命缺陷，促使人类思考和探寻发展工业和科技的正确道路，以及如何开创一种全新的绿色工业和绿色科技。正因为如此，生态文学对工业和科技的批判具有特别重大的意义。

三、塑造生态责任

作为人类的一分子，每个人都有相应的社会责任；作为自然的一分子，每个人也有相应的自然责任或生态责任。目前的生态危机是由人类一手造成的，人类必须对此承担责任。缓解直至消除生态危机，恢复和重建生态平衡，确保这个星球上的所有物种持续、安全、健康地存在下去，是人类不能以任何理由推卸的义务；同时，也只有完成了重建生态平衡的使命，人类自己才可能长久地生存在大地上。

华兹华斯专门写了《责任颂》歌咏人对自然的责任，指出“纷杂的欲望已成为负担”，人类的希望又不停地变换，仅仅靠欲望和希望指引人类，仅仅“自己当向导，给自己引路”，往往会“因过于盲目轻信而出错”。相反，责任则出自良知，是“‘上帝之声’的严峻的女儿”，是“指路的明灯”，又是“防范或惩罚过错的荆条”。只有责任“威严的律令”，能够“伸张了正义”，“叫人摆脱浮华的引诱，叫世间昧昧众生终止无谓的争斗”。诗人请求责任女神赐予人类“自我牺牲的意志”，使人类“谦恭而又明智”。他又呼吁人类作责任的臣仆，听责任调度，归责任管领，尽心竭力，将自然侍奉①。

卡森的全部创作甚至可以用一个词来概括，那就是：责任！——作为人类的一分子要对全人类负责；作为生物的一分子要对所有生命负责；作为自然的一分子要对整个地球负责。在《我们周围的大海》里她呼吁道：“一个负责任的人类应当把大洋里的岛屿当作宝贵的财富来对待，当作载满了美丽而神奇的造物杰作的自然博物馆来呵护。它们的价值是无法用金钱来衡量的，因为在这个世界上没有任何一个其他地方可以复制它们。”② 卡森又说：“具备了无限能力的人类，如果继续不负责任、没有理性、缺乏智慧地征服自然，带给地球和

---

① 华兹华斯，科尔律治．华兹华斯、科尔律治诗选［M］．杨德豫，译．北京：人民文学出版社，2001：240-242.

② Rachel Carson. *The Sea around Us*［M］. New York：Oxford University Press，1989：96.

他自己的只能是彻底毁灭。”①

四、从生态整体利益的角度审视人和万物

利奥波德的基本思想就是从生态整体利益的高度“去检验每一个问题”，去衡量每一种影响生态系统的思想、行为和发展策略。这种生态整体主义的价值判断标准是：任何行为当有助于维持生命共同体的和谐、稳定和美丽的事，就是正确的，否则就是错误的。

在《断头台》里，牧民鲍斯顿以血的代价换来了对一个真理的认识：“这个世界……曾经是天，是地，是山，是母狼阿克巴拉，是一切有生之物的伟大母亲……是他最后的骨肉—他亲手枪杀的小宝贝肯杰什……”② 这个世界是个整体，灭绝了任何一个物种，哪怕是野狼，也必然会给包括人类在内的其他生物带来灾难。艾特玛托夫以生动感人的故事传达了与利奥波德同样的思想，即必须从整体利益和对整体的作用的角度去观察，才能正确认识一个物种的真正价值。“要全面理解狼就必须理解该物种在生态系统中如何起作用。作为生态群落的一个成员，狼在生态系统的整体性和稳定性上起着作用”③，因此人类决不能根据自己的好恶来对待狼或任何其他物种。

法布尔在《昆虫记》里热情赞美了食粪虫、食尸虫等人类讨厌的昆虫。法布尔之所以对那些从人的角度来看是肮脏的、恶心的虫子那样的爱，绝不是出自感伤主义作家那样的矫情（感伤主义小说里的人物为一只苍蝇而感伤得眼泪汪汪），而是基于那些昆虫在生态系统中的作用。法布尔认为，每一种昆虫都有其存在的理由，理由就是它对大自然整体利益的作用。他写道，食粪虫、食尸虫“对原野卫生意义重大；…然而，我们遇到这些忘我的劳动者，投去的只是轻蔑的目光”。食粪虫一定“在嘲笑我们的昆虫分类法”，嘲笑我们无视它们的力量和作用，嘲笑我们对大自然的无知。看看吧，“十二只食粪虫，平均每只往地下仓库搬运的货物，几乎有一立方分米之多……想到这里，我不禁赞叹：十二只食粪虫，竟干出了提坦神的业绩，而且是一夜之间干完的！”“这些干起活来带着狂热的虫类……是在开垦死亡，造福生命。它们是出类拔萃的炼丹术士，利用可怕的腐败物，造出无毒无害的生物制品。”“大无畏的掘墓工哟……我已经把收集到的那些实绩记在你们的功劳簿上，有朝一

---

① Carol B. *Gartner*：*Rachet Carson* [M]. New York：Frederick Ungar Publishing，1983：100.

② 艾特玛托夫．断头台［M］．冯加，译．北京：外国文学出版社，1987：404.

③ 贾丁斯．环境伦理学——环境哲学导论［M］．林官明，等，译．北京：北京大学出版社，2002：215.

日，这些功绩一定会给你们的美名增添新光彩。”“与你们的相比，人类所谓的美德将无地自容”！“在母爱之丰富细腻方面，能够与以花求食的蜂类媲美的，竟只有那开发垃圾、净化被畜群污染的草地的各种食粪虫类。……大自然中充满了这类反差的对照。我们所谓的丑美、脏净，在大自然那里是没有意义的。”[①] 大自然的大生命以大美大净观念——自然整体美的观念教育我们，使我们超越人类中心主义的世界观、道德观和审美观，认识到：从生态整体主义价值观和审美观去看，食粪虫显示的是真正的美和真正的净。

缪尔指出，如果能从生态整体而不是从人类的角度考虑问题，人们对自然万物的评价就会发生根本性的改变。例如，“许多善良的人们认为鳄鱼是魔鬼创造的，这可以说明他们强烈的好恶。但是，这些动物无疑是快乐的，它们生活的地方是由我们所有生灵共同的伟大造物主分配的，虽然在我们看来它们凶猛和残暴，但是在上帝眼里，它们却是美丽的”[②]。这里的上帝实际上就是大自然整体的化身。

在《诱惑》一诗里扎鲍洛茨基以人类中心主义道德观和审美观不能接受的描写，明确地表现出：自然整体的规律和自然整体的美高于人类的道德与人类的美。美丽的姑娘死去了，腐烂的尸体变成了一堆细小的肠子样的物质，每一个空洞里都钻出了大量的蛆虫，蛆虫婴儿般地吮吸着那些恶心的物质。从人的角度去审视，我们几乎无法忍受这样的描写，甚至会怒斥诗人反人性或反人类。但是，如果我们想想树叶的腐烂及其对其他植物的贡献，想一想荒野里腐烂的动物及其对鹰隼生存的供给，如果我们能够从生态的整体来看待这个美丽女孩的腐烂，那么，我们也许就会理解诗人的苦心了。从生态整体观审视这首诗，我们会发现，女孩的腐烂也是一种美，是化腐朽为美丽、化个体的腐朽为整体的美丽。所以诗人在最后深情地讴歌了这种象征着人类自我牺牲的死亡所转化的另一种更高的美——自然整体的美：

将有一棵小树
长在胫骨上
小树将发出喧闹声
把姑娘歌唱。[③]

贝特认为华兹华斯诗歌的一个突出特点就是对生态系统的重视和从生态系统利益的视角评价事物。在华兹华斯看来，“健康的生态系统是保持了平衡的

① 法布尔．昆虫记［M］．王光，译．北京：作家出版社，1992：94.
② 麦克基本．自然的终结［M］．孙晓春，等，译．长春：吉林人民出版社，2000：171.
③ 许贤绪．20 世纪俄罗斯诗歌史［M］．上海：上海外语教育出版社，1997：243-244.

生态系统。在那样的系统中可以有掠夺性的物种，但其掠夺一定是能够保持生态平衡的。丁登寺下游几英里处的铁厂破坏了那里的生态平衡，污染了美丽的瓦伊河；而上游几英里处的小农经济区则没有扰乱生态系统”。华兹华斯深情地描写了林木掩映下的农舍、绿油油的田畴、枝头挂满果实的果树……诗人觉得，那里即便有“些许朴素的嘈杂”，也“无碍于绿色荒野的景观”。①

艾比在《珍贵的沙漠》里的描写也是建立在生态整体观之上的。从生态整体的视角去考察，沙漠虽然不适宜人类居住，但仍然有它原样存在的权利，更有其生态价值。艾比指出：“这里的沙漠并不缺水，它有十分足够的水量和非常精确的供水率来满足岩石和沙丘，并广泛地、自由地、开放地和慷慨地供给适应这里自然条件的植物、动物、家庭、城镇和城市，从而使得这干旱的西部与美国的其他地方如此不同。这里并不缺水，除非你非要在不应该有城市的地方建立一个城市。”② 艾比认为，缺水不缺水，是从人的角度做出的判断；但从自然的角度来看，并没有缺不缺水之别，只有水与适合于特定水量的生命之间的平衡。如果人类的数量和需求过度地增长，非要在不适合的地方生活；那么，只能说是人自己造成了水源匮乏。如果人们在造成水源匮乏并霸道地剥夺了其他生物得到自然原本给予它们的特定量水资源的权利之后，又凭借自己的力量以建水库、跨流域水体调动等人工手段强行打破自然的平衡；那么，人类就将彻底扰乱地球的水循环系统乃至整个生态系统。

生态整体主义要求人们学会从整个自然系统及其内在规律看问题，学会以生态系统的整体利益为终极尺度来衡量自己，来约束自己的行为。生态系统的整体利益应当成为人类社会发展的根本出发点和最后归宿，成为一切行为、政策和发展模式的最终判断标准。因为，只有生态系统得到有效的保护，生存与发展这人类的两大最基本的需求才能够长久地得到满足。保护生态系统就是保护包括人类在内的所有的生命。

---

① Jonathan Bate. *The Song of the Earth* [M]. Cambridge: Harvard University Press, 2000: 145-146.

② Edward Abbey. *Desert Solitaire: A Season in the Wilderness* [M]. Cambridge: Cambridge University Press, 1998: 74.

第三章　英美生态女性主义文学研究

生态女性主义所整合的主要是生态学和女性主义两个概念。进一步说，是将生态学视角整合进女性主义，形成一种“生态的女性主义”。生态女性主义为我们处理好人与自然的关系、人与人的关系提供了新的思路和原则，更能指导人们和谐、健康的发展。本章将阐述生态女性主义文学研究的理论与文论基础，探讨多丽丝·莱辛、乔治·艾略特、艾丽斯·沃克以及斯坦贝克等英美作家作品中的生态女性主义思想。

第一节　生态女性主义文学研究的理论与文论基础

一、从生态学到生态文艺学

“生态学”原本是个生物学概念，研究对象是“有机体与其周围环境之间的关系，特别是动物与其他生物之间的有益和有害关系”①。然而，20 世纪，生态危机愈演愈烈，使生态学思想越出了生物学范畴而蔓延到各个学科领域，生态哲学、生态史学、生态美学、生态经济学、生态环境学、生态人类学、生态社会学、生态心理学等各种交叉学科先后产生。

其实，生态学的跨领域拓展和生态意识的全面觉醒，不仅与生态危机有关，也与当代文化生态的变迁、各种非中心主义的后现代思潮流行相契合，因为生态学的理念挑战了流行数千年的人类中心主义传统，适应了这种世界范围的思潮，这是生态主义迅速发展的深层动因。在文学领域，原有的西方文论——人本主义和科学主义出现了发展的瓶颈，再也无法忽视生态问题，这为生态学与文学的结合提供了可能和条件。于是，生态文艺学、生态批评便应运而

① 李雪荣，吉晶玉. 20 世纪西方文学选读［M］. 长春：吉林大学出版社，2016：318.

生了。

生态文艺学是一门从生态学的视角研究文艺与地球生态之间关系的文学理论分支。生态文艺学并不能等同于生态学与文艺学的交叉，实际上，它是一种理论视角的融合，是以文学的视角审视生态学或以生态学的视角审视文学。同时要注意的是，生态文艺学的研究对象不是生态，而是人的精神活动、人的精神活动在“生态系统”中的位置以及在文学中的展现。也就是说，是研究文学所呈现出的人与自然、社会、他人以及自我的关系。

进一步概括而言，生态文艺学研究的是文艺作品自身的生态系统——自然、社会、文化与人，这些环节之间的关系必然通过人的精神活动来显现、实现。生态文艺学是一种从生态学的宏观视野出发，研究文艺与宇宙生态系统关系的学科，并且以这一学科来传达生态学的一般观念，从而为普及人类的生态意识做出自己的独特贡献。东方与西方先后提出了生态文艺学的概念，然而将生态文艺学与女性主义有机结合却是在西方率先出现的。

二、从女性主义到生态女性主义

女性主义具有多重含义，它既是一场社会运动，也是一种社会思潮，更是一种审视世界的思维方式、思考视角、文化理念。女性主义在西方的发展主要经历了“三次浪潮”。第一次浪潮始于 19 世纪后半叶，到 20 世纪初达到高潮。这一次是现代性的自由主义思潮的一个余波，以“自由主义的女性主义”为理论依托，从生理性别的差异，强调男女的不平等。其主要目标是为妇女争取受教育权、就业权和选举权等社会权利，其主力是受过良好教育的西方中产阶级白人妇女。这场运动取得了一定的成果，女性的社会权利得到了重视，但并没有打破传统的性别刻板观念，也没有改变传统的性别角色规范。

第二次浪潮发生于 20 世纪 60 至 80 年代，在这一次浪潮中社会性别的作用得到了强调，即认为不是生理差别，而是社会文化的塑造，造成了性别的不平等。这一运动兴起于美国，它带来了关于妇女研究的产生和发展。

第三次浪潮兴起于 20 世纪 80 年代，并延续至今。这一浪潮对包括“男女平等”在内的许多既有女性主义观念提出了质疑和挑战，女性主义者不再致力于建立统一的理论目标，转而关注多元性、差异性、反权威性等，将女性主义发展成了一种反主流文化。这些观念得到了广泛传播，并在很多领域产生影响。

“生态女性主义”这个概念，是法国学者弗朗西丝娃·德奥博尼（Francoise d´Eaubonne）于 1974 年在《女性主义或者死去》中首次使用的。1978 年，她出版了《生态女性主义：革命或者转变》，这部书首次对生态女性主义的概念、内涵和目标等进行了全面的阐发，提出“（生态女性主义的）目的不是建立一个所谓的更美好和更公平的社会，而是生存，让历史得以继续，而不是让我们像大洪水前的动物和鸟类那样消失”①。

20 世纪末，生态女性主义在西方发展迅速，先后出现了苏珊·格里芬（Susan Griffin）、卡洛琳·麦茜特（Carolyn Merchant）、波伏娃（Simone de Beauvoir）等一系列理论家。生态女性主义主要有四个流派，其区别在于如何认识女性与自然的联系，这种联系是生物心理上的还是社会文化上的。据此可以区分出自然或文化的生态女性主义、精神的生态女性主义、社会—建构主义的生态女性主义、社会主义的生态女性主义/改革的社会主义生态女性主义。

三、生态女性主义的观念与精神

生态女性主义从整体上反思西方文化及西方现代性，针对的是现代世界观等级二元论及以等级二元论为合理性、合法性基础的统治逻辑。生态女性主义认为，这种世界观打着“科学”之名，是男性中心的、分析性的及机械论的，男性统治主导的意识，使西方白人男性视自然、女性和其他族裔、有色人种为“他者”，对自然、女性和其他族裔同时进行压迫。因此，她们认为，解放女性的运动必须与解放自然的运动结合进行。人类中心主义和男权中心主义拥有相同的思维方式，将压迫性的观念框架强加给自然和女性，因此，女性视野有助于充分理解人类对自然的统治。

生态女性主义的基本观点大致可以概括为以下几个方面：

第一，无论从生理—心理特征上看，还是从人类学—历史学视角上看，女性相对于男性都更亲近自然，而男性却将文化、伦理建立在与自然对立的基础上。父权制文化制造了自然/生理/动物性与社会/文化/人性的二分，并且将这种二分性别化，将女性归于自然、物质、自然性的繁衍，并界定为他者；将男性归于文化、形式、创造性的生产，并界定为自我。这就成了一种性别政治，为贬抑自然、女性建立了合理性的基础。生态女性主义接受了女性与自然相联系的观念，认为女性与自然的亲和既来自先天的生理特征，又有自原始社会就形成的历史因素——女性因为像自然一样孕育、哺养和守护生命，所以一直与自然和谐相处。有的哲学家、生态学家甚至认为，女性就等于自然。

男性与自然的关系却一直是对立的，自原始社会开始，自然对于男性就是一个等待征服的狩猎场，男人与自然形成了征服与被征服、利用与被利用、掠夺与被掠夺的关系。这种关系借助男性的统治，成为人与自然关系的主流，这

---

① 曹剑波，宋建丽．女性主义哲学［M］．厦门：厦门大学出版社，2013：168.

才导致生态危机的出现。如生态女性主义者格里芬（Griffin）所指出的那样："我们不再感到我们是这个地球的一部分。我们把其他造物视为仇敌。森林消失，空气污染，水污染……很久以前，我们就已经放弃了自我。我们的生活方式正在毁掉我们的环境，我们的肉体，甚至我们的遗传基因。"① 所以，女性比男性更倾向于珍惜和爱护自然，相应地，也就更多地背负着打破人与自然间的隔离、结束人对自然的统治的责任。这与生态运动的目标是一致的。

第二，地球上的生命并不是孤立的，虽然它们都是独立的生命体，却要相互依存；也不是对立的，虽然它们有各自生存、发展的需要，却需要互利共赢。生命构成了一个相互联系的网。等级观本来只是人类社会才有的，但人类却将这种等级观扩展到生态系统里，由此建构了一个宇宙等级体系。这个等级体系从亚里士多德开始形成，在这个体系中，最高级的是纯精神的存在（神、上帝、理念世界）；其次是有理性、有社会性的人，而其他自然生命、自然物都比人类低级，依次是动物、植物和无机物；在人类当中，白种男性由于理性较高而更高级，女性、其他种族由于更接近自然因而更低级。生态女性主义的重要观念就是反对这种在西方文化中根深蒂固的等级体系。

第三，健康平衡的生态系统本来是多样化的，人类也栖息于这种多样化之中。但现代文化市场复制出的千篇一律的产品，使人们的文化消费逐渐趋同。生态女性主义认为，这已经造成了某些消费形式的统治，这种统治是强制性的，是一种文化暴力；进而主张发起全球性的反集中化运动。

第四，大量物种的灭绝和濒危，迫使人类不得不重新思考人与自然及人类自身肉体性、自然性与精神性、社会性之间的关系。这就挑战了自然与文化分立的二元对立理论。生态女性主义批判这种二元等级制，反对人与自然、生态与社会、感性与理性、野蛮与文明的分离，认为在女性原则、生态原则中，所有生命都是相互依存的，并将这种生态模式与男性社会的压迫、统治模式相对照，主张按照女性—母性原则、生态—生命模式重新建构社会文化。这是女性主义对全球环境危机的回应。

---

① 左金梅，张学义，李方木．女性主义视域下的英国浪漫主义诗人［M］. 济南：山东友谊出版社，2009：108.

第二节　多丽丝·莱辛科幻作品与小说中的女性生态主义研究

多丽丝·莱辛（Doris Lessing）被誉为继伍尔芙（Woolf）之后最伟大的女性作家。她的作品多次获得过世界级奖项，并于 2007 年，凭借小说《裂缝》，获得了该年度的诺贝尔文学奖。莱辛以现实主义文学作品起步，却于 20 世纪 70 年代至 90 年代之间进行了创作转型，投身于“科幻文学”这个相对边缘的写作领域。“女性”和“自然”构成了其科幻作品中的核心话题，她的多部作品都反映出女性与自然的共同命运，以及对男性与女性之间、人与自然之间和谐关系的向往。这两条脉络是其作品最重要的精神内涵。

一、重塑人类精神

20 世纪，最早完成工业革命的英国，科技在日新月异地进步着，在世界范围内它的政治和经济上的影响力都是显而易见的。原始资本的快速累计给社会带来吕大量财富，而这又导致了拜金主义的盛行。物欲膨胀和金钱崇拜不断腐蚀着人们的心灵，所有人的人生价值似乎都寄托在物质财富上，丧失了对精神文明的追求。针对这一现象，生态女性主义秉持着对精神生态健康的关注，呼吁人们进行内心的自省，追寻精神上的宁静，重塑人类精神文明的美好家园。

《黄金之城埃尔多拉多》中的亚力克就是一个丧失了精神文明的人。亚力克并不满足农场的平静生活，追求最大化地占有耕地和提高产量。为此他雇佣大批的工人，将原本的植被全部砍光。当水土流失等问题导致农地无法再开垦、牛羊无处可去时，亚力克依旧没有放弃对土地的剥削，转而试图以另一种方式压榨自然的剩余价值——寻找金矿。亚力克醉心于占卜的神秘力量，一心利用巫术挖掘黄金，对自己的妻儿的生活则开始不管不顾、不闻不问。他迷失在黄金梦里，丧失心智，将农场的自然环境和原本的幸福生活折腾得一塌糊涂。对财富的过度追求让亚力克成了自私自利又毫无责任感，同时在精神上也更加空虚。莱辛始终秉承这样一种理念，人的欲望应该被控制在一个合理的限度，和自然的生产保持一种平衡，如果任由物欲凌驾在理智之上，就会引发人类精神危机，为人类文明带来毁灭性的后果。

二、号召社会责任感

莱辛对于她所处的世界具有一种强烈的人文关怀，突出表现在对人类未来命运的思考上。在她的科幻小说中时常出现万籁俱寂的世界末日情节。暴雪、干旱、疾风、战争、饥荒……莱辛试图用这些极端恶劣的自然环境警示生活在现代社会的人们保护生态环境的重要性。体现出作家高度的社会责任感。

在《南船座中老人星：档案》中，什卡斯塔这个星球的居民生活在老人星帝国的管理下。由于大灾难的到来，什卡斯塔星球上居住的原住民和巨人族都遭遇了严重的种族退化危机。最后，老人星的居民帮助了幸存的什卡斯塔人在废墟上重建了家园。在这个系列中，老人星的居民对其他星球的住户有一种天然的使命感和责任感，多次提供帮助，一定程度上反映了作者对社会的文化担当。

莱辛在生态方面的社会问题上表现的责任感尤为突出。环境污染问题已经成为现代社会最严重的问题之一，包括水污染、空气污染、噪音污染等。到了今天，这个问题日益突出，在发展中国家尤为严重，已经发展为全球性的问题。此外，她还对资源枯竭报以极大的忧虑，尤其是水资源。《玛拉和丹恩历险记》中，玛拉和丹恩生活的村落遇到严重的干旱，仅剩的一点水源由人轮流把守，人们甚至靠喝尿来维持水分。因此这里的人认为，尿液里难得的水分上极其珍贵的，对它的浪费简直上可耻的。因为缺水，每个人都显得异常“干瘪”，对水资源的极端渴望随处可见。姐姐马玛拉甚至一度出现幻听，总觉得周围有水流的声音。莱辛甚至认为，未来由于水资源的匮乏，人们可能会选择移民北极。

三、呼唤女性的自我觉醒

在男权统治下，女性千百年来都以一种从属者的姿态呈现，女性气质对应的往往是“胆小”“被动”“情绪化”等。正如波伏娃指出的：“女人不是天生的，而是变成的”①。这种观念在科幻文学领域也不断被体现。即使在理念前卫超前的科幻小说中，女性大多仍然上依附者的身份，只能接受男性科学家等人的保护。直到三次女权运动的兴起，特别是第三次女权运动中女性生态主义的流行，为科幻小说中的女性形象提供了更多的可能性。

莱辛在科幻小说中描绘的女性形象大多就有别于传统的女性书写，她们不

① 王芳．波伏瓦在中国［M］．西安：西安交通大学出版社，2016：127.

再是一个个符号化的"母亲"或"女儿"，而是表现出独具魅力的女性特质。莱辛在科幻世界里给读者呈现了女性在灾难面前的勇敢和智慧、在社会中的责任和担当。《幸存者回忆录》中的艾米莉，从一个孤僻、怯懦的小女孩，逐渐成为和少年杰拉德大胆恋爱的少女，之后又化身为另一个流浪小女孩约娜·赖安的依靠，继而和杰拉德一样成为一个青年领袖式的人物。《三四五区间的联姻》中的女主人公爱丽·伊斯原本将管辖的三区治理得井井有条，却在一道命令下被迫嫁给四区暴戾、专制的国王本恩·艾塔。面对异域他乡的生活和矛盾重重的婚姻，爱丽并没有选择逃离或放弃，反而通过不断地自我反思，逐渐找到改变现状的力量，积极和本恩沟通交流，两人从冷漠敌对到理解支持的情感转变中，爱丽的勇气和智慧功不可没。

在莱辛的科幻小说中，女性不再是等候男性拯救的弱者，她们勇敢而又富有智慧，在巨大的灾难前仍能寻求一条生路，并且可以给男性提供指引。她笔下的男性也认识到女性潜在的力量，并对她们表现出赞赏和尊敬。无论上《三四五区的联姻》里善良智慧、坚韧不拔的爱丽女王，还是《裂缝》里大度、勤劳的女性族群"裂缝族"，都突破了传统的女性形象书写，颠覆了文学领域的男性单一视角，体现了女性的自我意识和独特魅力。

第三节 乔治·艾略特女性意识的觉醒与生态伦理思想分析

乔治·艾略特（George Eliot），英国19世纪著名女小说家，原名玛丽·安·埃文斯（Marry Ann Evans）。艾略特的作品以广泛的社会内容和对女性生活的关注著称于世，表达出了非常强烈的女性意识。其代表作有《亚当比德》《织工马南传》《福洛斯河上的磨坊》《米德玛奇》等。

一、乔治·艾略特女性意识的觉醒

在英国19世纪文学史上，相继出现了几个敢于公开向社会挑战的女作家，她们是奥斯汀（Jane Austen）、乔治·艾略特、勃朗蒂姐妹等，她们的小说《傲慢与偏见》《米德尔马契》《简·爱》《呼啸山庄》等，塑造了一批叛逆型、反抗型的女性形象，这在保守的19世纪颇为引人关注。她们大多在自己的作品中揭示了妇女受歧视、无社会地位这一现实状况，并开始有意识地在作品中关注女性问题，对于女性在男权社会中，经济无保障、教育受局限等现状进行了展示，并试图探索女性解放的途径。

这一时期，乔治·艾略特主要是从伦理的角度，在作品中不仅表现了对恋爱中女性的伦理关怀，也表现了女性婚姻生活中的各种道德问题，同时她还更进一步认识到，要改变女性的地位，不仅要改变女性自身，还要改变受传统偏见影响的男性思维。因而，相对于前辈女作家来说，在对女性的伦理关怀上，艾略特是有所超越的，甚至她的某些观点具有 20 世纪的女性主义特征。

工业的迅速发展，改变了妇女的命运，为她们开辟了一个崭新的时代。随着英国资产阶级革命和工业革命的到来，英国的妇女们有了更多受教育的机会，教育使她们有了智慧和思想，使她们开始想像男性一样将自己的才智服务于社会，来赢得自己的地位。但她们良好的愿望却常常被歧视、压迫她们的社会击得粉碎。

在西方，从古希腊罗马起，妇女就一直受男权和宗教的压迫和束缚。古希腊的德谟克利特（Democritus）、柏拉图（Plato）以及 18 世纪的卢梭（Rousseau），都是男权中心主义者，都曾经表示过对女性地位的偏见。巴尔扎克（Balzac）在《婚姻生理学》中告诫过中产阶级的丈夫们要对妻子严加管束，不要让她们有任何受教育的机会，为要让她们引人注目，要使她们处在完全依附于丈夫的地位。托尔斯泰（Tolstoy）在《战争与和平》中赋予活泼可爱的娜塔莎的责任不是参与社会活动，而是做贤妻良母，为家庭缔造幸福。

资产阶级革命虽然唤醒了部分妇女的道德觉醒，她们发觉了自己的不道德处境，开始为争取自己的生存权利而抗争，如英国 19 世纪 50 年代出现的为争取妇女选举权而开展的女性主义运动就是女性意识觉醒的反映。但由于历史的局限，社会的偏见，以及女性自身力量的薄弱，19 世纪的她们还不能得到真正的解放，只能再度陷入迷惘。

在《米德尔马契》中艾略特以较多的笔墨对女性应如何从男权威权的压制下觉醒过来，为赢得自己的社会地位进行探讨。小说中，作者着重写了三个青年女子——多萝西娅·布鲁克、罗莎蒙德·文西和玛丽·高思——在爱情婚姻追求上不同的精神世界、不同的理想和不同的结果。作者以对照的手法来描写罗莎蒙德和玛丽·高思这两个女性。罗莎蒙德是米德尔马契市长的女儿，从小因为父母的宠爱，养成了爱慕虚荣、自私、任性的个性。她将自己作为得到未来美好生活的资本。由于所受教育的限制，罗莎蒙德没有一点实际工作的能力，她不愿、也不屑于辛苦劳动的生活。像当时大多数中产阶级女子一样，她把嫁个好丈夫，作为自己未来生活保障。她得知外省来的青年医生利德盖特出身贵族后，便对他展开进攻。她幻想与利德盖特的婚姻，可以使她有机会与名门望族平起，平坐，从而提高自己的社会地位、受人尊敬。但是，当利德盖特一旦不能满足她对婚姻的这些愿望时，她就开始不满，甚至想移情别恋，游戏婚姻，结果只能害人害己。罗莎蒙德追求理想婚姻的失败，在19世纪并不是偶然的，尽管罗莎蒙德不是一个坏人，她没有邪恶的谋算、肮脏的打算或贪得无厌的思想，她就是想得到一种让别人羡慕的生活来满足自己的虚荣心，同时也为自己的未来寻找生活依靠。她的命运实际上也反映了当时广大妇女的共同命运，在妇女无社会地位的时代里，她们只有依赖一门好的婚姻来改变自己的命运，为自己找到一个好的归宿，至于婚后的生活状况，是可想而知的。因此，在这个意义上，罗莎蒙德也是男权社会压制下的牺牲品。

在小说中，作者竭力歌颂的是与罗莎蒙德相对应的独立女性的典范玛丽·高思的追求和她美满的结局。玛丽是个农技师的女儿，生活在一个开明的家庭环境中。父亲诚实、正直、受人尊重，母亲靠自己的双手挣钱养活自己。高思太太对男女问题也有她自己的看法。高思太太认为男人和女人生而平等，只不过由于生理结构不同而存在着体力差异。这种男女平等的观念也影响着玛丽。玛丽不仅贤惠、孝顺，还是一位正直、有自我独立意识的女性。她和米德尔马契市长的儿子弗莱德·文西从小青梅竹马，两情相悦，但是文西因为受中产阶级家庭环境和偏见的影响，养成了好逸恶劳的坏习惯。在米德尔马契，门第观念是很强的，中产阶级出身的文西太太——弗莱德的母亲自然是瞧不起高思家的，认为高思太太是“靠自已挣钱过活的女人”，属于下层阶级，是被中产阶级妇女看不起的，因为中上阶级的女人是靠丈夫养活的。可见，就连身为女性的文西太太也被男权社会的偏见所左右，甚至成了男权统治的卫道士。

玛丽在爱情问题上，有自己独立的见解，所以当弗莱德向她表示爱情时，她对弗莱德说：“我永远不会爱上一个没有男子气概，不能自立的人，一个游手好闲，蹉跎岁月，指望侥幸得到别人的恩赐的人。我知道怎样维护我的尊严。”① 玛丽把“自立”当作做人的尊严加以维护，并以此要求弗莱德，表现了她不仅要改变女性自身的现状，还要改变男性的愿望。在玛丽的坚持下，深爱玛丽的弗莱德，下决心要按照玛丽的要求去改变自己。后来弗莱德已彻底改变了自己过去的不良习气，把劳动当成生活的乐趣，他们的婚姻十分美满幸福。当然，这种婚姻生活是玛丽和弗莱德两人齐心协力，以自己的努力得来的，也表现了玛丽对理想的婚姻生活的理解和追求，即只有平等的、相互爱护、相互尊重、同心同德的夫妻关系，才是合乎伦理道德的。这也体现了艾略特不仅意识到女性在经济上的自立是实现女性社会价值的重要一面，同时她也意识到了要真正实现女性的解放，妇女还应担负起改造受传统偏见影响的男性。

① 杜隽．乔治·艾略特小说的伦理批评［M］．上海：学林出版社，2006：134.

在《米德尔马契》中，作者通过玛丽这一妇女形象的塑造，为妇女如何赢得自己的社会地位、如何得到社会的尊重、如何建立美满的家庭，树立了一个很好的榜样，同时也肯定了妇女的社会作用。艾略特给玛丽活动的领域很有限，她还不能为玛丽安排一份合适的社会工作。尽管如此，玛丽还是在有限的范围内为实现女性的独立努力工作，她不仅在经济上摆脱了对男性的依赖，而且还在家庭中赢得了男性的尊敬。玛丽的结局说明了女性只有在经济上摆脱对男性的依附，只有在观念上改变了男性对女性的偏见，才有可能成为真正独立的个体，才有可能得到真正平等的地位，实现两性的和谐。

艾略特早在 1854 年评论“法国女性”时就写道：“在法国，女性由于能进入男性的思想领域，与男性分享共同的利益而变得优秀，这种状况应是真正女性文化和社会健康的必备基础……让整个现实领域既对男性又对女性开放。只有到那时，造成目前两性间不和的根源——两性思维的差异——才会成为真理和生命中美的补充。”① 艾略特的这段话其实已体现了 20 世纪女性主义者伍尔夫提出的“双性同体”的内容，所以在女性解放问题上，艾略特的思想是具有超前意义的。

艾略特的女性觉醒意识还表现在《弗洛斯河磨坊》中的女主人公玛姬身上。小说中的玛姬从小就由于她的黑头发和她既聪明又倔强的个性，远离男权社会对女性的要求一金发、白肤、温顺，因而常常受到亲属们的指责，为了对此表示不满，她甚至曾逃到吉卜赛人的村落去寻找同类。玛姬的幻想和逃亡产生于她与父权规范的格格不入，表达了她的不满与抗议。小说最终以“水中之死”使玛姬的逃亡达到高潮。尤其是在水与死亡之中，玛姬是以哥哥汤姆的拯救者出现，隐喻着她对父权权威的超越。作为父权的化身，他以哥哥的身份，诱使渴望亲情的玛姬对他屈从讨好，而他专制家长式对女性的鄙视和压制的行为，又引发了玛姬的愤恨与反抗，造成了玛姬内心的分裂和自戕。艾略特在此为玛姬水里的死亡赋予了超越的意义。“水”在西方一直是生命的象征，在水中死去，也象征着在水中获得新生。所以，玛姬的“水中之死”表现了艾略特用死亡来阐释女性新生的积极愿望。

二、乔治·艾略特的生态伦理思想简析

乔治·艾略特小说中体现的现代思想和艺术技巧，在英国 19 世纪的文坛中具有开拓性意义，并影响了许多同时代及其后的著名作家。她的作品善于刻画性格鲜明的人物形象，尤其是对中下层阶级的人物的描写，她能洞察到他们

① 杜隽．乔治·艾略特小说的伦理批评［M］．上海：学林出版社，2006：136.

的思想和情感，并能自如地把这些在小说中表现出来。她认为小说作为一种表现形式，应该表现生活自身，应表现普通人的生活情感而并非其他。艾略特憎恶利己主义和贪欲，她的作品列举说明了开放的思想、责任和宽容的重要，作为人类通向快乐的途径。她的人物表现了外省中小资产阶级和农民的生活，表现了他们渴望一种深深的爱和理解，以及找到自己的归属。

伦理学自古有两种：理性的和叙事的。理性的伦理学探究的是人类社会的一般法则和人的生活应遵循的基本道德观念，让个人的性情通过教育培养符合这些原则。亚里士多德（Aristotle）、费尔巴哈（Feuerbach）都是理性伦理的代表。叙事的伦理就是通过对个人经历的叙述提出关于生命感觉的问题，营造出具体的道德现象和道德判断，它表现的是个人的命运。

文学的叙事伦理表现的客体和对象是具有伦理道德属性的人的生活和人的多方面的相互关系；叙事伦理学的作者，乃是具有一定的伦理道德意识的艺术家。这些具有一定的伦理道德意识的艺术家的创作活动又是遵循一定的艺术的审美规律进行的。因此，探讨艺术家的道德意识、道德观念、道德选择道德批评、道德目的、道德意向是必不可缺的。因为没有一定的伦理道德的客体和缺少一定的伦理道德的主体，都是不能构成文学叙事伦理的。我们不能封闭地、单纯孤立地考察作家的审美意向和艺术良心问题，鉴别和评价作家的审美意向和艺术良心，必须同她们所处的时代背景和历史条件紧密地联系起来，应当努力自觉地以是否有利于广大群众的意愿和利益、有利于社会的进步和历史的发展，作为权威性的尺度，对艺术家的伦理情操和道德良心做出恰当的评说。

从艾略特的生活历程和她的创作中，可以发现，她的一生和她的作品其实一直是与“道德”一词关系密切的，这就为我们从伦理道德的角度研究艾略特提供了基础。艾略特尤其注重作家创作中的道德内容，她曾在1855年在报纸上发表过有关歌德的《威廉·迈斯特的学习时代》的评论文章，表述了自己对于“加强小说家道德意识”的看法。文章中，艾略特肯定了歌德不在小说中表达自己态度的做法：既不表现对劣等的憎恨，也不表现同情心。她认为，小说的道德影响不应通过作者来影响读者，而是通过小说本身来产生道德影响，她认为这样才能创造一种冷静的、含蓄的表现方法，以替代预先设计好的使读者产生同情的情节。作者在作品中表现自己的道德评价是不适合于所有艺术作品的。

艾略特的观点既表现了她对歌德在作品中表现伦理思想的支持，也为她自己在小说中要表现的伦理内容做了预示：“小说家可以预先表现人类生活的每个方面，有爱的特色，忍耐的品质，以及有助于唤醒我们最美好的同情。”① 在艾略特的叙事空间中，她为人们设置了各种选择道德伦理的道路，不同的选择，会有不同的结果，这个结果，不是作者制定的，而是主人公的命运在这个叙事空间中发展的结果。艾略特正是在自己的作品中，探讨各种人的行为、人性及人的关系中研究道德的，其中也包括生态伦理道德。

第四节　艾丽斯·沃克创作生态诗学及发展与完善

在当代美国文坛上，艾丽斯·沃克（Alice Walker）以她作为美国黑人妇女的代言人和强烈的艺术家社会责任感而独树一帜。艾丽斯·沃克不仅是美国历史上第一位获得普利策文学奖的黑人女作家，还是一位完全代表了我们这个时代的作家。她的小说《紫颜色》被称为永恒的经典，是世界上被重读次数最多的文学作品之一。在文学创作和生存生命价值的探索中，沃克创造了“妇女主义”一词来表示自己的哲学立场，并通过文学创作阐发了妇女主义的理念，构建了妇女主义的文学模式。

一、艾丽斯·沃克生态诗学的发展——社会生态的和谐

面对现代性扩张带来的全球性日益严峻的生态问题，沃克以她独特的视角观察并分析着社会经济进步与伦理道德倒退之间的深刻矛盾，表现出强烈的忧患意识和批判精神，并就人与自然和谐问题从社会生态层面进行思考。这样，在对人与自然关系的独特审美认知基础之上，沃克开始对世界的合理秩序，对人在世界中的地位以及对人的行为合理性进行深入反思。

艾丽斯·沃克对整个地球命运的关怀已促使她将早期作品中颇具特色的愤怒主题放在了一旁。在其重审社会现实的作品中，她开始对世界的合理秩序，对人在世界中的地位以及对人的行为合理性进行深入反思，并在创作中着手重构社会新秩序，试图建立一个自然、人、社会和谐共存的理想乌托邦。乌托邦生态社会是沃克初期生态创作中人与自然本源性和谐意识在社会生态层面的自然延伸，寄托着沃克对人类社会美好的、诗意的理想和憧憬。

---

① 温晶晶 . 19 世纪英国女性文学生态伦理批评［M］. 北京：国防工业出版社，2015：207.

（一）重构社会新秩序

社会生态学认为，生态危机的本质根源不是传统的形而上学和伦理学的失误，而是社会生活模式的弊端。人类社会是自然生态系统的组成部分，必须重视自然规律对社会结构、体制以及社会生活方式的作用，从而重整社会生态模式，解决人与自然关系的社会重构问题。并且这一哲学认为，当前的生态学问题归根结底源于根深蒂固的社会问题，植根于分等级的政治与社会体制中。

在社会生态学者看来，除了那些纯粹的自然灾难，当今世界的绝大部分生态环境问题都有其经济、文化、种族和性别冲突的根源。艾丽斯·沃克在小说创作中，以人道主义的社会生态关怀为基点，揭露美国黑人尤其是黑人女性所遭受的种族迫害、宗教欺骗及性别歧视和压迫，倡导以平等相待、相互关爱的全新社会关系重构人类新的共同体，倡导人类走向一种生态社会。

社会生态学家认为不平等和严格的等级制度是问题的根源。我们人类应当积极抵制一切破坏人性的邪恶势力，维护自身的尊严和人类共同体的整体性。沃克和其他的生态女性主义批评家一样坚决反对等级制。生态女性主义批评家认为，这个世界最基本的存在模式是等级制：人凌驾于其他物种之上，男性凌驾于女性之上，白人凌驾于有色人种之上，富人凌驾于穷人之上，成年人凌驾于孩子之上。

沃克拒绝等级制及以等级制为基础的生活方式，她认为等级观念是当今世界生态危机的罪魁祸首之一。和其他的生态女性主义者一样，沃克并没有孤立地看待生态问题。她把人类等级观念所导致的生态问题和其他形式的压迫相互联系起来，认为人类对大自然的压迫和掠夺行为与种族压迫、性别歧视以及其他的暴力形式密不可分。她一贯认为父权主义者必定是种族主义者、崇尚暴力者。父权主义者、种族主义者以及崇尚暴力者绝不会善待大自然。

战争作为暴力的最高形式，根源在于有权有钱者企图将生活在别处的无钱无势者的资源盗走。因此她认为，要解决生态问题就必须要消除父权社会里的种种压迫和暴力形式。事实证明沃克本人在创作中和现实生活中都会坚决反对一切毁灭性的、非正义、不人道的观念和行为。例如，她曾不遗余力反对非洲女性的割礼行为，反对全世界范围内包括美国、南非等地的种族歧视和种族隔离，反对伊拉克战争和阿富汗战争。2003 年国际“三八妇女节”期间，她在反伊拉克战争的示威游行中被捕，但她并没有因此放弃她的“生态正义”斗争。在 2009 年 3 月，她曾冒着生命危险亲赴中东给加沙地带的妇女儿童提供人道主义援助。

反对一切形式的歧视压迫和迫害，主张平等相待、相互尊重、和谐共处是沃克一贯追求的目标。她认为，健康、理想的社会生态模式应该彻底消除种族迫害、性别歧视和压迫，消除等级制度。成名作《紫颜色》最为典型地揭示了社会生态学家所描述的这样一种社会生态观："人类作为动物是按照生物学原则组织起来的，从而与其他同类互依互存生活在一起，并在一个宽泛与自由界定的社会团体中关心与爱护它的同类。这些人类特性不仅被视为人类自然的特性，还被视为构成人类自然本身。这些特性不仅仅被当作生物性人类共同体的生存机制或社会特征，还被当作进入生态社会的结构的构成材料。"[①] 人类应该组成个人喜好、文化素养、性别偏好和智力兴趣等都十分相似的、情感和谐的、健康的社会团体，这种相互关爱、和谐相处的社会关系将实现人类重新共同体化，从而走向一种生态社会。

（二）自然、人、社会和谐的乌托邦

在《紫颜色》中，艾丽斯·沃克倡导在相互关爱、和谐相处的社会关系中重构新的人类共同体，走向一种生态社会。沃克的第四部小说《我亲人的殿堂》则通过历史溯源和合理构想，描绘了一个人与自然、人与人之间和谐相处的理想乌托邦。人与自然的和谐是沃克对史前母系社会赞美的最为重要的维度。尊重自然的价值与肯定人性的价值是沃克人文思想的两极，而史前母系社会正是人类社会历史中实现了两者和谐统一的社会形态。因此，它在沃克对理想社会模式建构中具有重要意义。

《我亲人的殿堂》是一部令人眼花缭乱、啧啧称奇的作品，沃克自己称之为"一部过去 50 万年的罗曼史"。50 万年的罗曼史就是通过丽丝这个有着神奇记忆力的人物串联起来的，这位具有魔幻色彩人物的前生曾经是白人、黑人、男人、女人、甚至是狮子。她的多重身份使她得以从不同视角看待人类世界，却得出一个相同的结论：压迫随处可见。官府压迫人民、白人压迫黑人、男人压迫女人、人类压迫自然。通过丽丝，苏威罗了解到自诩聪明的人类是怎样一步步背叛了自然的规则，白人怎样由于嫉妒黑人的肤色从而想方设法戕害黑人，黑人又是怎样通过代代相传的文化和记忆来保存民族的火种。苏威罗在与丽丝交谈的过程中，同时也与被掩盖的历史、被破坏的自然，被扭曲的人性进行了深刻对话。丽丝向他揭露了男权社会妖魔化女神以达到统治世界、压迫女性的目的，使他重新审视人与人的关系、人与自然的关系。

沃克在这部作品中，通过对一些原始宗教历史文化的追溯，表达了反对二

---

① 杜业艳．超越妇女主义 艾丽斯·沃克创作生态诗学研究［M］．徐州：中国矿业大学出版社有限责任公司，2016：109.

元对立的思想以及男人与女人、白人与黑人、自然与人类、历史与现在、个人与整体通过相互交流，建立和谐平等的世界的诉求。同时通过在文本中并不凸显的故事，尤其是重要的人物丽丝的讲述，将 50 万年的历史联系起来，再现了一个人与自然、人与人之间和谐相处的史前母系社会理想乌托邦的愿景。

小说首先构建人与自然和谐的理想关系。50 万年前的太古时代，人们对大自然顶礼膜拜，认为大地是孕育一切的母亲，地球是一个躯体，它需要所有的器官、骨头和血液以便正常运行。那个时候男女虽分开而居，但和睦、平等相处。男性对于像大地一样有生产能力的女性怀有崇拜和畏惧的心理，女性被视为大地母神的祭司。

在丽丝前世的一次生命中，她是远古时代生活在非洲的一个侏儒，她将丛林中的猩猩看作自己的表姐妹，和其他许多生物生活在一起，那时候的树如同现在的天主教堂一般，每一棵都是一幢建筑。当母亲们外出找寻食物的时候，树木和森林就变成了孩子们最安全的庇护者。丽丝清晰地记得她的表姐妹们很大很黑，毛发很多，牙齿很大，脸部扁平，长着一双有神、睿智、温和的眼睛。她们会保护丽丝和她的族人，并且她们只吃植物。在丽丝眼中，性情温和、热爱和平的猩猩远比吵吵闹闹喜欢争论的人类要优越得多。

在当时的人类社会中，男人和女人是分开的，家庭式生活只存在猿的社会中。丽丝回忆道，她与人类社会决裂而与猩猩生活在一起，是因为她选择与她的伙伴像一对夫妻那样住在一起，共同养育他们的孩子。这种生活渐渐成了森林里人们的生活模式，延续了很久，直到占有的观念出现。因为男人更加强壮，特别是当女人因为生孩子而变得虚弱的时候，他们便开始考虑将女人和孩子占为己有。于是，白人与黑人、男人与女人、人类与自然之间的歧视与被歧视、压迫与被压迫、统治与被统治出现了。

正如神秘人物丽丝对苏威罗讲述的那样，在她那些如梦的记忆里的一次生命中，她不是女人，而是一头狮子，一个女人的宠物。因为这个原因，她直接目睹了男人的妒忌和征服欲如何改变了人的自由的过程："动物们和女人孩子被逐出家园，我们一起生长，共同享受森林中我们最喜欢的地方。但这种生活很快结束了，不知什么原因，当我长大为一只成年狮子时，男人和女人的住处合在了一起，他们都为对方失去了自由。男人决定一切该做和不该做的事情，女人则行动上顺从男人，感情上依赖男人。"①

作为一头狮子，丽丝因为失去女人的友谊而悲伤，也为女人依附于男人而

① 王晓英．走向完整生存的追寻：艾丽丝·沃克妇女主义文学创作研究［M］．苏州：苏州大学出版社，2008：141.

为她们感到怜悯：依附于男人，女人必定要失去她的尊严和完整性。这是一个悲剧。这样的命运，狮子不打算与其分享。在这部作品中，作者巧妙地创造了丽丝这样一个对自己前世生命的记忆可以追溯到人类在地球上出现之前的人物，而且她还曾经以各种形象出现：男人、女人、黑人、白人，甚至动物（狮子），这样，在她的身上不仅集合了人类历史发展演变的线索，而且还体现了艾丽斯·沃克所认为的不同种族血缘的人类其实同出一源，人类本是一个整体的思想。

在沃克的世界里，无论是现实世界还是虚构的世界，人与自然的和谐离不开人与人的和谐，离不开白人与黑人、男人与女人间真正的平等、和谐。因此，在《我亲人的殿堂》中，这个理想的乌托邦殿堂首先离不开男人的转变。相比《紫颜色》而言，沃克在这部小说中首次塑造了一些洗心革面的黑人男性形象：豪尔，拉夫、奥拉等成为尊重女性、理解女性的痛苦甚至能为女性权利而斗争的黑人男性，而苏威罗也没有“执着”于他的自私、冷漠。丽丝的讲述让他深受触动，特别是耳闻目睹了豪尔与丽丝的相互理解、相互尊重的关系之后，苏威罗的思想发生了根本性的变化，他逐渐意识到白人男性中心主义价值观对他影响之深。他决心摒弃大男子主义思想，开始学习平等对待女性。这位大学历史教师决定写一本关于“口述历史”的书，关于豪尔的“他说”和丽丝的“她说”。他开始将被白人男权社会价值观所遮蔽的黑人和女性的故事纳入他的历史话语之中。

人性的和谐反过来又意味着人与自然关系和谐的可能。男主人公苏威罗正是在认识到自己身上的男性中心主义思想之后才开始平等地对待女性，开始思考他以前从未想过的人与自然的关系，并认识到人与自然界的其他生物之间、自然界的各种生命形式之间是没有等级差别的。

当我们看到，苏威罗因脚上穿着鹿皮靴、脸上戴着塑料仿玳瑁眼镜而自责时，我们有理由相信，此时的他已经走出男性中心主义思想的樊篱，并逐渐摆脱了人类中心主义思想的束缚。他开始意识到他那些非人类“亲戚”的存在，并认为它们并非为人类而存在，人类也无权剥夺它们的存在。苏威罗最终选择离开城市，放弃教师职位，学做木匠活，并在森林中建造了形状似鸟的仿古房子，他和妻子各住一侧，有各自自由活动的空间，完全平等地相处。更为重要的是，他完全打破了人与自然的人为界限，与山猫、牡鹿、水獭、蛇等共享空间，重返人与自然的和谐。

另一对夫妻豪尔和丽丝的爱情达到了人与人和谐的最高境界。当人们送给苏威罗自画像的时候，豪尔画的是丽丝，而丽丝画的则是豪尔。并且两幅画像的设计竟是如此的相似，一个人画的只是一个女人的轮廓，另一个人画的则是一个男人的轮廓，线条外的空白处填充的都是蓝色。当豪尔看到妻子在分娩中所遭受的万般痛苦时，决定再也不会让妻子怀孕生子了。他开始反省妻子所承受的这一切都是他所致。妻子遭受疼痛，而他却无能为力，他几乎自责地昏死过去。在后来与妻子丽丝的生活中，他对妻子倍加疼爱和珍惜，最终他们放弃了性爱，达到了精神上的融合完整，人性的和谐统一。

《我亲人的殿堂》中，沃克所憧憬的诗意栖居是以主人公丽丝梦境中的人与自然和谐相生、人与人平等相待的史前母系社会生活为蓝本而勾勒的。丽丝梦境中的圣殿象征自然，似鸟、似鱼、似壁虎的“我的亲友”象征非人类的自然生物。通过梦境，沃克充满希望地描绘出一幅她所憧憬的未来绿色乌托邦的美好图景。在这个拥有健康生态体系的理想世界里，人与自然，人与人（包括男人和女人）、人与社会（包括白人和黑人以及其他有色人种）的关系都达到了一种高度的平等、平衡、和谐和统一，世界成为一个人类和非人类都能得以诗意栖居的绿色殿堂。对乌托邦的憧憬体现了沃克追求健康、快乐、自由与和谐的生态理想。

沃克的第五部小说《父亲的微笑之光》中的孟多部落俨然就是另一个人、自然、社会和谐的理想乌托邦。孟多人是美国内战期间从美国逃往墨西哥的黑人与当地印第安人的后裔。孟多人历来崇拜太阳，而且坚信未来的大教堂将是大自然，树木和风是人类的近亲，地球是我们真正的家园。“孟多”是西班牙语，意为世界，那是个崇尚生命、崇尚自然、尊重女性、男女平等的率真纯洁的社会。在部落内部，男女平等相待，同时也平等地对待他们周围的一切生物，他们相信主宰这个世界的应该是爱、平等与和谐，是男人与女人之间的相亲相爱，是人类与自然之间的平等、和谐与完整，所以才会有“妈妈（万物之母）/让我们/去帮助/你”这样的孟多族祷文的诞生。

艾丽斯·沃克一直在创作中寻找她理想的家园，在这个家园里，男人和女人相互依存，平等关爱；非洲文明的价值得到肯定与重申；人类与自然和谐共生。在她中后期作品中，沃克将妇女主义的思考延伸至人类与自然的关系，扩大了批评视域，将人类生存面临的紧迫问题与文学批评话语相结合，为人类提供了深刻反省的空间和未来可能的出路。其博爱的生态观为实现人与人、人与自然的和谐提供了新的思路和视角。

二、艾丽斯·沃克创作生态诗学的完善——精神生态的超越

女性、自然、艺术三者之间似乎有着天然的同一性。诗与艺术是扎根于自然土壤之内、开花于精神天空之中的植物。女人比男人更接近自然，也更接近艺术；穷人比富人更接近自然，也更接近艺术；所谓落后的民族较之那些进步

发达的民族更接近自然和艺术。种族歧视、性别歧视、嫌贫爱富都是违背生态原则的。

“精神生态学”是一门研究作为精神性存在主体（主要是人），主要是人与其生存的环境（包括自然环境、社会环境、文化环境）之间相互关系的学科。精神生态是生态学众多分支中的一门，专门研究作为精神性存在主体的人与其生存的环境包括自然环境、社会环境和文化环境之间相互关系的学科。

生态危机不仅发生在自然领域、社会领域，同时也会发生在精神领域。人类在拯救地球的同时，还要拯救自己的灵魂。人类精神世界中的价值取向偏狭，情感世界的苍白、人性的扭曲和变异，灵魂的苦苦守望等都是精神生态危机的种种表现。作为非裔美国女作家，沃克在关注黑人女性命运、黑人民族的健康和整个人类完整生存的同时，对人类的精神状态深表关注。

面对现代社会中的人们日益丧失精神追求而走向异化及堕落的现状，沃克更加深入地思索精神与道德重建问题。于是，沃克选择了对现实的超越，对普世性的人类生存、对精神永恒性的关注，独辟蹊径，开拓了自己中后期创作的艺术空间。西方近代哲学自笛卡尔以来，对人的认识一直存在这样的二维划分：灵魂和肉体，主观和客观，心理与物理。在俄罗斯哲学家看来，人是三维的人，是“精神—灵魂—肉体的有机体”。在俄罗斯哲学中，人的内心世界有“精神”和“灵魂”的区别。“灵魂”与肉体相对，代表人自然方面的属性与机能，而“精神”是超自然的，代表人的最高本质。

人的精神生命在沃克思想中，始终是作为一个独特的世界，一种独特的实在。文学始终是哲学的真实反映，文学家们始终不满足于对现有经验世界的关照，而将追求现实世界中所没有的绝对真理、最高幸福和终极意义为文学创作的最高真实。同时，这一事实证明了我们属于另一种更深刻、更完全、更合理的存在。

沃克认为，要实现对现代人性异化的拯救，必须从人内在精神的改造出发，这一思想在她中后期创作中得到了强化。也就是说，在对人与自然关系的探索中，沃克不仅仅呈现社会历史的维度，而且更集中于普世性的人性价值和人类生存——关注人的精神生态问题，更把探寻人类向真、善、美的超越性的、包容一切的精神存在，人类理想的生存方式作为自己追求的目标。沃克不断关照人的精神生存，不断揭示人在生存过程中的种种精神需求。

沃克强调人只有在与周围自然的和谐共存中才能形成健康的人格，才能实现精神的归家。从另一方面来讲，这种探寻的过程也是实现对人类诗意生存方式的探寻过程，通过自然人性价值的固守与回归，应对种族压迫、性别歧视等造成的人性异化与分裂，努力追寻“天地神人”四方和谐的理想生存方式，为人类灵魂寻找可以安置的美与和谐的家园。

实践证明，生态危机不仅发生在自然领域、社会领域，同时也会发生在精神领域。不只是自然生态的破坏可以毁灭人类，人类自身的精神生态严重失衡同样可以毁灭人类自身。而且，人类精神生态失衡所导致的后果还可能远远超出自然生态失衡的后果。海德格尔早就意识到人类精神生态面临着巨大的危机，他认为：新时代的本质是由非神化、由上帝和神灵从世上消逝所决定，地球变成了一颗“迷失的星球”，而人则被“从大地上连根拔起”，丢失了自己的“精神家园”。[①] 海德格尔并由此向我们发出了严重的警告：在核武器毁掉人类之前，人类很可能已经在精神领域先毁灭掉自己。

沃克作品中的生态书写有着深刻的生态美学意蕴，它包含着新时代人文精神，是对人类当下“非美的”生存状态急于做出改变的紧迫感与危机感的体现，更是对人类永久发展、世代美好生存的深切关怀，也是对能够让人类得以美好生存的自然家园与精神家园的一种重建。

第五节　斯坦贝克的生态女性主义思想研究

约翰·斯坦贝克（John Steinbeck）是美国文学史上重要的作家之一，诺贝尔文学奖获得者。斯坦贝克的作品集中在20世纪30年代，多反映社会现实以及当时的时代特征。他一生著作颇丰，其声誉与其30年代创作的中、长篇小说联系在一起。斯坦贝克作品在多年后仍对现实有很大的指导意义。

一、斯坦贝克作品中的女性及其命运

（一）女性形象的同质化与反同质化

斯坦贝克所塑造的女性人物形象体现了他对女性的复杂态度。从女性主义批评的视角来细读斯坦贝克的主要作品，我们很快地发现斯坦贝克实际上在小说里流露出一种颇为矛盾的女性观。他既沿袭了男性作家将女性类型化的传统，刻画了不少“圣母与妓女”或“天使与魔鬼”式刻板印象的极端面孔，又满怀关切艺术地再现了那些真实可信、个性鲜明的女性。

同质化或刻板化是指女性被定义为具有共同特征的时候，她们之间的差异

① 鲁枢元．文学的跨界研究 文学与生态学［M］．上海：学林出版社，2011：31.

就被同质化了，其表现就是性别刻板印象。对于中心的主宰者来说，边缘位置的人的差异无关紧要。相对主宰来说，其余的一切都是多余的，多样性和多元性对于满足他的欲望是多余的，被殖民者都是相似的，如刻板的“家庭天使”、引诱男人堕落的“魔鬼”。

斯坦贝克笔下的妓女形象既出现了刻板印象的邪恶妓女形象，又出现了反同质化的善良、快乐、单纯的妓女群画像。这里的刻板化女性形象如“圣母”和“妓女”不是复杂的、有血有肉的个体的人，而是男权制度下代表抽象道德观念的物质外壳。同质化或刻板化的女性想象都是男性想象的“他者”形象。这种女性失去了自己作为女性的主体性，只不过是道德伦理和男性欲望的极端外化而已。

（二）女性形象的背景化与工具化

斯坦贝克是一位严肃的作家，更是一位有良知的社会批评家，他的思想也是不断发展的。由于社会历史文化条件的限制，斯坦贝克难免要受到男性作家将女性类型化传统的影响。虽然他笔下的很多女性也都呈现出“圣母”和“妓女”、“天使”和“魔鬼”这种刻板化倾向，但是在他的另一些中短篇小说作品中，却又不乏一些个性鲜明、真实可信的女性。

背景化是就是把女性和自然处理成那些高高在上的显赫功绩和成果所必要的背景。把自然背景化就意味着否定人类对自然的过度依赖，并将人视为游离、外在与自然的，自然被视为一个取之不尽、用之不竭而且本身无任何需求。而对自然的背景化和工具化与施加在女性身上的同等待遇是如影随形的。对妇女来说，这种背景化和工具化的地位未必十分显而易见，它通过潜移默化的方式构造了妇女在公共及私密空间的主要角色。妇女被系统地背景化和工具化为家庭主妇、护士和秘书等职业。在对经济的阐述中，妇女所从事的传统劳动被忽略不计。妇女在传统上就是“周边环境的一部分”——她们为男人的成就提供必要的条件。妇女受到最严重的背景化，仍是体现在其传统角色中——母亲和妻子：首先表现的是女性的失语，其次是女性身份只能通过与孩子及其父亲的关系才能得到定义。

《人与鼠》中的莱尼妻子是斯坦贝克笔下背景化的女性代表，而《菊花》中的伊莉莎就是工具主义下的女性形象代表。这些女性在绝望中奋力抗争，但由于缺乏足够的勇气和必要的物质条件，最后都只能走向妥协。

（三）新女性的身份重构

《愤怒的葡萄》中的乔德妈就是一位典型的“圣母”形象。此外，中篇小说《珍珠》中的采珠人吉诺的妻子胡安娜也是一个圣母形象，是力量和信念的代表。本文主要从斯坦贝克在《愤怒的葡萄》中对新型坚强女性人物的塑造来阐释他的女性观点和对女性寄予的社会理想。

圣母形象是对女性的一种反向歧视是一种隐藏更深的歧视。他通过对女性某种特性进行的赞美而把女性限定在一个特定的范围和领域内。当“贤妻良母”“家庭天使”成为唯一的标准后，那些没有达到标准的女性就会受到不公正的评价或待遇或者压迫。事实上，很少有女性能达到这种光辉形象的标准，更多的是在这一标准下压抑自我。斯坦贝克似乎看到了这一点，并未对这一女性群体进行大笔墨的讴歌，而是充满了深深的同情，他似乎也在为这些女性寻找光明的出路。

类型化或刻板化的女性形象也反过来证明，作为服务男性目的他者是不需要区别对待的，正如同质化代表了被殖民者一样。而新的女性身份只有在与旧身份对应中才能得到定义，批判女性主义者把解决女性压迫的方法归结为能否重新发现女性的本质，重塑女性的身份。重塑身份首先要消解女性原有的被男性定义的传统身份，并逆反二元思维，扩大性别的含义，如“雌雄同体”意识或“双性意识”。它并不是要完全消解女性身份，而是取二者之所长，给女性添加新的定义。

斯坦贝克在众多作品中塑造了不同的女性形象，乔德大妈众神之母形象、被抛弃却又重新担当责任的罗萨香，压抑、困惑的伊莉莎等等。在这些女性形象上基本可以看出斯坦贝克对女性的态度：斯坦贝克既对他们充满了同情，又对她们寄予了希望，她们是新生的力量、不亚于男性的力量，不可或缺的另一极。而从乔德大妈和罗莎香身上我们又看到了她们身上的女权精神以及斯坦贝克对其寄予的期望。斯坦贝克的女性主义意识与生态女性主义的观点相契合，我们可以说，斯坦贝克有意无意地表达了那个时代的女性的声音和立场。

二、斯坦贝克作品中的生态女性主义思考

（一）自然与女性有着相似的弱势地位

约翰·斯坦贝克在年轻的时候虽然未经历生态女权运动，却目睹了美国三十年代的大萧条、以及人类进步对自然生态的破坏和蹂躏，以及当时的女权运动方兴未艾，妇女为了取得与男性平等的权利和地位而抗争屡遭失败，仍然处于附属地位，女性的价值始终得不到男性的认可，这些都影响着这位极富洞察力的作家。斯坦贝克在多部作品中，在对自然物象征性描绘时，通常也把女性安置其间，来探求妇女与自然之间的难以解脱的微妙关系，试图像生态女性主

义者那样对所谓存在于女性与自然间（在生物学或精神上）神秘的亲和关系的复原。生态女性主义的首要内容就是自然跟女性的认同。

在斯坦贝克小说里，他表现了一个主题：女性和大自然都失去了生育的机会。《愤怒的葡萄》中一开始描述的沙尘暴使得土壤失去了孕育的机会；而女性也遭遇不幸，这种不幸就是以罗莎香为象征的流产，它表明女人同自然一样，在长期遭受压迫和剥削之后也失去了孕育的机会。人类无节制的贪婪使土壤失去了孕育的机会、使女人失去了孕育的机会，这对自然与女性都是残忍不过的。因为孕育对于女性和自然来说都是最重要、宝贵的东西。

与此同时，生态女性主义认为人类中心还包括男性对于女性生殖能力和自然繁殖能力的控制和占有。女性与自然一样被人类及男性逻各斯主义肆无忌惮地过度开发，最终只能导致女性的不孕与大自然的不产。斯坦贝克对沙尘暴的描写和罗莎香的流产也体现了生态女性主义重要的思想之一——女性与自然在人类文明社会中的地位相仿，女性代表了父权统治下人类社会中的他者，自然在西方文明史中一直以来被当作没有发言权的他者和被征服、统治的对象，被迫成为被人类开发利用的“自然资源”，来服务于人的需要和目的。

女性与自然的关系源远流长，女性神学家提出了生态与母体间等同生命线的理解。而斯坦贝克既在《愤怒的葡萄》中通过塑造了大地之母形象的乔德妈等一系列女性形象来体现他的女性观，又通过对大自然的描写和对人类中心的批判体现了他的生态整体观。因为在生态主义者看来，生态整体观的基本前提就是非中心化，其核心特征是对整体及其整体内部联系的强调，绝不把整体内部的某一部分看作整体的中心。斯坦贝克在小说《愤怒的葡萄》中首先批判了以人类为中心的价值观，遵循其方法和思路，斯坦贝克的思想与生态整体观是契合的。

（二）人类中心主义及二元对立

斯坦贝克在《愤怒的葡萄》开篇对大沙尘暴的描写以及在《菊花》中对伊利纳斯山谷的大雾的描写是为了表达他的生态思想：人类无节制的生活方式和人类中心主义才造成了生态的恶化。从生态价值观的角度观察美国南部大平原的开发过程及其在《愤怒的葡萄》中的反映，我们会发现沙尘暴发生的更深刻的原因是人类长期利用自然、征服自然的过程中形成的“人类中心论”价值观在起着主导作用。工业文明以及农业文明直接剥离了人与自然的和谐关系，使这种错误的世界观更加泛化。生态危机产生之后，西方的一些历史学家和生态学家认为基督教的伦理对环境破坏负有主要责任。他们指出基督教没有正确教导信徒正确地对待人与自然的关系。在鼓励人类影响自然环境的行为方面，基督教扮演着重要角色。

人类中心主义不独产生于基督教中，但是宗教实际根植于社会、文化和哲学之中，基督教的传统生态伦理学中蕴含的以人为中心的世界观深深影响广大信徒的意识和行为。人类从最初原始时期信奉“万物有灵论”，相信自然具有神性，这种信仰使人们能够用敬畏和尊重的态度来指导他们对大自然的行为。而中世纪开始的对《圣经》的误读使人们渐渐放弃了对自然万物的信仰。人类中心主义是欧洲自启蒙运动以来直到 20 世纪上半叶盛行于西方的一种乐观主义精神的体现。西方哲学史上，各种人文主义无不以“人类中心论”作为其假设性的理论前提，高扬人性，奉人为至尊，将人和主体放在实在和历史的中心。从普罗泰格拉（Protagoras）的“人是万物的尺度”，到萨特（Sartre）的“人是自我设计的存在物”，无一不是人类中心的体现。人类中心主义中最重要的一点就是，人类作为上帝最得意的创造位置高于自然和其中的其他生物，创世故事就是这种思想的主要来源。

一些哲学家把两性看作是二元对立的，这种对立构建出两组互相对立的品格：理性与情感、勇敢与被动、强壮与柔弱等等，这些都建男性品质置于优势地位，而将女性置于卑贱、他者的地位。女性主义的首要敌人不是“男性”，而是“男性中心的二元对立结构与思想”，当然受害者不只是女性，连男性也在宰制的操作中自我扭曲，如此全人类的半数成为牺牲品，另一半则成为暴君。

在生态女性主义看来，性别压迫和生态危机都源于父权制统治以及父权制二元对立思维。父权制的重要思想之一就是价值二元论，即把事物分成相互分离和对立的双方，给予一方凌驾于另一方之上的更高的地位和价值；如主动/被动，太阳/月亮，文化/自然等等，这些二元对立的每一对概念都是源于男/女这一基本的对立。在这些对立当中，男人居于前者，与所有光明、高大的以及其他有着正面价值的事物联系在一起，而女性却和被动、黑暗以及负面价值的食物联系在一起。这种二元对立的分化钳制着我们的思想和行为。

二元论根深蒂固并与人类中心主义紧密结合在一起。人与自然关系上的二元论思想就是控制改造自然。二元对立的思想观念造就了人对自然——与人相对的另一元的无限征服和索取，导致了数千年来以人为中心、以二元论为思想基础的环境日趋恶化。应用生态女性主义文学批评理论的意义之一就是在分析女性和自然的关系之后深层次的剖析造成对女性的压迫和对自然双重压迫的内在原因，阐明各种压迫制度之间的相互联系，并致力于根除二元思维方式和价值等级制度观念，在相关主义、整体论和多元论的基础上建构起新的理论框架从而建立所有生命形式的和谐共存。父权制逻各斯中心主义从文化、社会、哲学上将自然和女性牢牢控制，推翻这个逻各斯是妇女运动和环保运动的首要问题。

第四章　生态翻译学与英美文学翻译研究

生态翻译学是从生态学的视角来评判翻译行为，它将文本的“生命”、译者的“生存”和翻译的“生态”作为研究的重点。本章即对生态翻译学与英美文学翻译展开研究。

第一节　生态翻译学与英美文学翻译解读

一、生态翻译学

（一）生态翻译学的内涵

生态翻译学站在生态学的角度，从一个崭新的层面阐释了翻译活动，着眼于翻译生态系统的整体性，以生态翻译学的叙事方式，对翻译的本质、过程、标准、原则和方法以及翻译现象等做出新的描述和解读，由此，翻译活动有了一个全新的理论指导。

1. 生态翻译学中翻译的定义

生态翻译学对于翻译的定义是：翻译是译者适应翻译生态环境的选择活动，这明确体现了“译者中心”这一理念。“翻译生态环境”是原文、源语和译语所呈现的“世界”，即语言、交际、文化、社会以及作者、读者、委托者等互联互动的整体。同时，该理论运用“适者生存”的自然法则，提出并论证了翻译过程中译者的中心地位和译者主导作用，以及译者“自我适应”的适应机制和“事后追惩”的制约机制。从发展脉络来看，生态翻译学基于达尔文进化论中的“适应选择”基本原理和生态整体思想，首先构建了翻译适应选择论，而后发展成为现在的生态翻译学，其理论基础雄厚，论证严谨而充分。胡庚申在《生态翻译学的研究焦点与理论视角》中阐明了生态翻译学研究的九大研究焦点和理论视角，即生态范式、关联序链、生态理性、译有所为、翻译生态环境、译者中心、适应/选择、“三维”转换和事后惩罚。

2. 生态翻译学提出“适应”和“选择”的理念

翻译的生态环境包括翻译生态和翻译环境，而译者应根据翻译的生态环境，以达尔文的自然进化论作为理论指导，对译文进行定向选择。翻译生态指的是翻译产业中的各项环节，包括原文作者、译者、读者、翻译发起人、赞助人、出版商、编辑、营销者、译评人、疑问审查者和版权人，他们都是翻译生态中缺一不可的要素，相互制约而又相依而存，共荣共生。在这个生态环境中取得成功，译者首先要适应翻译环境，并与翻译生态中的各个主体和谐共生。否则，没有了翻译生态中各个主体的合作，翻译活动不会顺利有序地进行。翻译环境则主要包括自然环境、经济环境和社会文化环境等，翻译身处其中成为不可或缺的一个单元，因此译者都需要适应相应环境，与其融合成体。翻译生态与翻译环境和谐共生，是不可分割的一个整体。需要译者适应其动态性、层次性以及个体性等特性，根据文本所处翻译的生态环境，进行相应的翻译策略和译文选择，才能够进行有效成功的翻译，达到预期的翻译效果和目的。

3. 生态翻译学认可语言的多样性和共通性

生态翻译学认可语言的多样性，也认可各种语言在表达作用上的通性，即各种语言都可在本民族的文化下对同一事物做出类似的表达。在认可语言是共性的、可译的情况下，生态翻译要求平等地对待世界各国各民族的文化，以确保世界语言文化的多样性，反对单一语言的强势，反对语言的生态失衡。生态翻译就是要保持语言地位及文化交流的平衡。在不同文化群体之间进行无障碍交流，减少语言转换中的误差是“功能对等”理论和生态翻译理论的共同目的。生态翻译理论力求在源语、译本和目标语之间达成和谐一致，构建和谐统的生态翻译环境，从而体现出语言功能和谐统一的生态翻译思想。源语、译本和目标语之间的和谐统一就是要求译者在翻译过程中不仅要达到语言形式层面的和谐，还要达到语言内部功能的和谐。在方法上就是生态翻译语言的适应性转换：译者在翻译过程中对语言形式的适应性选择转换，尽管不同文化下的语言形式各具特色，但语言功能都是同等或类似的，具有的表达力也是相同的。

4. 生态翻译学注重保证译者的主体地位

在生态翻译学当中，译者的主体地位得到了保证，但并未忽视翻译活动中其他因素的作用，对翻译活动各部分有了一个新的全面的评价，减少了译者在翻译过程中的主体性，强化了其他翻译生态因素的地位在任何活动过程中，都不会仅有一个中心或一个主体，都是各个中心和各个主体互相合作，共同作用完成某一活动，当然翻译活动也不例外。在这个过程中，翻译的生态环境影响了译者的选择与态度，而译者的选择与态度又决定了翻译生态观的和谐程度。因此，译者只有充分了解了文本的生态环境与结构，才能正确选择翻译策略，译出适应翻译生态环境的译文，由此可见，翻译主体性的唯一性的消解，并不代表不再把译者作为主体，生态翻译学对过去的译者中心的理论是一种补充扩展，对于该方面的理论发展有重要作用。译者翻译的最终目的是希望其作品能够在不同的文化土壤中生根发芽。因此，翻译人员在翻译创作中，需要搭建一个合适的生态环境来适应从一种语言过渡到另一种语言的翻译作品，否则就可能丧失了翻译的意义。

（二）生态翻译学的伦理原则

1. 平衡和谐

这里的平衡和谐，指的是综合因素的整体平衡和谐，既包括翻译生态的平衡和谐，又包括文本生态的平衡和谐，还包括“翻译群落”生态的平衡和谐；既包括跨语言、跨文化的整合与平衡，也包括内在、外在因素的整合与平衡，还包括宏观、中观、微观思维的整合与平衡。

从文本生态平衡的角度来看，文本生态平衡就具体包括文本的语言生态平衡、文化生态平衡、交际生态平衡，等等。仅就文本生态平衡中的语言生态平衡而言，译者就要致力于保持源语与译语的词义平衡、句意平衡，源语与译语的“传神”与“达意”的平衡，源语与译语实用价值和美学价值的平衡，源语与译语的文风的平衡，等等。

从翻译实践验证的角度看，大凡公认的、较有影响的译品，其“双语”（源语和译语）生态的平衡也都相对处理得较好。

从翻译研究本身需要的角度看，一方面，就生态翻译学研究而言，“平衡”是任何生态系统最基本的特征，因此也是生态翻译学一个核心理念。而翻译生态环境对产生翻译文本的作用自不待言，如同“No context，no text”一样，没有翻译生态环境，就没有成功的翻译。因此，需要保持翻译生态整体的和谐与平衡，否则，没有翻译研究各个生态系统的平衡，也就没有生态翻译学的健康发展，也就不可能履行和体现生态翻译学维护语言多样化和文化多样性的学术使命。另一方面，就翻译生态内部而言，翻译生态平衡还表现为翻译生态系统诸“者”之间的妥协让步与宽容变通，考虑作者、读者、原文、译文等多方因素的、“翻译群落”生态与“文本生态”之间的协调与平衡，译者跨越时空界限，克服各种障碍与作者开展平等对话，充分认识新时代读者的实际需求和接受能力，在作者与读者之间寻求平衡点，实现作者、译者、读者三方面的视域融合并产生共鸣，形成互惠互利、健康有序的生态循环。

2. 多元共生

主要指译论研究的多元和不同译本的共生。

根据生态学原理，共生性是生物存在的一种基本状态，即生物间相互依存，共同发展的状态。如同自然生态中的生物多样性和生物共生性一样，多样性和共生性体现了各个事物个性的千差万别而又共生共存。同样地，以生态整体论和生态理性为指导的生态翻译学，倡导翻译理论研究的多元化和不同译本的共生共存，而且，翻译理论研究的多元化和不同译本的共生共存也应该成为翻译学发展的一种常态。同时，多元的翻译理论和不同的翻译文本在翻译生态环境中会遵循“适者生存”“优胜劣汰”的自然法则，不断进化发展。

一方面，译论研究就是一种学术研究，而学术研究就要讲求“同而且异”。中国早就有“天下同归而殊途，一致而百虑”（《周易·系辞》）；“君子以同而异”（《睽卦·象传》）的古训。因此，译论研究讲求多元，既符合翻译理论研究的现实，又符合华夏学术伦理的传统。而美国学者劳伦斯·温努提（Lawrence Venuti）也提出过“存异伦理”的概念，并认为“异化”是道德的，差异是对文化他者的“尊重”。[①] 可以说，译论研究“多元”的伦理，体现了对翻译理论研究者“构建权”的尊重。另一方面，文本生态、翻译生态、“翻译群落”生态的生态环境是动态的、变化的。因此，为了适应不同层次翻译生态环境的种种变化；或者为了保持文本生态、翻译生态、“翻译群落”生态的平衡与协调，翻译活动中不同翻译文本的共生共存是翻译活动中的“自然现象”，是翻译行为的一种常态。

3. 译者责任

这是相对于“他者”的责任而言的。主要指译者要在翻译过程中、在翻译行为中以及在整个翻译活动中的“全责”理念，即由译者具体负责统筹协调“翻译群落”（人）、“翻译环境”（境）、“翻译文本”（本）三者之间的相互关系，从而通过“译者责任”来体现“人、境、文”关联互动、平衡和谐的翻译生态整体观。

诚然，在翻译活动中，在翻译生态中，译者虽然只是一个普通的成员，虽然会需要与不同的他者进行“平等对话”和对等交流，也可能会受到种种影响、“操纵”“制约”和“干涉”；然而，作为翻译活动中的译者，他/她需要对所面对的一切做出自己的“选择”，需要对翻译中的一切做出符合生态理性的判断；需要对所面对的一切“他者”承担“译者责任”。翻译毕竟并非单向的语言文化输入，而是两种语言文化之间差异的对话，译者有责任在适宜的程

① 胡庚申．生态翻译学——建构与诠释［M］．北京：商务印书馆，2013：116.

度上保证源语生态与译语生态的平衡和“中立”，从而使源语语言文化在译语语言文化中发出其独特而和谐的声音。

同样地，尽管译者是“翻译群落”中的一员，与“翻译群落”中的其他成员是一种“平等对话”的关系，但其他成员都不直接参与翻译过程，都不具体实施翻译行为。因此，只有作为“翻译群落”代表的译者，才能够具体负责统筹协调“翻译环境”（译境）、“翻译文本”（译本）、“翻译群落”（译者行为）三者之间的相互关系，从而通过“译者责任”来体现“境、本、人”关联互动、平衡和谐的翻译生态整体观。从这个意义上说，翻译过程中的“译者中心”“译者主导”又只是“译者责任”的生态翻译伦理原则在翻译过程、译者行为方面的一种体现。

这是因为，只有译者，或只有通过译者，才能切实践行“生态整体主义”；只有译者，或通过译者，才能真正彰显生态理性。而从翻译伦理角度来看，在翻译过程中、在翻译行为层面的“译者中心”“译者主导”，到了宏观的层面，到了伦理的层面，则更多地表现为译者的“责任”。

二、英美文学翻译

（一）英美文学翻译的文化性

中国是一个具有悠久历史文化的古国，随着改革开放的步伐，中西方国家不仅在经济、社会等方面交流频繁，在文化上也随着经济的交流不断扩大。相对于中国传统文学，英美文学同样有着悠久的发展历史，并且融合了他们的文化内涵，创造出不同风格的文学流派。在中西方文化的交流过程中，广大中国读者越发渴望阅读到来自英美国家的文学作品，感受不同文学氛围，由此促使了翻译行业的不断发展。在数百年的翻译过程中，诞生了一批批优秀的翻译家。有时候针对某一文学作品，不同的译者在文章的指向性等方面是有较大偏差，究其原因是译者对文学作品背后的跨文化内涵的理解不同。因此，在翻译英美文学作品时，除了最直接的词意翻译、语法结构等内容外，更重要的是要结合与中国文化不同的西方文化的价值观、民俗等文化内涵，从而更深层次地促进中西方文化的交流与发展。

在翻译英美文学的过程中，中国与英美国家之间存在的文化差异会直接影响到译文的效果。如果在翻译过程中不能很好地处理两者之间存在的文化差异，就会大大降低英美文化翻译作品质量，导致翻译效果不佳。因此，在翻译英美文化作品的过程中，需要充分重视文化相互之间存在的差异，并采取相应的方法来有效处理，进一步提高译文的可信性与准确性。在文学翻译的过程中，文化因素具有不可忽视的重要作用。各个民族在相互沟通、交流时，如果要很好地相互理解，一方面需要能够直译出对方的语言，并理解其中的含义；另一方面还需要了解语言当中蕴含的文化内涵，这样就能够更加深入地理解并解决在语言方面存在的障碍。

（二）英美文学翻译的艺术性

从本质上讲，艺术活动是灌注了以审美意念为核心的人类主体精神的用以寄托、传载、交流、陶冶、升华高尚情感的活动，艺术品则是渗透了创造者认可为好的审美性的主体情感的高尚的精神产品。人类精神情感的传载表达，心理能量的释放升华，只有基于纯洁高尚，其活动才可称为艺术活动，其产品才可称为艺术品。

文学的创作和翻译都是艺术性活动，因此它必须遵循艺术的原则。艺术原则的重要特征即注入了创作者的主体性的审美情趣。这种艺术性，也就是审美性和技巧性的完美结合。也就是说，审美性加技巧性，构成了艺术性。说英美文学译作必须具有艺术性，是除了必须有审美倾向外，还同时兼有将这种倾向物化在载体上的技巧。这种技巧往往是专业性的，要靠积久练习，成为功力。技巧，又要和审美倾向水乳交融，才能构成完美的艺术性。艺术性是审美性和技巧性的有机统一。艺术性素养不仅创作者应该具备，译者也应该具备。如对于文学作品中笔法、结构、修辞等的理解，作者与译者双方都要具备“约定俗成”的审美意趣与技巧性相融会的艺术性素养。

第二节　文学翻译学的文化论

一、译者的文化阐释

文学翻译是跨文化交流活动，文学作品具有文化内涵，文学翻译应再现和传达原作的文化内涵，文学翻译学研究应包含源语和译语的文化比较。文化这个词本身的内涵就十分丰富，如文化是人先天和后天所得到心灵的建构和观念，包含态度、意义、情操、情感、价值、目的、兴趣、知识、信仰等；文化是一个综合整体，包括知识、信仰、艺术、法律、道德、习俗和人民作为社会成员的任何其他能力和习惯；文化是一种沉淀，是知识、经验、信仰、价值观和态度，是社会阶层、宗教、时间观、社会功能、空间概念、宇宙学和物质财富积累的方法，结构等。文化被视为“语言”和“行为”的模式，共同生活的参考和限制，在物质存在中起着重要的作用。作家和译者进行翻译与创作是在一个特定的社会及文化环境中进行的，他们将民族文化思想与观念融合在自己的原作和译作中，使作品具有艺术价值。文化比较是文学翻译研究的一个重要部分。

翻译研究者应当提高自己的文化底蕴，将文化比较提升到文化诗学的一个境界中去，减少与原作和译者之间的差距。文化作品不仅展示了一个国家的文化心理，也体现了世界观的国家特色，生活观念和价值观，也具有国家审美风格，思想结构与语言交流的结合等。

文学语言是一种文化符号，作家不仅通过具体的词语来传达一定的文化内涵，而且通过作品整体来传达一种总体的文化寓意。评价译作，要看其在多大程度上传递了原作特定词语的文化含义和原作整体的文化内涵。

二、文化翻译的方法

在文学翻译中，源语文化与译语文化间的相通之处构成了跨文化交流的基础，而两种文化间的差异则给跨文化交流带来一定的障碍。中西文化在宇宙观、认识论、审美观、文化价值观等层面既有相似之处，这是两种文化交流的基础，但也存在差异，它给译者忠实传达和译语读者准确理解原作的文化内涵带来一定的困难。翻译作为源语言和目标语言文化的交流桥梁，面临如何克服种文化差异，实现文化交流的问题。

译者要处理好异化与归化的关系，需要正确认识源语文化与译语文化的关系。译释文学是一种跨艺术文化交流活动，不同文化通过翻译的手段相互领会熟识，互通有无，提高发展。

读者接受理论认为，读者在阐释一部作品之前其头脑中已积淀下了他从阅读其他作品中获得的审美经验、审美意识等，形成了自己的“期待视野”。读者在阅读新的作品时从自己的“期待视野”出发，对作品进行审美价值的判断和评价，如果读者从该作品中获得的审美经验与自己的“期待视野”相一致，那么他就容易接受该作品，如果不相一致，那么他对该作品在短时间内就会不太容易接受。在文学翻译中译语读者的“期待视野”既包括审美经验，也包括译语文化在其头脑中积淀下的观念意识、价值取向等。译语读者总是从本民族的文化价值观出发，对原著进行文化阐释，如果译作所表现的源语文化的观念价值、习俗风情与本民族文化有相似之处，他就容易接受，如果存在一定差异，他在短时间内就不太容易接受。在这种情况下，译者有必要对原著做适当的归化处理，以适应译语读者的文化接受能力，但译者也不应过分归化，把原作的文化特色全部替换成译语文化特色，这有悖于文学翻译作为跨文化交流活动的宗旨和目的。

作为一名优秀的译者，应该本着对原著负责、不伤害源语文化的利益的前提下保存原著国家的文化及风格，还要酌情考虑读者的接受能力，对原作有难度的地方做适当的标注说明与解释。添加标注说明与解释的方法有直译加注、译文中添加注释等等，其中直译加注是比较便于读者理解的，这样既可以保留原作的文化风格，还可以让读者简单易懂。尤其在诗歌翻译中由于诗歌语言一般简洁凝练，译者采用直译加注的方法既能保存原诗的文化特色，又能再现其精炼含蓄的语言风格。译者采取直译加注或释译的方法，目的都是要帮助不熟悉源语文化的译语读者了解原作的文化内容。作为一名译者，应该尊重原作，不能随意对原作进行自己意思上的更改，应该尽可量的还原原作想展示给读者的意思。译者也不应该加入太多的注释，这样会使译文变的过长和拖沓，而是应该站在原作者的角度上去还原作品的本来面目，在考虑读者的理解能力与接受能力的基础上添加简单易懂的标注。跨文化交流是一个循序渐进而非一蹴而就的过程，当一种异域文化通过翻译进入译语文化时，译语读者对其有一个从陌生到逐渐熟悉的接受过程。在对经典文化名著进行翻译时，译者需要尽可能地传达原著原本的思想观念与艺术风格，保留原著中的国家民族风情，给读者多留一些想象与回味的空间。

文学翻译是一种语言交流活动，不同的语言通过翻译的手段相互了解取长补短，共同发展。译语民族通过翻译从源语中吸收和借鉴有用的语言表现法，以丰富本民族语言的表达手段，增强其表现力。在文学翻译中译者既是文化交流的使者，也是语言交流的使者，他有责任把原作语言的独特之处介绍给译语读者。鲁迅先生提倡“拿来主义”，这不仅指文化，也包括语言，翻译外国文学作品目的之一是要向汉语输入新的表现法，提高其表达力，他主张“宁信而不顺”的“硬译”法，这种翻译不仅在输入新内容，也正在进入一种新的表达方式。译者在把源语表现法引进到译语时也要考虑译语读者的语言接受能力，在文学翻译中译语读者的“期待视野”既包括审美经验、文化观念、价值取向等，也包括译语读者受本族语传统的长期影响所形成的语言习惯。译语读者看译作是从自己期待的视野去欣赏作品的，这就需要译者翻译原作的时候不要违背原作的本意，如果与原作有较大的出入，那么译语读者在短时间内就不太容易接受。如果发生了这样的状况，译者就需要对原作的语言形式有更深一层的理解，也要对原作做更合理的处理，争取让译语读者可以更好地理解原作、品读原作。同时译者也不可过度处理，把原著语言形式特点全部替换成译语的风格特点，就有悖于翻译作为语言交流活动的宗旨和目的。译者应把源语和译语放在平等的地位上来看待，一个民族的语言，作为其文化的产物，有着自身的特点，在本民族文化的发展中起着其他语言无法替代的作用。各民族的语言之间没有优与劣、先进与落后之分，应该相互尊重，而不是歧视。

三、英美文学翻译中的文化变形

（一）文本风格的变形

实际上，文学翻译是各国之间跨文化交流的主要手段，而这种交流方式也具有一定的动态性，因此在文化变形构成的过程中，文化常规性、恒常稳定性的偏离是影响翻译的主要原因。这些情况也严重影响了各国语言在翻译上的准确性。比如，文本风格就一直是文学翻译中争论不休的一个问题。作者以自己独特的思想和创造个性探索文化素材，表达自己的想法，使作品展现出独特的文本风格。在翻译过程中，这些作者的思维已经被完全克隆，难以体现出其创作时独特的情绪，译文的风格变形也由此产生。

（二）语言的变形

文学作品的翻译从宏观上讲是一种跨文化的对话形式，从微观上讲则是文化的重写，所以翻译人员在翻译工作中既要体现出原文本的对话内容，又要对原作作者及其作品所产生的时代对话进行分析。这就是所谓的语言变形，这种语言变形既可以是一种有意的行为，也可能是一种不得已而为之的行为，在文学作品中语言的变形不可避免。

（三）译者心态的变形

翻译人员在进行文学翻译过程中，很难与原文的作者保持当时同样的心态。一般翻译人员有两种心态，要么高于原作作者，要么就是低于原作者。这种有差异的翻译文化形式，直接体现出个人的价值观和民族的特性。因此，不同的翻译内容能够反映出不同翻译人员的状态。而在实际的翻译工作中，人们所推崇和遵循的理念还是译者要有高于原作作者的心态，这样才不会毁掉一部本就具有很高文学价值的作品，即不会由于翻译工作的差异而让人们对原作品产生误读或不满。

第三节　生态学在文学翻译中的基本法则

一、生态位法则

生态系统中的一个种群，在空间、时间上所占据的位置与相关种群间的功能作用与关系，是生态学的另一个主要术语——生态位，也被称为生态龛，表示生态系统中每种生物生存所必需的生存环境的最小阈值，包括生态系统的生物作用和功能本身及其区域。在自然界中，每个具体位置都有不同种类的生物体，如生物活性等生物关系取决于其特殊行为、生理和结构，因此具有独特的生态位。生态位分别有两个层次，即基本生态位和现实生态位。基本生态位由适应物种变异的能力、实际生态位的适应能力、重点与生物因素的相互作用决定，生态位在自然环境中是真实的。在生态学中，生态位是指与特定空间位置、功能、位置和时间相关联的物种和其他物种的生态系统。形成自身生态位的生物在过程中遵循的原则有开拓原则、趋适原则、平衡原则和竞争原则这四类原则。开拓原则是指生物占领、开发所有可利用的利基。趋适原则是指生物需求的本能找到一个良好的利基，这样的趋适行为结果便是导致生物所需资源的流动。由于开放生物体是指生态系统平衡的原则，始终在尽力减少生态潜力的方向上。竞争原则发生在不同种类生物间对环境因子和资源的竞争。

在文学翻译活动中，根据文学翻译活动的客观要求，文学翻译主体或是由个人或是由团队组成，文学翻译主体在文学生态翻译空间中占有特定的生态位，具有其特殊的生态功能，因此也就呈现了独特的行为生态环境。译者行为，可以理解为人对外部刺激的外显性反应，也可理解成人类种种活动或动作有意义的组合。人类文学翻译行为活动不仅有着内容上的多样性，而且在文学翻译特定的领域中，每个人的行为方式也不尽相同，这也就必定会呈现出其文学翻译生物群体以及文学翻译过程动态系统的多样性。同时，各生物群体在文学翻译过程中经过不断的自然选择与互为适应，形成特定的文学翻译形态和文学翻译功能。在文学翻译自然生态系统中，只有文学生态翻译位重叠的文学生态翻译系统才会产生争夺生态位的竞争，争夺最适宜生存的生态区域。文学翻译生物群体的生态位实际上是他们能够获得和利用的文学生态翻译资源空间，文学生态翻译位越宽，文学翻译生物群体的适应性就越强，可利用的资源就越多，竞争力就越强。因此，在文学翻译活动的自然生态中，文学翻译者应该准确地找到自己的生态定位，使得在竞争中的利基重叠系统的生活中，通过竞争找到最适宜生存的生态区域，力争获得和利用最大的生态资源空间，拓宽自己的生态位，提高自己的生态适应性，扩大自己的可利用资源，提高自己的生态竞争力。

二、生态链法则

生态系统中储存在有机物中的化学能，在生态系统中通过层层传导，让许多生物紧密地联系在一起，营养关系的生物序列被称为食物链，即“营养链”。通过食物链，营养食品网之间的复杂关系，所有生物都被包括在内，让他们直接或间接相互接触，产生相互作用和反应。复杂的食物网作为生态系统功能的基础，不仅能直观地描述生态系统的营养结构，而且可以保持生态系统的稳定。食物网更加复杂，生态系统抵抗外力干扰的能力随之增强；相反，食物网越简单，生态系统更容易发生不平衡和破坏。在复杂的生态系统中，尽管有机体的丧失并不会导致整个生态系统的不平衡，但在不同程度上可以使生态系统的稳定性降低。

文学翻译是译者用一种不同于源语的语言对文学作品进行有效阐释与转写的主观能动性活动，就像自然生态系统一样，文学生态翻译系统主要由文学翻译无机环境和文学翻译群落构成。文学翻译无机环境是指源语文本以及作者、译者、读者和研究者所处的社会文化环境及历史制约条件。文学翻译生物群落是指与文学翻译有关的活动主体，包括生产者、消费者和分解者。与自然生态系统不同，具有双重方向性的生产者的生态文学翻译系统，这里不仅指作者，也指翻译者。作者创作原文，是文学生态翻译链的发动者；译者根据作者的原作进行文学翻译活动，从而创造译文，是文学翻译链的追随者，但是译者在整个文学生态翻译系统中占据核心地位。文学生态翻译系统中译文的读者在其中充当着消费者的角色，因为在文学翻译产品产出之后，读者进行消化与吸收，进而改变文化的载体，转化成为产品的价值。在生态文学翻译中，译者在系统中具有举足轻重的地位。他们在这生物链的循环当中，先是利用光合作用从无机环境中提炼养分，合成有机物，进而完成产品生产的过程，与此同时，译者还有可能在这一系统的循环中，担任着消费者与分解者的角色。为了进一步提高其生产能力和生产水平，经过完整的生产过程，翻译人员对其翻译进行分析和总结，以便在未来的生产过程中使用可以提高光合作用的能力。

文学翻译的生态链需要翻译内部的规范环境，也需要良好的规章制度和学术气氛的支撑。好的译风，必然带动好的学风，从而形成巨大的精神力量。只有建立起良好的规范和秩序，才能保证文学翻译工作的正常进行，也能够净化文学翻译系统的内部环境，保证文学翻译质量，这样才能在整体上产生巨大的文学生态翻译功能效应。

三、适者生存法则

在达尔文的进化论基础之上发展起来的一种研究便是生态翻译学。它早期在研究方面主要受到“优胜劣汰，适者生存”法则的影响，这一方法的根基是翻译适应选择理论。自适应选择的翻译理论、基本原理和“适应选择理论”为指导思想，选择概念和翻译的语调是用来优先考虑的，是翻译理论中心的核心，一种新的翻译本体论解释翻译理论范式。翻译适应选择理论将翻译活动看作是译者适应生态翻译环境的选择性活动。根据这一理论，翻译是意识形态和文化的移植，是从给定的文化移植到另一种外来文化中，作者的转移，从一种语言到另一种语言的想法。植物或动物的生态从一个地方移动到另一个地方，只能移植过去，适应新的环境，确保物种的生存。也就是说，翻译者选择翻译的程度和质量成为一个直接的比例，而主体性和翻译的戏剧适应度的选择密切相关。所以，坚持译者中心论的生态翻译，认为翻译是一种以译者为中心的智力活动，成也译者，败也译者。

在整个生态文学翻译系统中，译者在文字翻译中是一个主体最活跃因素，具有很大的自由空间。但是同时需要注意到，译者的翻译活动要受到各种因素的制约。首先是在某一特定的翻译群落内部，译者活动会受到很多限制因素的制约。限制因素包括翻译主体地位的文化、价值取向、审美气质、兴趣、知识、生活理想和生活态度等。限制因素在整个翻译活动中既会给译者带来积极的影响，如帮助译者理解和适应源语文化，准确把握作者思想内涵等；同时也会对译者产生消极影响，如译者会不自觉地在译文中加入自己的文化理解与价值取向，从而造成译文对原文的不符与偏离。所以在处理这些问题时，翻译者应该准确，客观地理解各种限制因素，合理避免翻译限制因素带来的负面影响。

由于不同翻译群落中的翻译主体所处的无机环境存在一定差异，这就导致了整个生态翻译系统中的不同译者之间产生分歧，进而产生竞争。翻译人员必须面对激烈的竞争，适者才能生存下来。在当今世界越来越多元化的文化，翻译研究的快速发展，翻译人员立足于世界生态翻译体系，用负责任的态度与科学的精神客观对待外来文化，充分尊重原有文化。合理发挥其主体性，从而客观、准确、有效地移植和介绍原作的文化精髓。另外，作为处于某一无机环境中的译者，在尊重源语文化的基础上，也要积极保持自己的文化与自我文化认同，这样既有利于遏制翻译领域中的文化霸权主义和文化沙文主义，也有利于保护世界文学翻译系统的生态平衡。

四、最适度法则

度是事物质和量的统一，然而质和量是互相制约、互相规定的，每一种物的质，都有无限的多量的等级。无论是哪一个存在着的事物都有着自己之所以能存在的度，单从理论上来讲，无论哪一种事物的存在必然有一个最佳适度可遵循。

文学翻译中的理想境界是译者单纯的翻译出原著作者的意图信息，使原著的作者和译文读者都了解了语境在其中起调节作用，作者想要传递的交际意图目的自然而然地达到。但是跨语言文化的交际对文学翻译来说，比较理想化的是语境相同，原著作者和译者语境中所存在的差异是最多的情况下。因此，译者在文学翻译实践时，在语境是否共享问题上译文读者和原著作者难免会做出错误的估算，进而便会造成欠额翻译和超额翻译。文学翻译实践中常见的现象可以说是欠额翻译和超额翻译，这也是国内翻译理论研究中普遍得到关注的问题。现有的研究对欠额翻译和超额翻译的界定大部分是根据美国翻译理论家尤金·奈达（Eugene A. Nida）的语言符号学翻译观和语言信息论，即在译文中复制与原著信息在语义和语体上的非等就是欠额翻译和超额翻译。具体地说，欠额翻译指的是翻译不足，译者只翻译出信息意图，无视译语读者对源语作者欲明示的语境有可能不共享的事实，再或译者考虑到了译语读者对源语作者欲明示的语境不共享的情况，但直接翻译了交际意图，使得译文所承载的信息量远远小于原著的信息量。而超额翻译就是翻译过头，指的是译者直接将交际意图翻译出来，并没有考虑译语读者对源语作者欲明示的语境有可能共享的情况，简单来说就是指译文承载的信息量要大于原著的信息量。但是文学翻译是一种涉及译者、原著作者和译文读者三方面的交际活动，在对欠额翻译与超额翻译进行界定时不能不考虑译者对译文读者的能动性和原著作者意图的顺应。

第四节　翻译生态背景下英美文学作品翻译的顺应与选择研究

一、译者对翻译生态环境的选择与适应

译者是翻译活动中众多参与主体中的主体，是翻译行为的主要执行者。因

此，一个优秀和成功的译者需要具备适应翻译生态环境的能力，才能够与其他翻译环境中的主体和谐共生，在平衡中赢得生存的空间。这种适应能力包含内部主体生态环境、外部主体和外部客体生态环境三方面的内容，内部主体生态环境是指译者的个人翻译能力，它涉及译者的成长过程、双语功底、知识结构、道德修养、政治倾向以及翻译实践和文学素养等个人翻译技术层面的能力。正是这些个体差异的存在，会导致不同译本对原著的阐释产生较大的偏差。外部主体生态环境是指译者与各翻译参与者的关系处理能力，包括原作者、赞助商、编辑、出版商、审查人、营销商、读者等翻译活动的当事人。从很多优秀的文学翻译家成功译本的研究中，能够得出大致相同的结论，即他们不是一味地闭门造车，单一从事文学作品的翻译工作，而是大多拥有译本产生的各个环节和流程的经验和经历，为他们之后的翻译工作提供了可靠的翻译平台。外部客体生态环境则指译者对目的语社会中的政治体制、经济形势、社会风俗、道德标准、文化内涵等方面的适应和选择的能力。翻译作为一种跨文化下的交际活动，原作的某些看似无可厚非的语言文化投射在译语的语言文化中，很可能会产生截然相反的负面解读。由于两种语言文化所存在的概念偏差、文化缺失和语言差异，都要求译者基于自身的选择视角和适应原则，对原作的内容、思想、宗教、文化等方面做出适当的干预，使之与目的语读者的接受能力相适应，这也是不同译本在不同时代、地域产生不同效果的原因所在。

二、生态环境对译者英美文学作品选材及译名的影响

在生态翻译学视角下，翻译文本的选择过程是译本对译者选择和译者对以译本为典型要件的翻译生态环境的适应，现实也确实如此。例如，美国作家菲茨杰拉德（Fitzgerald）1925 年创作的《了不起的盖茨比》，在 20 世纪末由美国学术界权威所评出的最优秀的一百部小说中高居第二，堪称当代小说的经典。这部“伟大的美国小说”自 20 世纪 70 年代末起，由周敦仁、巫宁坤、姚乃强等翻译家译成中文出版，并深受广大中国读者的喜爱。然而中国文学界对该部作品的研究则经历了一个长期的从否定、到勉强接受、再到充分肯定的过程。无论是中华人民共和国成立前的民族危机和社会动荡，还是中华人民共和国成立初期马克思主义思想的主导和极“左”思潮的影响，中国翻译界都不可能因为这部作品优美的语言表现艺术，将其译介入我国，在那个时代《了不起的盖茨比》受到冷落是必然的结果。在这样的翻译生态环境中，没有哪个国内的翻译家会选择这样的题材译介。而随着中国同世界的接轨，经济文化全球化的发展，大量此类英美题材的文学作品才逐步引入我国。同时正是由于这部作品充满着巨大的争议性，其中文译名有《大亨小传》《长岛春梦》

《灯绿梦渺》等多达7个，而巫宁坤版《了不起的盖茨比》则是中国内地最受欢迎和认可的译本，巫教授在对作品深入分析和对内地读者接受度充分考量的基础上，小说的中文题目既紧扣作品的主题，又点明了小说的主人公，因此相比较其他中文译名，《了不起的盖茨比》更被中国内地读者接受和传唱。由此可以看出，无论是翻译作品的选材或是译名的确定，无不是译者对当时翻译生态环境适应和选择的结果。

第五节 张爱玲与余光中《老人与海》译本的生态翻译学解读

一、张爱玲《老人与海》译本的生态翻译学解读

张爱玲是中国20世纪文学史上可以纯熟地运用双语写作与翻译的作家之一。近年来，张爱玲的译者身份得到越来越多的关注，可是对张爱玲的翻译研究尚显薄弱，尤其她的《老人与海》译本一直未受到翻译界的重视。《老人与海》是张爱玲最喜爱的一部美国文学作品，且与张爱玲本人的写作风格及思想性格特征十分吻合。作为《老人与海》的第一个中译本，张爱玲对其中苍凉悲壮的意境极有共鸣，在翻译过程中投注了自己深刻的情感和体悟，翻译手法独具特色。

（一）翻译生态（译境）——张爱玲的适应选择

对于海明威的《老人与海》，张爱玲抱有极大的认同感。1954年，张爱玲曾在其译本的序言中坦言道："捕鲸、猎狮，各种危险性的运动，我对于这一切也完全不感兴趣。所以我自己也觉得诧异，我会这样喜欢《老人与海》。这是我所看到的国外书籍里最挚爱的一本。书中有许多句子貌似平淡，而是充满了生命的辛酸，我不知道青年的朋友们是否能够体会到。这也是因为我太喜欢它了，所以有这些顾虑，同时也担忧我的译笔不能表达出原著的淡远的幽默与悲哀，与文字的迷人的韵节。"① 这部作品苍凉悲壮的意境与张爱玲的文学观极为吻合，在翻译过程中张爱玲投入了极深的情感，对于原文的适应也使张爱玲的译作倾向于原著和源文化，且情感化色彩突出。

① 陈子善. 说不尽的张爱玲［M］. 上海：上海三联书店，2004：191.

（二）文本生态（译本）——张爱玲的翻译策略

文本生态是指文本的生态环境与文本的生命状态。生态翻译学以文本生态为研究对象，考察译本的生存状态、探求译本的长存之道，进而为翻译策略的选择提供生态视角和理论依据。而生态翻译学的翻译方法主要落实在“三维”转换上，即在多维度适应与适应性选择的原则之下，相对地集中于语言维、文化维和交际维的适应性选择转换。

1. 语言维

语言维即译者在翻译过程中对语言形式的适应性选择转换。这种选择转换是在不同方面、不同层次上进行的。海明威小说惯用“质朴的新闻风格”来讲述故事，语言风格凝练，叙述朴实、客观、有力，“他斩伐了整座森林的冗言赘词，还原了基本枝干的清爽面目……海明威所孜孜以求的……是对象和读者之间直接相通，产生光鲜如画的感受”①。而张爱玲的译文很好地再现了海明威独特的语言风格。

Just then he saw a man-of-war bird with his long black wings circling in the sky ahead of him. He made a quick drop, slanting down on his back-swept wings, and then circled again.

正在这时候，他看见一支军舰鸟，长长的黑翅膀，在天空中盘旋着，就在他面前。他两翅向后掠着，倾斜着翅膀很快地落下去，然后又在空中盘旋。

原文简单、自然且结构平衡，读者可以感受到海明威式流畅、清晰的节奏。张爱玲将原文的第 1 句拆分成了 5 个小句，且字数相当，节奏舒缓轻快，行文简洁自然，与原文的语言风格非常贴近，小句串成的流水句也符合汉语读者的阅读习惯和欣赏习惯，画面感极强。

2. 文化维

文化维的适应选择转换，就是译者在翻译过程中要有文化意识，认识到翻译是跨越语言、跨越文化的交流过程，注意克服由于文化差异造成的障碍，保证信息交流的顺利实现。张爱玲的成长背景和教育背景使她对中西文化都熟稔于心，在翻译过程中，张爱玲也努力做到关注双语文化内涵的传递与阐释。为了回避了外语对中国读者造成的阅读障碍，张爱玲进行了适合于译入语文化的改写。同时，张爱玲又在一定程度上再现了原文的异质感。

Then, on his back, with his tail lashing and his jaws clicking, the shark plowed over the water as a speedboat does.

① 董衡巽. 海明威研究［M］. 北京：中国社会科学出版社，1980：74.

然后，它朝天躺着，尾巴鞭打着，嘴噶塔噶塔响着，那鲨鱼就像拖着个犁耙耕田似，把那水滚滚地拨翻开来，如同一只小汽艇一样。

plow 一词在英文中有犁地的意思，因犁划开土地与船划开水面具有类似的形象。在小说中，海明威用 plowed over 来形容鲨鱼破浪而行的状态。但在 20 世纪 50 年代，中国读者对于“快艇”并没有直观的印象，不能形成足够的画面感，读者无法想象鲨鱼在水中的情形。而张爱玲对这一文化信息进行了增补，在译文中添加了“犁耙耕田”的比喻，利用读者对译入语文化的了解，使译语读者对译文有了较为直观的认识。

3. 交际维

交际维是指译者除语言信息的转换和文化内涵的转换之外，把选择转换的侧重点放在交际的层面上，关注原文中的交际意图是否在译文中得以体现。原作中，海明威通过一系列描写突出了老人与鱼亦敌亦友的关系，老人对大鱼的情感由一开始的捕获、求胜，渐渐升华成为欣赏和惺惺相惜。张爱玲在翻译过程中深刻体会，并悉心向读者传递这种感情。

He is a great fish and I must convince him, he thought. I must never let him learn his strength nor what he could do if he made his run.

他是条伟大的鱼，我一定要折服他，他想。我绝对不能让他知道自己力气多大，知道他狂奔起来会发生什么效果。

这是老人第一次见到大鱼后的内心独白。老人亲眼见到大鱼从水里涌出来，体型巨大，无比雄伟。为表现对大鱼惺惺相惜的情感，老人称大鱼为“great fish”。张爱玲的译文“伟大的鱼”毫不掩饰地体现了老人对大鱼的欣赏和喜爱。对于“convince him”的翻译，张爱玲则选择了“折服”一词，在现代汉语中，折服的对象通常是有才华或优秀品质的人，表现了大鱼在老人心中的地位，也向读者完美传递了原作中老人对大鱼的深厚感情。

（三）翻译群落生态（译者）——张爱玲的译者中心

翻译群落指的是与特定翻译活动的发生、发展、操作、结果、功能、效果等彼此影响、相互作用的，与翻译活动相关的“诸者”的集合体……以译者为代表。也就是说，翻译是一种以译者为中心的智力活动，只有译者才能够具体负责统筹协调翻译环境、翻译文本和翻译群落三者之间的关系，在翻译过程中承担责任，自主地做出适应性选择，力求译品能够生存和长存。作为《老人与海》的译者，张爱玲十分强调自身的性格、气质、体验和价值观对于原作的适应。在张爱玲的文学世界里，苍凉感是永恒的主题和基调。她曾说过，“我不喜欢壮烈。我是喜欢悲壮，更喜欢苍凉。……苍凉之所以有更长的回味，就因为它像葱绿配桃红，是一种参差的对照。……悲壮是一种完成，而苍凉则是一种启示”① “有一天我们的文明，不论是升华还是浮华，都要成为过去。如果我最常用的字是‘荒凉’，那是因为思想背景里有这惘惘的威胁。”②张爱玲的悲剧观是关于现代人类的生存问题，所有的人物都不是英雄，都有弱点，这些普通的凡人都是整个时代的负荷者。在翻译过程中，张爱玲对原作者充分了解并体验，将自身投入原著的世界，在其苍凉美学体验的基础上重构该小说，使作品独具特色。

Finally his left hand found the line and he leaned back against the line and now it burned his back and his left hand, and his left hand was taking all the strain and cutting badly.

他的左手终于找到那钓丝，他仰着身子把钓丝往后拖，现在它灼烧着他的背脊和左手，他的左手承受了所有的重量，割伤得很厉害。

这是一段老人与大鱼之间较量的描写。为了捕获大鱼，老人用身体将鱼线拖住。对于原文的动词“burn”，张爱玲的译文是“灼烧”，生动形象地表现了老人身体所承受的痛苦和艰难的处境。且相较于“勒着”，“灼烧”的程度更加严重，原文的信息传达得也更加完整和准确。对于“cutting”的翻译，张爱玲所译的“割伤”更加具体、直观地描述了老人在与大鱼的斗争过程中留下的伤痕。张爱玲通过细节方面的翻译，使老人的悲剧形象更加立体化，加深了读者的印象。

二、余光中《老人与海》译本的生态翻译学解读

余光中一生从事诗歌、散文、评论和翻译，称此四项为自己写作的“四度空间”，现已出版诗集 21 种；散文集 11 种；评论集 5 种；翻译集 14 种；共四十余种。他的翻译作品齐全，不仅有戏剧和传记翻译，还有小说翻译、诗歌翻译和自译诗。余光中译的《老人和大海》于 1952 年 12 月至 1953 年 1 月在台北市《大华晚报》上连载，1957 年由重光文艺出版社印成专书。2010 年，余光中亲自修改其译本交由南京译林出版社出版，改名为《老人与海》。

21 世纪初，胡庚申教授将达尔文“自然选择”的基本原理运用到翻译研究，从译者的角度出发将翻译定义为：译者适应翻译生态环境的选择活动。2008 年，胡庚申进一步提出了生态翻译学。余光中也提出，译者其实是“不写论文的学者，没有创作的作家”。前者指译者“必定饱学”，后者指译者

---

① 张爱玲．流言［M］．北京：北京十月文艺出版社，2006：13.

② 张爱玲．传奇［M］．北京：经济日报出版社，2003：1.

“必定善于运用语文，并且不止一种，而是两种以上：其一他要能尽窥其妙，其二他要能运用自如。”[①] 也就是说，称职的译者在熟悉“施语”（source language）和“受语”（target language）两种文字的基础上，还要能运用自如，了解文字之外的其他文化因素。

《老人与海》第一句话：

He was an old man who fished alone in a skiff in the Gulf Stream and he had gone eighty-four days now without taking a fish.

那老人独驾轻舟，在墨西哥湾暖流里捕鱼，如今出海已有八十四天，仍是一鱼不获。

“独驾轻舟”看似诗情画意，但在中国文学传统中，往往隐含着孤独和坚持。这是老人的命运，也是他面对命运的态度。“如今出海已有八十四天，仍是一鱼不获”，既是冷峻的陈述事实，也暗示着老人命中注定的“厄运”，或许是出乎意料的惊喜。而老人一如既往的沉默，一如既往的出海打鱼。

余光中五十余年的人生经历和翻译经验可以帮助他更深刻的了解老人，了解海明威，了解《老人与海》在冰川下八分之七的部分。

He took the bait like a male and he pulls like a male and his fight has no panic in it.

它吞食钓饵，像个汉子，拖动小船，像个汉子，而且沉着应战，不慌不忙。

老人不放弃，鱼也不松口，在茫茫大海中相持相伴。只有这样的鱼才算得上对手，老人也视其为朋友。在汉语中，“汉子”不仅指强壮的男性，而且暗含责任、担当，和对手的尊敬；相对于“男子汉”，更口语化，更符合老人的身份和语言。余光中在译序中提到早年将作者译为汉明威，仍然觉得“汉”比“海”更接近原音。在世人心中，海明威就如他笔下的人物是一条汉子，强壮有担当，勇敢而身负使命，面对死亡，也不忘自己做人的责任，令人尊敬。

He stopped for a moment and looked back and saw in the reflection from the street light the great tail of the fish standing up well behind the skiff 's stern.

他停了一下，回头眺望，接着街灯的反照，看见船尾的后面，还神气的竖着大鱼的那大尾巴。

小说中，海明威对大鱼充满了赞美之意，毫不吝惜地用“great”“well”

---

① 江艺．对话与融合：余光中诗歌翻译艺术研究［M］．西安：世界图书西安出版公司，2009：33.

“noble”“power”“beauty”诸如此类的词修饰它，相对于老人的修饰词，“old”“tired”“lay”“climb”等，更加突出大鱼和老人之间，人与自然之间的悬殊。然而，老人知天命，不管对手多么强大，不管生活多么艰难，认真的生活，认真的打鱼，他知道自己“be destroyed but not defeated”就足够了。经过三天的搏斗，老人终于带回了大鱼，虽然在鲨鱼的掠夺后只剩下了鱼骨架。余光中深刻的体会了海明威的精神，将“well”翻译成“神气的”，把竖着的大尾巴突显出来，也把大海与老人之间的力量对比突显出来。神气的不仅是大鱼和自然，也是老人对于自己坚持不懈的认可，老人知道自己尽力了，命运就是这么残酷，但是自己做了自己该做的事情。

以上例子说明了余光中在翻译《老人与海》时，分别对文化、语言和交际各维度的选择适应。余光中的翻译自有其高明之处，因为在生态大环境下，他做出了恰当合理的适应与选择。

第五章　英美生态文学批评研究

生态批评主要是一种生态危机现实迫切需要的思想文化批评，是以生态整体观、系统观、动态平衡观作为主导思想的、以文学作品为媒介的文化批评，其主要目的是挖掘并揭示生态危机的思想文化根源，揭示人类的思想、文化科技、生产和生活方式、社会发展模式如何影响甚至决定人类对自然的恶劣态度和竭泽而渔式的行为，如何导致环境的恶化和生态的危机，这是生态批评最基本的特征和最重要的价值。本章对英美生态文学批评进行了分析与总结。

第一节　英国生态批评的兴起和发展

一、英国生态批评源头追溯

英国生态批评的源头可以追溯到威廉斯（Williams）的《乡村和城市》（*The Country and the City*），该书被英国批评界称为“先锋性的生态批评的代表作”①。在这部书中，威廉斯追忆了已然失去的乡村生活传统，对文学中的乡村描写进行了全息扫描，对现代城市生活进行了检验。他认为，他记忆中的乡村图景和他在剑桥大学所讲授的乡村图景是截然不同的，童年的记忆已经成为永久的过去，田园生活已经成为失去的传统。

威廉斯的思想对英国的生态批评家产生了深刻的影响，由于威廉斯是马克思主义者，英国的生态批评从此被打上马克思主义的烙印，英国生态批评关注社会、关注政治，有着深深的社会使命感。

---

① 王卫新，隋晓荻．英国文学批评史［M］．上海：上海外语教育出版社，2012：318.

二、英国生态批评的出现与发展

英国生态批评的出现，一般以1991年乔纳森·贝特（Jonathan Bate）的专著《浪漫主义的生态学：华兹华斯与环境的传统》的问世为标志。在该书中，贝特从文学和文化的意义上最早把“浪漫主义”与“生态学”联系起来，并从生态学角度对浪漫主义文学进行了重新评估，使用了“文学的生态批评”[①] 这一术语。这一著作的问世，“标志着英国生态批评的开端”[②]。其出版极大地推动了英国生态批评的兴起和发展。

1992年，理查德·克里治（Richard Kerridge）在巴斯泉大学本科生中率先开设了“写作与环境危机”课程。1997年，格雷格·加里德（Creg Carrard）在英国的威尔士大学组织召开了“文学与自然环境会议”。1998年，克里治与加里德在巴斯泉大学组织召开了“文化与环境保护主义会议”，成立了“文学与环境研究协会—英国分会”（ASLE-UK），定期召开年会，并出版会刊《绿色文学：生态批评研究》。同年，英国出版了第一部生态批评论文集《书写环境：生态批评和文学》。这本论文集由克里治和尼尔·塞梅尔斯（Neil Sammells）主编，分为批评理论、生态批评的历史、当代生态文学三个专题。[③] 2000年，由英国学者劳伦斯·库普（Laurence Coupe）编辑出版了《绿色研究读本：从浪漫主义到生态批评》。读本分为“绿色传统”“绿色理论”和“绿色阅读”三部分，“绿色传统”部分收录了英国的浪漫主义诗人布莱克（William Blake）、华兹华斯（William Wordsworth）、柯勒律治（Samuel Taylor Coleridge），美国自然文学代表人物梭罗（Henry David Thoreau）等有关自然的论述。“绿色理论”和“绿色阅读”部分收录了英美两国主要生态批评家的论文，如英国的特里·吉福德（Terry Cifford），美国的司各特·斯洛维克（Scott Slovie）、劳伦斯·布尔（Lawrence Buell）、珀特里克·墨菲（Patrick Murphy）等。[④] 此读本展示了英美两国学者不同的研究方法和视角。

这一切极大地促进了生态批评在英国的迅速发展。但是，真正能够体现英

---

① Jonathan Bate. *Romantic Ecology: Wordsworth and the Environmental Tradition* [M]. London: Routledge, 1991: 1.

② Kerridge &Sammels. *Writing the Environment: Ecocriticism and Literature* [M]. London: Zed Books Ltd, 1998: 9.

③ Kerridge &Sammels. *Writing the Environment: Ecocriticism and Literature* [M]. London: Zed Books Ltd, 1998: 5.

④ Laurence Coupe. *The Green Studies Reader: From Romanticism to Ecocriticism* [M]. London: Routledge, 2000: 19.

国生态批评特点的则是 2002 年出版的另一本论文集《英国文学的环境传统》。这本由约翰·帕勒姆（John Parham）主编的论文集是英国 1997 年和 1998 年举行的两次生态批评会议的成果，集中了英国学者在这一领域的研究成果。论文集的第一部分是有关社会政治以及理论探讨的议题，第二部分则是从生态视角对文学作品的解读实例。① 与美国生态批评早期关注自然文学作品不同，他们更多地关注英国文学的浪漫主义传统，尝试从生态批评的视角对其进行重新评价。除此以外，英国生态批评家也关注当代小说、电影，探讨其中的文化、政治内涵。

还值得一提的是，英国生态批评家格雷格·杰拉德（Greg Garrard）于 2004 年出版了专著《生态批评》，这是生态批评兴起以来第一次以“生态批评”为书名的著作。它不但使“生态批评”这一术语在文学研究领域得到公认，而且也奠定了它的重要地位。加里德对“田园文学”“荒野”“生态启示录”“动物”等生态批评所涉及的相关话题进行了梳理和评述，并从文化研究的视角对生态批评涉及的“绿色”道德和政治议题进行了深入的探讨。② 此书的对于生态批评在全球的迅猛发展起到了极大的推动作用。

《英国文学的环境传统》《生态批评》专著确立了英国在西方生态批评乃至全球的重要地位，并使西方生态批评从美国早期生态批评过分关注自然文学的趋势转向关注当代小说等，从而使生态批评进入了一个更为广阔的领域。

第二节　基于生态批评视角的英国浪漫主义文学研究

一、认识生态批评

生态批评是生态思潮在文学研究中的体现，是学者对生态问题重视的体现，也是人文研究对生态危机的具体回应。布伊尔（Lawrence Buell）认为：“生态批评可以简要地定义为本着拯救环境的精神研究文学和环境之间的关

① John Parham. *The Environmental Tradition in English Literature* [M]. Burlington: Ashgate, 2002: 144.

② Greg Garrard. *Ecoricicism* [M]. London and New York: Routledge, 2004: 3-5.

系”①。经过多年的发展，生态批评如今已成显学。生态批评亦被称作“绿色文化研究”“生态诗学”以及“环境文学批评”等。

和其他文学批评理论不同，生态批评既非文学批评研究的需要，也非某些批评家突发奇想的创新。它的出现和人类生存环境不断恶化有密切关系。生态批评以文学研究的形式，勘察了人类在思想、文化、经济、科技发展和生活方式等方面的变化对生态环境的影响，探究这些影响对人文方面的影响，并尝试找出唤醒人类生态意识的方法，阻止生态恶化并重建人与生态自然的和谐共存。它和其他文学批评最主要的区别在于，生态批评通过作者、文本与世界的关系，进而研究自然与文化（特别是语言和文学的文化表现）之间的内在关系。

大多数人认为，“世界”就是人类社会及社会活动发生的“圈子”。生态批评则拓展了“世界”的概念，它把生态环境涵盖在这一概念中，揭示生态环境（尤其自然环境）与人类活动的关联性，强调二者之间“唇齿相依”。一直以来，人类社会都是“人类中心”的社会，人类对自然的利用达到触目惊心的地步，生态环境的恶化导致自然灾难日益频繁。生态批评家分析人对自然的认知以及这个认知过程历时的改变，同时，他们也分析文学中自然要素的再现。尽管生态批评有很多分支，但是它们都有一个基本的前提：人类文化与自然直接密不可分，相互影响。生态批评力图打破“人类中心”思想，从整体的观点和联系的观点重建正确的宇宙观，“协调”人类和地球上其他要素之间的关系。

总而言之，生态批评将自然、文化和文学看作一个整体，从联系和共生的角度研究文学。

二、作为生态批评对象的英国浪漫主义诗歌

英国浪漫主义的重要特征之一，就是建立一种新型的人与自然的关系，就是鼓励一种前所未有的、对自然界的尊重和评价。浪漫主义文学的自然观是以十八世纪工业革命及其造成的环境污染和破坏为背景的，直接反映了浪漫主义诗人对工业文明和科学主义的厌恶，对城市工业和庸俗生活的诅咒。同时，在启蒙理性思想孕育下的法国大革命失败的阴影以及西方某些文化观念的没落也导致了当时西方社会的精神危机，对理性的怀疑和对法国革命失望的情绪在英国“湖畔派”诗人身上表现得尤为深刻。为了从法国大革命和工业革命的伤

① Lawrence Buell. *The Environmental Imagination: Thoreau, Nature Writing and the Formation of American Culture* [M]. Cambridge: Harvard University Press, 1995: 430.

害中找到灵魂上的安慰，浪漫派诗人们响应卢梭“回归自然”的号召，身体力行，将自然视作灵魂栖居的家园，视自然是人类最好的老师，自然能够给予人类完善自身不可或缺的、从社会得不到的启迪，这是当时的浪漫主义作家普遍怀有理念。因此“英国浪漫主义诗人走向自然，从根本上说是为了在自然界中寻求心灵的安慰，而且更为重要的是，他们还怀着对自然的敬意，企图从自然中寻找一种走向未来的力量”①。

正因为英国浪漫主义诗人在作品中“向人们奉献了一幅幅美丽的英国风景画，而且还在自然的背后发现了某种精神或生命力在起作用”②，生态批评才将注意力投向了英国的浪漫主义诗歌，并有了许多新的、令人惊奇的发现。不仅“湖畔派”诗人的作品中有生态主义成分，就连“革命派”诗人的作品也有生态主义的元素，否定了向来被视为消极的“湖畔派”，从他们的作品中发现了积极的救世情怀。相对于全欧浪漫主义文学，英国浪漫主义文学有着“不见于其他任何地方，唯独在当时所有的英国作家身上却都可以看到的”独特气质，即“英国诗人全都是大自然的观察者、爱好者和崇拜者”③。勃兰兑斯（Brandes）也因此将英国浪漫主义指认为“自然主义”。随着近年来生态批评作为一种文学研究方法的勃兴，英国浪漫主义诗歌特别是湖畔派诗人的诗歌，因其此种独特气质和自然观而成为生态批评大展理论拳脚的重要领地。“湖畔派”诗人的作品也理所当然地成为生态批评的重要理论资源和诠释对象。

传统上认为，“湖畔派”诗人转向自然，是一种逃避主义。事实上，“浪漫主义诗人们肩负着诗人——先知（poet-prophets）的角色”，因而将“湖畔派”说成“是对变化、暴乱和丑恶等现代工业和政治世界里的（现代）问题进行逃避是不公允的。”事实上，“这些作家对当代现实的关注是无与伦比的”④。英国浪漫主义具有强烈的乌托邦情结，都秉持希望以诗来实现救世的宏愿。所不同的是，在法国革命后，拜伦（George Gordon Byron）、玛丽·雪莱（Mary Shelley）仍然以高昂的革命激情创作政治乌托邦作品，而华兹华斯、柯勒律治则由法国革命爆发时的支持者转为反对者，在创作中二人从政治乌托邦转向了审美乌托邦，自然成了他们通向审美乌托邦的媒介。

“湖畔派”具体指的多年居住在英格兰西北部坎布里亚郡内的湖区，写过

---

① 高伟光．英国浪漫主义的乌托邦情结［M］．北京：中央编译出版社，2004：65.

② 高伟光．英国浪漫主义的乌托邦情结［M］．北京：中央编译出版社，2004：35.

③ ［丹麦］勃兰兑斯．十九世纪文学主流：英国自然主义［M］．徐式谷，译．北京：人民文学出版社，1997：6.

④ Frye，Northrop．*Romantic Reconsidered*［M］．New York：Columbia University Press，1963：34.

不少歌咏湖光山色的田园诗，都有“回到大自然中去”的思想倾向的三位诗人，分别是华兹华斯，柯勒律治和骚塞，其中以前两人的成就最大。“湖畔派”诗歌中“有机整体意识”“人与自然的和谐共处”以及“回归自然”的生活观、创作观都与生态批评有着默契的相像之处。乔纳森·贝特称华兹华斯为“英国浪漫主义时期成就最伟大的生态诗人，也是欧美最杰出的生态作家之一”。因此，从生态批评的角度审视“湖畔派”诗歌，既能丰富我们的生态批评理论和实践，也可以为我们建立人与自然的和谐关系提供启示和方向。笔者以华兹华斯的自然观及其具体文本为例进行分析，探讨其生态意义。

三、华兹华斯的生态思想及其诗歌中的生态意义

华兹华斯的抒情诗虽然还没有表现出自觉而明确的当代意义上的生态意识，但他用诗歌表达的人与自然的和谐关系、对工业文明的批判以及体现出来的淳朴自然的生活观，则渗透着与当代生态思想完全一致的生活价值取向。具体表现在以下几点。

（一）“人与自然的共鸣”

美国著名美学家吉尔伯特（Gilbert）说：“在华兹华斯的诗歌中，人的发展与自然的发展是那样互相依存，以致我们难以在他的哲学中确定自然与人相比何者居首。”① 在诗歌的艺术殿堂中，华兹华斯始终怀着一颗崇拜和赞美自然之心，热情地吟唱自然之歌，于日常生活中寻求一种自然精神和品格。

华兹华斯用自己的诗歌来表达对大自然的无限热爱。诗人认为“所有优秀的诗歌都是强烈感情的自然流露”，诗歌是情感的最佳表达方式。华兹华斯发现自然运行与人类生命律动之间存在着无处不在的和谐共振，在华兹华斯笔下，大自然以自己的博大、无语和浸润一切的生的气息陶冶着人的灵魂，使人的内心在对自然的审美享受中获得安宁，得到净化。在这里，大自然不再是人类无声无息的生存背景，而是使人趋向善良和纯真的精神源泉。华兹华斯在《我独自漫游像一朵云》《致雏菊》《泉水》《露西组诗》等诗歌里，记录了诗人与自然的精神交往，自然界的山水、田园风光、群山瀑布、日月星辰等意象仿佛都对他有所启发。诗人在《我独自漫游像一朵云》中把自己比作一片浮云，独自漫游在青山翠谷之间，忽然间看到一丛金黄的水仙在湖边树下随风飘摆。诗人联想到银河里闪烁的星星和湖中荡漾的水波，于是地面上的景物与天上水中的景物连成了一片，呈现出一派和谐景象。诗人在最后一节写道：

---

① ［美］吉尔伯特．美学史（下卷）［M］．夏乾丰，译．上海：上海文艺出版社，1989：522.

时常当我依躺于床间，/心绪茫然或沉思静穆，/它们就闪现于我的心眼，那就是孤寂所给的幸福；/于是我的心充满了欢愉，/并与水仙翩翩起舞。

这最后一节的点睛，揭示了这首诗的主旨：大自然以其五彩缤纷的景象和富于启迪的象征，成为人类审美与思维的无尽源泉，人类通过与大自然的亲近和对话而获得对自身的观照和确认，美妙的自然是哺育人类成长的“母亲”。

在华兹华斯的代表作《丁登寺》一诗中，诗人畅快淋漓地描绘了大自然在他身上所起的神奇作用和心灵感悟：

五年过去了，五个夏天，加上/长长地五个冬天！/我终于又听见这水声，/这从高山滚滚而下的泉水，/带着柔和的内河的潺潺。/……/而是每当我孤居喧闹的城市，/寂寞而疲惫的时候，/它带来了甜蜜的感觉，/让我从血液里心脏里感到，/甚至还进入我最纯洁的思想，/使我恢复了恬静。

诗人把大自然的神奇魅力表达得淋漓尽致，以切身体会抒写了大自然以其神奇的脉动与人类心灵相通、共振的感慨，描绘了一幅“自然的人化”与“人的物化”交相辉映的神奇境界。

大自然的一草一木、一物一景都是诗人写作中的观照对象，在诗人看来，它们都具有与人的灵魂息息相通的内在灵性，时时刻刻在与人类进行着无言的对话，它们是人类无法分离的朋友。在《给野菊花》中，诗人写道：

皎洁的花呀！你到处为家：/你果敢，在大自然母亲的关怀下/继承了世间的喜悦和悲嗟。/年复一年，日日如此。/我觉得你的身上总是蕴含/同人类和谐一致的某种语言；/我走遍了树林也没有发现，/别的花可与你相比。

华兹华斯的诗作中表达的人与自然“心有灵犀一点通”的美妙意境，不仅体现了所谓的“生态批评”精神，更体现出西方文化传统新的品格。

（二）对工业文明的批判

华兹华斯生活的时代，正是资本主义工业文明迅猛发展并成为社会统治力量的时代。科学和理性为资本主义大厦奠定了基础，却未给人们的心灵留下栖息之地。华兹华斯选择自然题材来表现人们的热情和基本情感，有着极强的现实针对性。华兹华斯对现代资本主义文明所造成的人类社会种种异化现象深恶痛绝，因而在精心营造的“回归自然”艺术天地中，人类久被扭曲和压抑的淳朴之情得以召唤，为工业文明所毒化的人性得以拯救。在《莱茵河畔车中》一诗中，诗人写道：

眼前的物体在舞动，忧思暗袭/怅惋的心——车子在疾驰，/悲里寻欢，狂兴一时！/正回旋，那顶着青翠华盖的大地，/时代的令人仰止的壮观，/崔巍的战垒、雄关，/隐隐约约的拱廊掩映谷间——/只能从明媚河边透过树丛窥探，/这一切都往后急速地消隐不见。/我何必那么伤感？/随意行止、眺望、思索、盘亘/——旅行者的甘泉般体验——/——生命的烂漫春光，夏日的不渝欢忭/仍属于我，并且温暖衰乱的秋天。

诗人看到生产力快速发展带来的令人仰止的壮观，并不是心情愉悦，而是满怀悲伤。诗人隐居山林，与大自然融为一体，在很大程度上也是为了躲避城市的喧嚣。工业文明带给了人类物质财富的增长，但与之相应的却是自然界遭到无情的破坏，人与自然、人与人的和谐关系不复存在。从华兹华斯的诗中，我们能够深切感受到诗人对现代资本主义工业文明的批判。

（三）简单生活观

简单生活观是与消费文化相反的生态人生观。它主张人类节制物质需要，拒绝消费文化对人们的诱惑，尽可能简化物质生活，减轻对生态承载的压力，腾出更多时间和精力丰富人的精神生活。这是华兹华斯诗作“返璞归真”“回归自然”主题的又一体现。作者不自觉的现代“生态意识”在生动的描绘中尽情展现。

华兹华斯身体力行，长期居于英国北部的湖区，寄情山水，享受着一种非常简单的生活。诗人热情赞美这种“简单地过活”人生观和生活方式，在《伦敦，一八〇二》一诗中，华兹华斯写道：

大自然和书本中的壮观美妙，现在/不能使人快乐。抢夺、贪婪、挥霍/成了我们敬佩和崇拜的偶像；/不再有简朴的生活和高洁的思想；/源自优良的古老传说的朴素美已经/逝去，不再有平和宁静和心怀敬畏的单纯，/不再有体现于日常法则中的纯粹的宗教信仰。

简单生活观的重要特征是内向性——转向思想、转向内心生活。所有的价值和高尚的生活目标，除了与自然万物和谐相处之外，就是精神生活的丰富。简单生活观呼吁尽可能地简化自己的物质生活，以腾出时间尽可能多地与自然交流，尽可能地提升自己的精神追求和美学品位。华兹华斯的生活与创作就是在践行简单生活观，从诗人的诗作中，我们也能够感受到这种简单生活观的生态思想。在这里，我们清楚地看到西方的现代生态意识与中国传统的老庄思想在不知不觉中“殊途同归”了。

第三节 美国文学的生态批评理论解读

一、美国生态批评理论发展的三个阶段

到目前为止，短短的十多年中，美国生态文学批评理论已经历了三个阶段。

（一）第一阶段的

第一阶段主要研究自然与环境是怎样在文学作品中被表达的。生态批评家认为，许多作品中描写自然的一个陈旧模式是：自然要么被描绘成伊甸园般田园牧歌式的世外桃源和处女地，要么是瘴气弥漫的沼泽地或无情的荒野。

（二）第二阶段

生态文学批评的第二阶段把重点放在努力弘扬长期被忽视的描写自然的文学作品上，对美国描写自然的文学作品的历史、发展、成就，及其风格体裁等做了深入的探讨和研究。美国描写自然的作品是以描写自然为取向的非小说创作。它有着成果累累的过去和充满活力的今天。从20世纪80年代末到20世纪90年代初，美国出版的描写自然的作品选集有二十多部。作为一个文学流派，它源于英国吉柏特·怀特（Gilbert White）的《塞尔波纳的自然史》（*A Natural History of Selbourne*）。这一写作传统通过亨利·索罗（Henry Thoreau）、约翰·巴勒斯（John Burroughs）、玛丽·奥斯汀（Mary Austin）、艾尔多·利奥波德（Aldo Leopold）和蕾切尔·卡森（Rachel Carson）等延伸到了美国，其中利奥波德和卡森后来成为直接推动生态批评兴起的领先人物。利奥波德的“生态中心论”思想后来成为环境主义者的金科玉律。卡森的《寂静的春天》（*Silent Spring*）可以说是一座丰碑，是人类生态意识觉醒的标志，是生态学新纪元的开始。

（三）第三阶段

生态文学批评的第三阶段试图创建一种生态诗学，通过强调生态系统的概念，加强生态文学批评的理论建设。生态批评发展到今天，在创建理论体系方面，已取得了不少成就，提出了许多有意义的思想。例如，“环境伦理说”或

“环境哲学”对人与自然环境之间的道德关系进行探讨；非人类中心说主张非人类存在物，如物种、生态系统等同样具有道德地位，指出人类对它们负有直接的义务；施韦策（Albert Schweitzer）的“敬畏生命”论和泰勒（Paul W. Taylor）的“生命中心论”将道德关心的对象扩展到整个生命界，构筑了以“尊重自然”为终极道德意念的伦理学体系都可以被看作是生态文学批评的理论基础。

二、生态文学批评理论发展的新阶段

近几年来，一些学者开始从现当代西方哲学家和文论家那里吸取思想精华，运用巴赫金（Bakhtin）、海德格尔（Heidegger）、梅洛·庞蒂（Maurice Merleau-Ponty）和罗兰·巴特（Roland Barthes）等人的批评理论来构建当代生态诗学，把生态文学批评理论研究推向了一个新的阶段。

在《持续的诗篇：四位生态诗人》一书中，西格杰（Leonard D. Scigaj）批判了后结构主义语言理论对当代诗歌和文学批评的影响，认为后结构主义和后现代主义仅仅把批评的目标放在语言、文本和话语上，似乎文本以外就没有自然环境等其他“存在”的存在。西格杰把批评的矛头指向西方哲学中的二元论思想，强调生态诗学的理论构建应以海德格尔和梅洛·庞蒂的思想为基础。根据海德格尔的存在主义观点，存在首先是个人的存在，个人存在是一切其他存在物的根基，“在”就是“我”，整个世界都是“我”的“在”的结果，必须在人对外部世界事物的关系中来考察它们，否则就毫无意义，失去了确定性。西格杰认为，在今天全球高度信息化、科技化，经济环境与政治环境不平衡的形势下，生态诗学的任务首先是要面对全球环境恶化这一基本事实，要以人的生存为本。西格杰还试图从梅洛·庞蒂有关现象学的论证中探索生态诗学的理论基础。西格杰发现，梅洛·庞蒂的论点为生态批评家提供了一个有效的批评模式，即把体验的深度与世界的内在关系融会于一体，不能机械地或用理想主义的框架来理解身体与世界的关系，这就意味着生态诗学的研究要超出传统西方哲学中主观/客观二元论的思想。

乔纳森·贝特在《大地之歌》中也应用了现象学的批评原理，并多次提及海德格尔的观点，进一步完善了他在1991年发表的《浪漫主义生态学：华兹华斯和环境传统》（*Romantic Ecology：Wordsworth and the Environmental Tradition*）中陈述的浪漫主义生态诗学。同时，贝特还根据法国思想家卢梭（Jean Jacques Rousseau）有关论证“自然状态”的思想来探讨生态诗学的问题。贝特认为，卢梭的“自然状态”论和“返于自然”的思想与“深层生态学”理论从本质上讲是一致的。贝特全面论述了从十八世纪到当今的小说和诗歌。他在《大地之歌》的前二章中把简·奥斯汀和托马斯·哈代（Thomas Hardy）、玛丽·雪莱和伊丽莎白·毕肖普（Elizabeth Bishop）相并立，以独特的视角探讨了这些通常不被认为是“自然作家”的生态意义。①

劳伦斯·布伊尔（Lawrence Buell）和帕特里克·穆菲（Patrick Murphy）等也试图从不同方面构建生态诗学理论。布伊尔试图淡化自然与文化的界限，认为生态批评的未来应从研究自然与文化的关系着手。穆菲试图重新调整当今生态批评界的一些不平衡的做法，其中突出了美国生态批评界对美国少数裔生态作家的忽视和对国际上其他国家生态作家及生态文学经典的忽略。穆菲指出，生态批评家研讨的作品大多是像梭罗的《沃尔登或林中生活》之类的非小说作品，而涉及生态环境主题的小说作品却在某种程度上处于边缘地位。穆菲认为，叙事小说在环境保护方面起的作用丝毫不亚于非小说作品，叙事作品应成为未来十年生态文学研究的重点。尊重自然、保护环境的思想意识不仅体现在纯自然作品中，而且在不少现当代小说家的叙事小说中也有明显表现。例如当代小说家约翰·厄普代克（John Updike）和唐·德里罗（Don Delillo）分别在《白色噪音》（*White Noise*）和《兔子休息了》（*Rabbit at Rest*）中从不同的角度反映了当代作家对生态环境的关注。德里罗的《白色噪音》除了表现当代人惧怕死亡这一主题外，还通过对生态环境的描述，特别是通过对某一旅游景点（一旧牲口棚）、超市食品、化学毒气泄露事件的描述，表现了在后现代文化背景下的美国乃至整个人类赖以生存的生态环境受到严重破坏，真正意义上的自然和文化在以消费为主的后资本主义社会中被“复制”而成为种种假象，并最终因发生“错位”而逐步消失。厄普代克的《兔子休息了》从侧面描写美国作为一个“后自然”国家，其大地所拥有的资源差不多已被消耗一空了。在小说的结尾，已五十五岁的主人公“兔子”哈利·安斯特罗姆眺望佛罗里达州一处疗养地的风景时，他透过那天堂般的外表，看到其中的衰败和污染。在这些“危险的风景”中，哈利看到成排的棕榈树由于遭受干旱而枯死，看到蓝色的天空被“喷气飞机喷出的烟雾所污染”，看到“紫外线正把人体的扁平细胞烤成癌细胞”，看到“空气中弥漫的烟雾使人难以呼吸”。② 如果说19世纪的西方文学反映的是一个把自然当作医治人们精神创伤的社会，20世纪的西方文学描写了一个把自然看成是经济源泉的社会，那么，当代美国文学作品中的自然描写所揭示的正是比尔·麦肯比（Bill Mckibben）所说的“后自然世界”。在这个“后自然世界”里，人们对自然的需求仅仅是表面上

---

① Jonathan Bate. *The Song of the Earth* ［M］. Massachusetts: Harvard University Press, 2000: 31.

② John Updike. *Rabbit at Rest* ［M］. New York: Alfred Knopf, 1990: 501.

的，尽管自然有时会激起人们的怀旧思想，有时会使人产生背井离乡的感觉，但它已经与实在的东西无关。

尽管生态批评家为了创建生态诗学已经做了不懈的努力，但生态批评理论尚处在发展阶段，它还没有达到理论上的成熟，更没有形成一个系统的理论体系。美国学术界认为生态批评缺乏理论基础的也大有人在。

三、美国生态文学批评理论最基本的概念——美国的“荒野”情结

在讨论生态文学批评的很多问题时，评论家们都会涉及一个概念——荒野。可以说，“荒野是所有美国自然文学和生态文学批评理论的最基本的概念之一”。正如美国著名历史学者及文学评论家罗德里克·纳什（Roderick Nash）在他的《荒野与美国思想》（*Wilderness and the American Mind*）一书中所说，荒野是“美国文明的基本要素”。因此很有必要对这一概念做一个简要阐述。

荒野作为思想传统并非始于美国。在西方文明中，它的影响可追溯到古典神话和基督教《圣经》时期。在二者的描述中，荒野象征着原始、野蛮、无序，带给人的多是危险与惩罚。所以，在西方观念中，对荒野有一种根深蒂固的恐惧和嫌恶的感情。当17世纪初第一批英国移民漂洋过海来到美洲大陆时，他们的所见所闻恰恰印证了这样的形象：在这片陌生的大地上到处是咆哮的丛林，凄凉的荒原，只有野兽和野人出没其间，没有丝毫文明的迹象。为了生存，他们不得不与这狂野的自然做斗争，对它的憎恶也更加强烈。作为清教徒的早期移民对这片土地有着更深一层的理解。他们坚信，战胜这荒蛮无序的自然原野，降伏它并把它改造成天堂乐园是上帝赋予他们的使命。他们与荒野的斗争于是笼罩上一层神圣的意味。但是荒野依然是人类的敌人。虽然当时也不乏把“新大陆”描述成富饶美丽的“伊甸园”之人（比如撰写《新英格兰记》的约翰·史密斯），但是这些人的赞美之辞多是为了吸引更多移民，其商业炒作的目的不容忽视。总之，早期移民者对北美大陆的情感中恐惧多于崇敬，憎恶多于热爱。美国人对原始自然爱恨交加、征服欲和敬畏心理并存的特殊感情也从此开始了。

直到18世纪末、19世纪初，荒野在美国人心目中的邪恶象征才真正结束。在欧洲自然神论及伯克（Edmond Burke）、康德等人美学观点的影响下，荒野不再代表野蛮与混乱，而是被赋予一种截然相反的品质——神圣与壮美（holiness and sublimity）。在美国，政治上的独立使美国人欢欣鼓舞，但是在思想文化方面他们仍然依附于欧洲旧世界，如何获得精神上和文化上的独立成为

美国知识分子苦心追求的目标。他们的目光不约而同地转向了他们身边这片曾令他们的父辈恐惧憎恶的广袤大地。这里绵绵的山脉，辽阔的草原，奔腾的河流，茂密的森林，加之颜色鲜艳、形态各异的鸟儿，凶猛强悍、野性十足的野兽等，都成为美国人骄傲的对象，因为它们蓬勃的生机和鲜明的个性都是那个已经被人类文明完全驯服了的旧大陆所无法媲美的。荒野从此成为美国民族精神独立的象征之一。

当梭罗发出“只有在荒野中才能保护这个世界”的呼吁时，美国的拓荒精神已经演变成工业革命和西进运动。随着边界线不断向西推进，荒野的面积也不断缩小，原始状态的自然环境有史以来受到来自人类的最大威胁。从 19 世纪中叶开始，环境保护不可避免地成为美国知识界讨论的焦点。荒野由恐惧之源、邪恶的化身又进一步变成人人有责任去尊重和保护的美国瑰宝。

生态文学批评围绕荒野文化展开了广泛而深入的讨论。人类是否应该对大自然进行开发和耕耘，还是顺其自然，任由它自己发展？换言之，我们应不应该保持荒野的原始状态，还是把它变成一座花园？在自然与人之间，在自然与文化之间，是否存在着绝对的对立？我们以人类为中心的自然观是否正确，抑或应该归还自然界万物原有的身份、自由和权利？在人与自然的关系的演变中，语言和文学又起到了什么样的作用？这一系列的问题都成为生态文学批评者们关注的重点。

第四节　从生态批评视角解读美国文学作品——以《麦田里的守望者》为例

一、《麦田里的守望者》概述

杰罗姆·大卫·塞林格（Jerome David Salinger）的长篇小说《麦田里的守望者》被现代评论家称为“现代经典”。如果说“马克·吐温的《赫克尔贝里·芬》是 19 世纪美国文学成长小说的开创性作品，那么《麦田里的守望者》则在 1950 年后的美国占有相似的位置”①。的确，作为成长小说的代表作之一，该小说对随后的美国文学起了深远的影响，也对美国 20 世纪 60 年代出现“青春大骚动”以及后来的大批青少年电影、电视的出现起了重大的促进

① ［美］保罗·亚历山大．守望者塞林格传［M］．孙仲旭，译．南京：译林出版社，2001：1.

作用。正如保罗·亚历山大（Paul Alexande）所言，“它对美国文化做出的贡献，其重要性无论如何强调都不为过”①。塞林格在小说中通过主人公霍尔顿——一个16岁男孩的探索与追寻、突围与反抗，揭示了第二次世界大战后美国社会成人世界的虚伪和庸俗、杂乱和肮脏。文中霍尔顿发出了要做“麦田里的守望者”的呐喊，由此隐含了作者深深渴望回归人类的童年、回归美好的大自然的良好愿望，体现了一种深刻的生态哲学思想。

二、《麦田里的守望者》中的生态思想解读

（一）向往和谐的自然生态

1. 对于物质世界的焦虑

西方文化一直认为自然是为人类服务的。然而在现代社会中，这种观念依然存在未曾得到改变，人们依旧认为自然是为人类服务的。第二次世界大战以来，科学技术的快速发展使得人类社会进入了高度发达的后工业时代。

经济社会的持续发展使得美国社会陷到一种混杂无序、虚伪肮脏的状况之中，也使得人类的贪婪得到宣泄。在市场经济条件下，人与人之间的利己主义更加显而易见，都市化也使人们的观念大为不同，人们也早已将自然带给人类的好处抛置脑后，转而对自然进行无度开发。对于置身于这个虚伪环境之中的主人公霍尔顿而言，在其生命中的特殊时期，对杂乱无章的世界以及贪婪的人类展示出了自己出了强烈的愤怒，他想要追寻是更加无拘无束的生活，所以他不断在逃离，最后来到了他觉得尚有栖息之地的纽约。在这里他也徘徊过很多地方，最后幻想逃离纽约城去寻找自然的世界。他渴求的是那种生活于小木屋中的自在生活，但是在他的真实世界中，纯净宁静的世界早就荡然无存，他无法找到出路。因此塞林格通过描写一个不想进入成人世界的少年的所感所思，来表达自己对现实世界深深的忧虑②。因此，我们在小说中可以常常看到这样的语言：“我疯了”“我像一个疯子”。霍尔顿表现出来的“疯狂”实质上就是对物质世界的焦虑以及对美国社会的批判。

2. 对于田园生活的向往

大自然是地球上的生物的赖以生存的净土，从古至今有无数的人用自己的方式来表达对大自然的赞美和感谢。梭罗在《瓦尔登湖》中提到“为人们展

---

① ［美］保罗·亚历山大．守望者塞林格传［M］．孙仲旭，译．南京：译林出版社，2001：4.

② 王育烽．《麦田里的守望者》的生态批评解读［J］．文艺理论，2007（7）．

示了一个人类之外的自然存在，那是最主要的存在，是超越了任何人类成员的存在”。[①] 惠特曼则在《草叶集》中用诗歌来赞美自然、来表达自己热爱自然以及渴望与自然相融的思想。

而本书从其标题就展现了塞林格对人与自然和谐相处的追求。“麦田里的守望者”一词首次出现在该书的第十六小章，这一章描写了霍尔顿行走在街头，一个小女孩正在唱歌，“她的嗓子还挺不错，不过只是随便唱着玩，小女孩的歌声使得霍尔顿的心情舒畅了不少，心情不像之前那么沮丧了。”[②] “麦田”实际就是田园生活的象征，也就是没有被污染过的、不受人类践踏的自在生活，霍尔顿心心念念追寻和渴望的就是这样的生活。

因而，尽管霍尔顿迫于无奈地身处于大城市中，但是他却始终渴求着能过上与大自然相通的自由生活。“我用自己挣来的钱造一座小屋，终身住在里面。我准备把小屋造在树林旁边，而不是造在树林里面，因为我喜欢屋里一天到晚都有充足的阳光。”霍尔顿对生活的迷茫，让他的恐慌和焦虑激增，从而导致了他自身的孤寂和与社会的隔阂，所以他极度想要逃离城市、融入自然中，做个无拘无束的人，只有这样他才能真正摆脱孤独，也才能不受世俗疏离的困扰，安安心心过自己的生活。

霍尔顿对中央公园中的鸭子尤为关注，在书中霍尔顿屡次提到过他们。“但奇怪的是，我一边在信口开河，一边却在想别的事。我住在纽约，当时不知怎的竟想起中央公园靠南边的那个小湖来了。我在琢磨，到我回家时候，湖里的水大概已经结冰了。要是结了冰，那些野鸭都到哪里去了呢？我一个劲地琢磨，湖水冻严以后，那些野鸭到底上哪儿去了呢。我在琢磨会不会有人开汽车来，捉住它们送到动物园里去，或者竟是他们自己飞走了？”这件事被屡次提到并非无意。主人公逃离了成人世界后，转而奔向纽约城，这也无法让他获得一丝一毫的喜乐，霍尔顿跟女朋友的交谈也不能排解自己心中的苦楚，这时的他已深陷于精神的荒岛中。能让他高兴的只有离开高度发达的大城市，转而投奔没有欺骗和暴力的自然。他不由自主地担心起野鸭，这些生命能够无拘无束的生活在自然中，然而自己却无法做到，这便表现出来他对生活其他生命的艳羡，同时也反映出他渴求人与自然能够和谐相处，平等地生存在这个星球上。

---

① 曹玉麟．从生态批评角度解读《麦田里的守望者》［J］．辽宁行政学院学报，2011（10）．

② 曹晶晶．《麦田里的守望者》的存在主义解读［J］．科技信息（学术研究），2007（31）．

（二）与社会生态破坏的抗争及对生态和谐的呼唤

霍尔顿的家庭较为富裕，能跻身于那个时代的中产阶级家庭，他被家人送到当地昂贵的学校，家人期望他将来能够有所作为，能够跻身于上流社会，但是他却与周围环境格格不入，甚至是无法相融，这也无法获得父母的认可，精神生态产生的异化使他经常迷惑和痛苦。少年霍尔顿处于由孩童进入成人的过渡期中，他最主要的疑惑是对于自己身份地位的疑惑①。其主要表现在以下三个方面。

1. 对家庭统治的反抗

在人的生长过程中，父母起着不可替代的作用，父母对孩子甚至能产生直接的影响力。“母亲使孩子富有安全感，父亲则教会孩子处理具体社会环境中遇到的各种问题”，来自家庭的爱才能让青少年在受到挫折或者遇到困难时得到最大的慰藉，是青少年能重新获得勇气和信心战胜困难，而和谐的家庭生活能给予青少年以启迪，因为只有这里才有一片没被污染过的净土。但父母的重心在于工作，他们没有多余的时间和精力来处理霍尔顿身心的变化，他们无法自己亲生儿子的生活和学习进行有效指导，赶鸭子式教育方式引起了他异常的反感。

“我父亲想让我去耶鲁，或者是普林斯顿读大学，但我发誓，我不会去他们其中的任何一个，即使是我死了。”在霍尔顿看来，父母表现出来的不是爱而是支配，这导致了他跟家庭的脱节，所以被学校开除之后，他不敢更不想回到家里。霍尔顿与父母的隔阂显而易见，就连父母也无法带给自己温暖，这让他难以面对，霍尔顿也无法改变这样的境况，所以他只有逃离家庭奔向纽约，在纽约这样的大城市或许能得到丝丝慰藉，这种抗争恰恰表现出出霍尔顿对开始异化的家庭关系的讨厌和失望。

2. 对学校生活的幻灭

家庭关系开始异化，这让霍尔顿非常的恐慌，他急于想要寻找一个聪明的好爸爸，但是他最终也未能如愿。而在学校里，他也最终失败了。他发现他周围的世界非常的不和谐。学校采用的教学方式是支配式，这让学生没有自由，霍尔顿感到了极度的压抑和束缚，他也变得更加叛逆，对待老师和其他工作人员的态度也不怀好意。

学校是一个按照一定的程序、有一定的场所和时程，专门用来教育特定对象人民，传授知识和价值体系的地方，学生们在这里听课学习，增长见识。可

---

① 董松涛.《麦田里的守望者》的生态批评解读［J］. 平顶山学院学报，2014（4）.

是小说中，学校“里面全是些伪君子……你一天到晚干的，就是谈女人、酒和性；再说人人还在搞下流的小集团”。从某种程度上看来，学校也是一个小的世界，它是精缩版的成人世界，周围大人的行为无时无刻不在影响着学生们，潜移默化地模仿着大人的行为，所以学校也随处可见那些肮脏的令人讨厌的行为，比如暴力。学生也常常参与其中，他们不是认真学习知识的人，却变成了深藏不露的斯文败类，霍尔顿的室友就是这样的人，斯特拉雷德精于打扮只是为了让自己的形象更好更能吸引女孩。青少年时期的学生对异性产生懵懂的好感是人之常情，可是沉迷其中无法自拔，就说不过去了。这可以看出社会经验不足的青少年很容易受到社会不良风气的影响，恰恰也就证实了青少年心中空幻以及没有方向，霍尔顿也是如此，他对自己的将来很茫然。“……你一旦对自己以后何去何从有了清晰的概念，首先回去学校里用功读书……”他的老师这样告诫他。足见霍尔顿在成长时的彷徨，所以他通过自己的方式进行着反抗。学校的作用就是要帮助青少年不再彷徨，从而认识自己和逐步改变自己的言行，逐渐成为成年人。16 岁的霍尔顿即将成年，但是他缺少来自学校的正确指导，也无法得到恰当意见和建议，他也不能找到恰当的对象进行模仿，在学校里他所能找到的只可能是影子，只能是权力的影子。所以霍尔顿对他身边所有的人，包括他的老师和同窗都产生了隔阂。

斯宾塞先生想要对霍尔顿进行改变，使他重塑自己的世界观和人生观，但是他又用毫无新颖可言的哲学理念来指导霍尔顿：“生命是一个游戏，想要玩好游戏就要遵守游戏规则。”① 而这种观点令霍尔顿感到极度厌恶：我们必须要遵循社会的条条框框。然而霍尔顿并不是一个循规蹈矩的孩子，他喜欢按自己内心的真实想法做事，所以他非常憎恨这个物质主义的世界。

3. 对社会异化的斗争

离开学校后，霍尔顿的处境并没有好起来，纽约城中虚假、拜金主义的社会让他压抑到喘不过气，也让他更失望。在旅馆中，他见识了很多大人奇怪的举动，比如一个灰头发人在穿女人的衣服，一对男女用嘴互喷水，这些行为使霍尔顿难以理解。这些大人从表面上看都很正直，但是他们的所作所为却与气质大相径庭，会干一些连霍尔顿都感到说不出口的事情。此外霍尔顿嫖妓时，并没有做无礼行为，却遭到了敲诈并被狠狠揍了一顿。

霍尔顿的挣扎毫无用处，他对于和谐的渴求却是永恒的。霍尔顿生性带有软弱成分，他默默无声的反抗着，但是结果也是惨烈的。但他坚守宁静和纯洁，追寻和谐，这是人类永恒的生态追求。霍尔顿想要在西部劳动赚钱，建一

① 王育烽.《麦田里的守望者》的生态批评解读［J］. 文艺理论，2007（7）.

座小屋自由自在的生活，这是霍尔顿的追求，也是塞林格对世界和谐向往。塞林格也建了这样的屋子，过着与世无争的生活，这实际上就是他为了融到自然中，为了过上自由自在的生活所做的努力。

（三）新和谐建立

在虚假暴力、唯利是图的成年人世界中，真诚难得。面对这样的成人世界，霍尔顿知道自己走投无路，也根本无法改变这样的世界，在经历了欺骗与绝望之后，他停下了脚步来重新审视自己的经历，重新认识他所处的世界，他开始成长，最终开始接纳并融入这个他曾经无比憎恨想要逃离的世界，旧的和谐既然已经不复存在，那就大步向前，转而建立新的和谐。

“不管怎样，我老是在想象，有那么一群小孩子在一块大麦田做游戏。几千几万个小孩子，附近没有一个人——没有一个大人，我是说——除了我。我呢，我就站在那混账的悬崖边，我的职务是在那儿守望，要是有哪个孩子往悬崖边跑来，我就把他捉住——我是说孩子们都在狂奔，也不知道自己在往哪儿跑，我得从什么地方出来，把他们捉住。我整天干这样的事。我只想当个麦田里的守望者。我知道这有点异想天开，可我喜欢干的就是这个。”麦田代表纯净的大自然，也代表着儿童的自由自在。当个“麦田里的守望者”是霍尔顿的梦想，他渴望与大自然融为一体中，在自然中无拘无束的生活，同时也是对成人世界中的虚假暴力的猛烈抨击。这同时也展现出作者对社会中的拜金主义的憎恨和对人类精神的关注。

第五节　美国文学的生态批评的未来

一、生态正义批评是美国生态文学批评理论发展的未来方向

将生态正义伦理运用于文学批评属于生态正义批评，生态正义批评代表了美国生态文学批评理论发展的未来方向。

美国学者 T. V. 里德（T. V. Reed）认为，与种族、阶级、政治等社会问题相关的生态正义思想是美国生态文学的核心内容。他详述了生态批评对环境的关注与社会正义之间的联系，并指出，“虽然生态批评的研究十分宽泛，但

是它并未严肃地探讨种族、阶级与环境之间的问题”①。

美国生态学学者朱莉·斯泽（Julie Sze）也主张，美国生态文学批评应该更多地关注美国生态文学中的生态正义思想，应该将人们，尤其是那些遭受歧视的社区的人置于生态研究的中心进行思考。生态正义批评将生态问题与社会正义问题联系在一起，将人们对普通民众健康的社会关注与生态关注交融在一起，它主要强调低收入群体与有色人种所遭受的环境危害②。

二、欧茨《大瀑布》中表现的生态正义主题

欧茨（Joyce Carol Oates）在作品中凸显的生态正义观是一个尤其重要的主题，她通过“爱的运河”诉讼案展现了发生在美国白人低收入群体与富裕群体之间的生态不公正象及其引发的生态正义斗争，描述了由生态不公正导致的人与人之间的冲突，凸显了她对生态正义的思考。欧茨是一位具有代内生态正义感的作家，她反对同代人以破坏和污染环境的行为相互侵害环境利益。在表达代内生态正义的主题时，欧茨尤其关注富人与穷人之间，即强势群体与弱势群体之间的生态正义。

（一）反思生态不公正现象

与生态正义相对的概念是“生态不公正”。生态不公正具有以下特征：生活或工作在离环境恶物的源头或废物漂流区域最近的人承担了与这些环境恶物有关的大部分负担和风险；与之相反，居住在远离污染区域的更为富裕的群体却是经济利益的主要得益者。环境恶物或环境善物未得到平等的分配，有色人种或低收入群体较多地承受了环境污染和环境退化所带来的恶果。这种给某一群体的健康和生活质量带来长期损害的不平等分配就是生态不公正，它源自不同群体的社会经济和政治权力的不平等，正如布克钦（Murray Bookchin）所言：“生态问题根源于社会问题”③，因此，生态正义问题就成为社会正义问题。

欧茨在《大瀑布》中对生态不公正现象进行反思，对于一些富裕群体一味地追求发展工业而付出环境代价的唯发展主义倾向进行揭露，对于环境恶物

① T. V. Reed. *Toward an Environmental Justice Ecocriticism* [M]. Tucson: The University of Arizona Press, 2002: 145-146.

② Julie Sze. *From Environmental Justice Literature to the Literature of Environmental Justice* [M]. Tucson: The University of Arizona Press, 2002: 163-164.

③ Murray Bookchin. *The Ecology of Freedom* [M]. Palo Alto, CA: Cheshire, 1982: 47.

分配不均引起的生态不公正现象进行批判，显示出她对20世纪中后期美国社会中的白人低收入群体遭受的生态不公正的关注。

1. 揭露唯发展主义：工业发展的代价

工业的发展和增长是人类财富和生活条件提高的源泉之一，但是它同时也造成了环境破坏，使不同的社会群体遭受生态不公正，涉及森林、水资源、空气和邻近社区。在美国，经济的发展导致严重的环境破坏恶果，例如环境恶化、人们的健康问题、生活质量下降和生活开销的增长。《大瀑布》真实地展现了这种环境破坏的恶果：尼亚加拉大瀑布地区的工业在第二次世界大战后有了飞速发展，然而，它的经济繁荣却以环境的恶化为代价，并且使这一地区居民的身体健康受到了严重危害。

小说跨度为30年，它以20世纪50年代至70年代的尼亚加拉大瀑布为背景，通过德克·波纳比一家两代人的生活经历，真实地展现了第二次世界大战后这一地区的一些富裕群体一味追求工业发展所导致的环境污染及其对居民健康造成的危害，是一个涉及爱的运河遭到污染的诉讼案丑闻的悲剧。小说展现了这一地区的过去和现在：这里的环境恶化与臭名昭著的有毒废物倾倒场的历史共同促进了美国环境政策的改进。

19世纪上半叶，这里曾经是人们心目中的“圣地”，来这里旅游的人希望能够感受到它的宏伟气魄。然而，虽然大瀑布气势磅礴、宏大，但是它却未能逃过被人类无情掠夺和破坏的厄运。19世纪后半叶以来，当地一些人逐渐形成了经济第一、物质至上的发展观，对物质的无穷欲望使他们意欲征服、控制大瀑布。尼亚加拉大瀑布地区的发展史披露了当地一些追求经济利润者的一种唯发展主义倾向：19世纪50年代，旅游业的发展开始改变这里的周边环境；20世纪50年代，工业发展改变了这里的旅游风景。德克夫妇度蜜月时曾居住在大瀑布旁的彩虹大饭店，当时饭店经理就提到，这里的“空气、水和土壤发酸”。

欧茨还通过人物的视角批判了坚持经济主义价值观、只顾发展工业和经济的贪婪之人，批判了工业文明对自然的破坏。经济主义是工业发展时代流行的一种价值观，是一种推崇经济至上、只追求商业利润的价值观。对经济利益的追求是这些人发展工业的动力，他们以经济利益为根本出发点来审视人与自然的关系，这是导致自然界遭到掠夺和破坏的根源。为了获得经济利益，他们砍伐森林，在田地上建厂房。这种经济主义价值观使他们用狭隘的功利主义眼光来看待人与自然的关系，导致他们掠夺自然，既破坏了自然的平衡，也对人类的健康带来了严重恶果。

小说批判了当地一些富裕群体为发展工业而招致低收入群体付出的环境代

价。由于工业文明对自然造成了破坏，致使这里的环境遭到污染，产生了生态危机，进而导致当地居民身体健康受到很大的危害。正是由于这些居民受到了有毒废物的侵害，才发生了美国的生态正义运动，有毒废物也成为草根派环境保护运动者关注的焦点。生态危机是自然报复人类的主要方式，人类既是生态危机的肇事者，也是它的受害者。由生态危机引发的环境危害在人类和环境之间形成了一种恶性循环，使人类和环境都深受其害。欧茨在小说中披露的这一残酷现实揭露了唯发展主义者的丑恶嘴脸，他们为了迎合现代化或工业化的需要，不惜一切代价，以牺牲生态平衡和人类健康为代价进行发展，根本不考虑人类真正的需要。欧茨以此批判了 20 世纪美国工业发展过程中出现的给美国百姓的生活环境带来很大危害的唯发展主义倾向。

2. 批判生态不公正：环境恶物分配的不均

美国生态正义学者乔尼·亚当森（Joni Adamson）等人也提出类似的观点："财富和权力分配不等常常会导致社会剧变和环境恶物的分配不均。"① 这些学者都强调生态问题与阶级之间的紧密联系，这一观点在《大瀑布》中得到了充分体现。小说通过"爱的运河"一案展示了生态不公正与阶级之间的紧密联系，揭露了生态不公正现象的肆虐，体现了欧茨对生态不公正的批判态度。

《大瀑布》中的"爱的运河"诉讼案就是生态不公正现象导致的结果。工业发展对尼亚加拉大瀑布地区造成环境破坏的恶果逐渐显现出来，"风向的改变让空气变成了深褐色。人一旦接近瀑布，眼睛就会发酸，呼吸也会变得困难"。小说披露的这一地区的环境污染状况与历史史实相符：第二次世界大战以后，美国工业飞速发展，政府从未考虑过生态系统的平衡问题；20 世纪 60 年代和 70 年代，人们目睹了工业文明带来的生态危机，包括空气污染、水污染、有害化学物质污染等环境污染；70 年代时，环境恶化危及当地居民的健康，并通过"爱的运河"一案在美国公开化。这就是小说中的妮娜状告当地化工厂和教育部门的案件，它使有毒废物危害人身体健康的事实进入了美国人的视野。

妮娜的家在尼亚加拉大瀑布地区一个名为科文庄园的地方，后来它被称为"爱的运河"。6 年前，妮娜家搬到科文庄园之后，3 岁的小女儿索菲亚日渐衰弱，她的体重越来越轻，白细胞不符合标准，最后死于白血病。妮娜意识到可能是这个地方的水污染导致索菲亚中毒的，但是，因为医生说只是血液遗传所

---

① Joni Adamson, Evans Mei Mei and Stein Rachel. *The Environmental Justice Reader*: *Politics*, *Poetics*, *&Pedagogy* [M]. Tucson: The University of Arizona Press, 2002: 5.

致，没有其他原因，所以她就无法证明这一点。现在，妮娜十分担心家人的健康：6岁的女儿爱丽丝体重没有增加，也没有食欲，医院的血液检查证明她的“白细胞数量过少”；9岁的儿子比利在学校时经常眼睛痛，头痛，还咳嗽；丈夫萨姆也和儿子有一样的症状。妮娜本来以前身体很棒，但是自从住在这里之后，她得了偏头痛，还多次流产。最初她以为只是意外，但是“接二连三地出事，就得另当别论了”。妮娜和比利、萨姆又都患上了哮喘，她的父亲曾在当地钢铁厂工作过35年，在她提出上诉的前一年死于肺气肿。在父亲最后的几年里，他咳嗽时经常咳出血来，最后几乎无法呼吸。他的肺里有很多铁屑，他知道自己的死因，工厂里的人也都知道，但是因为工厂里的“薪水很高”，他们只能默默忍受。妮娜明白，父亲的死也与这一地区的污染有很大关系。由于所居住区域的环境污染严重，妮娜一家人的健康受到了极大威胁。

以妮娜为代表的当地许多工人及其家人并不了解，他们的家和学校原来建在专门用来倾倒工业废料的爱的运河上面。工厂对工人和自然进行剥削，它们以较少的支出获得尽可能多的利润，将很少的资金用于预防工厂内外的健康和安全、减少环境污染和降低自然资源的损耗上。这是斯万公司将“爱的运河”用于倾倒工业废料的根源。然而，这些公司非法倾倒有毒废物的做法却给人的健康和环境造成了极大的危害。承受这种日益增长的环境污染的最大受害者只是居住在这一地区的工人及其家人。

从“爱的运河”诉讼案来看，妮娜追求生态正义的原因在于，像她那样社会、经济地位较低的低收入弱势群体的居住区成为有害物质的倾倒之地，导致他们遭受环境恶物的侵害，承担了大部分与污染物有关的负担和风险；而引起环境污染、导致他人遭受环境危害的当地官方和化学公司却享受生产所带来的经济利益。这些官方机构不但没有遭受环境恶物的侵害，还长期推卸应负的责任，导致那里的环境恶物分配不均，生态不公正现象肆虐。

通过揭露尼亚加拉大瀑布地区遭受的工业文明的戕害，欧茨揭示出生态问题与阶级之间的紧密联系及其所导致的生态不公正的肆虐。欧茨既展现出她对于那一地区日益恶化的生态危机危害白人低收入群体健康的担忧，也表现出她对于那些引起生态不公正现象并具有唯发展主义倾向的社会强势群体的批判态度。

（二）弘扬生态正义

生态问题也是一个政治问题，人们在弘扬生态正义的过程中也必然会夹杂政治斗争。欧茨在《大瀑布》中就揭示出生态问题与政治斗争之间的紧密联系。

1. 维护生态正义：与邪恶势力的斗争

为维护尼亚加拉大瀑布地区居民的健康居住权，德克与妮娜在进行“爱的运河”诉讼案的工作中与邪恶势力——有毒废物污染源机构——进行了坚决的斗争，他们的斗争历程真实地展现了美国生态正义运动的发展过程。

妮娜以前从未涉足过政治领域，然而，作为母亲的传统家庭保护者角色成为她采取行动维护家人健康的动力。为了维护家人的健康，她不得不打破传统的生活模式，走出家庭，奔走于公共机构之间进行各种抗议活动。为了捍卫自己的权利，保护家人不再受环境的危害，妮娜决心采取法律手段保护自己。她打算委托尼亚加拉大瀑布市的几个律师提起诉讼，把造成这里环境污染的许多机构告上法庭。她找到了律师德克帮助自己。在此案的双方当事人中，一方为有权有势的尼亚加拉大瀑布市官方机构和化学公司，而另一方为一位处于弱势地位的家庭妇女一位工人的妻子和几个孩子的母亲。有权有势的化学公司破坏了环境，却没有受到环境恶物的侵害，而低收入群体却成为环境恶物的无辜受害者。

妮娜面对的不只是有毒废物，她还不得不面对政府对她遭受的生态不公正的漠视。在为家人争取环境权利的过程中，她了解到一个前所未闻的权力世界，看到一个声称代表公众利益的政府的真实嘴脸：虽然它声称百姓的利益高于一切，但是却采取了与之相反的政策和行动，当地官方机构与造成污染的公司为了各自的利益相互勾结，逃避责任。

妮娜从政府那里不但得不到免受环境危害的保护，她还发现，她面对的是一个由性别和阶级造就的卑鄙的政治集团，她与中产阶级男性官员之间的不平等关系就揭示了这种矛盾。为了推卸市政府应当承担的责任，一些政府官员极尽污蔑、诽谤之能败坏妮娜的名誉。尼亚加拉大瀑布市市长韦恩措辞激烈地辱骂妮娜是一名“著名赤色分子”，污蔑他们夫妻二人是“职业煽动者”和犹太人，说他们“接受来自莫斯科的命令，曾经参与了在布法罗举行的对罗森博格们处以死刑的抗议示威活动。”

尽管妮娜做出了诸多努力，但是她依然失败了，而且律师德克还付出了生命的代价！但是，这次败诉之后，其他人进行的关于“爱的运河”的诉讼从未间断过，一直持续到 1978 年。

德克在代理“爱的运河”诉讼案时经历的失败真实地展现了美国生态正义运动初期的特征：在当时的历史条件下，人们对生态正义的问题缺乏了解，未将环境污染与人的健康联系在一起，显示出这一运动兴起之时它还未被大多数人接受的社会现实，这导致生态正义的斗争充满艰难、曲折。虽然德克和妮娜的斗争以失败告终，但是他们开启了这一地区的生态正义运动，促使更多的人开始关注这一问题。

2. 伸张生态正义："爱的运河"诉讼案的翻案

德克的殉难唤醒了许多正直之士的良知，他们继承德克未竟的事业，使"爱的运河"诉讼案在十多年后最终得以翻案。这一胜利推进了尼亚加拉大瀑布地区生态正义运动的发展。

总之，在《大瀑布》中，通过描述尼亚加拉大瀑布地区的环境恶化和以德克为代表的正义之士为维护生态正义与邪恶势力进行的斗争，欧茨将生态问题与阶级问题、政治斗争联系在一起，弘扬了生态正义。通过描述环境污染对居民健康造成的危害，欧茨揭露了当地的唯发展主义倾向，并对生态不公正现象进行了批判。通过追溯德克代理"爱的运河"诉讼案的经历，她讴歌了一些正义之士为维护生态正义与邪恶势力进行环境保护斗争的艰难历程；通过描述德克的后继者的斗争和"爱的运河"诉讼案的胜利翻案，她颂扬了那些为推进美国环境保护运动的发展而伸张生态正义的人们。因此，小说通过这些追求生态正义之士的斗争表现了生态正义的主题，通过诉讼案的最终胜利表达了欧茨的生态正义观。"生态正义"代表着欧茨对生态语境下人与人之间关系的最深刻理解和呼吁。

欧茨在小说中展现了 20 世纪后期美国社会的生态问题与阶级、政治斗争之间的联系。她不但关注生态，还将关注点扩展到生态语境下低收入群体与富裕群体之间的关系。她关怀白人低收入群体的生活环境，这显示出她的非人类中心主义立场。因此，欧茨的生态正义思想既是她非人类中心主义思想的一部分，也更加突出了她小说创作的现实主义特征。

第六章　基于生态思想的英美经典文学研究

在英美生态文学中，有很多非常经典的作品。研究这些经典作品中的生态思想，有助于人们了解英文文学中生态思想的发展和变化。本章对基于生态思想的英国经典文学作品与美国经典文化作品进行分析。

第一节　基于生态思想的英国经典文学与作品解读

一、彭斯诗歌的自然意识与生态价值

华兹华斯与柯尔律治 1798 年携手合著的《抒情歌谣集》（*Lyrical Ballads*）一直被文学界认为是英国浪漫主义诗歌的真正崛起，华兹华斯 1800 年撰写的《<抒情歌谣集>序言》被看成是英国浪漫主义诗歌运动的宣言，但是，我们也不可否认，在早于两位诗人之前的苏格兰大地上已经有一位农民诗人罗伯特·彭斯（Robert Burns），用他特有的淳朴自然、极富乡土气息的语言，一扫 18 世纪古典主义、伤感主义的沉闷忧郁的诗风，表达了对现存秩序的鄙视、对未来平等社会的向往和热爱大自然、劳动人民的浪漫主义自由情怀，诗人的自然情结与其诗歌中那纯醇浓郁的土地气息，为 19 世纪浪漫主义的发展带来了一股强劲的清风。

“使用人们真正的语言”“选择微贱的田园生活做题材”①，是以华兹华斯为代表的英国浪漫主义诗人们的诗歌主张。综观彭斯诗歌，采用苏格兰方言、选择劳动人民生活题材以及他的诗歌命题，无疑证明了彭斯是《序言》中诗

① Merchant，W. M. *Wordsworth Poetry and Prose*［M］. Cambridge Massachusetts：Harvard University Press，1963：222.

学思想的最先实践者，只是他没有用理论的形式表达出来，同时因为当时还是18世纪理性时代古典主义文风比较强势的时候，人们当然对这一新的文风重视不够罢了。实际上，作为一个地地道道的农民，彭斯不仅具有普通农民身上最自然淳朴的品格，使得他不愿与当时虚伪做作的社会风气、华丽浮躁的诗歌风格同流合污；同时他对普通劳动人民生活的深切了解、对与之朝夕相处却日渐被工业化发展破坏的大自然的悲悯、热爱之情，使其一生创作了几百首反映苏格兰劳动人民生活、劳动、习俗和思想情感的歌谣。彭斯在1786年出版的《主要用苏格兰方言写的诗》（*Poems*，*Chiefly in the Scottish Dialect*）和另一浪漫派诗人布莱克1789出版的《天真之歌》（*Song of Innocence*）、1794年的《经验之歌》（Song of Erperience，1794），均已较早地表现了强烈的关注人文、关注自然的浪漫主义情怀。由此，彭斯和布莱克一样被认为是英国浪漫主义诗歌运动的先驱之一。

彭斯是18世纪后期英国诗坛上的一颗耀眼新星，被誉为苏格兰有史以来最杰出的农民诗人。彭斯出生于苏格兰西南部一个贫穷农民家庭，由于家境困难，彭斯从小开始田间劳动。繁重的田间劳作不仅没有消磨诗人满腔的诗情，反而使他更加亲近和理解劳动人民的生活与情感、更加热爱和悲悯与之朝夕相处的大自然。同时，劳动之余，彭斯大量阅读苏格兰诗人和英国作家的作品，如休姆的哲学、弥尔顿的《失乐园》以及荷马、莎士比亚等人的作品。1786年他出版的《主要用苏格兰方言写的诗》受到读者的热烈欢迎和评论家的如潮好评。随后，他被邀成为爱丁堡的座上客，还骑马到边境及北部高原地区游历，凭吊13世纪抗英英雄华莱士的故乡和布鲁士击败英军的古战场。这次游历使彭斯大开眼界，不仅赋予他强烈的历史感和民族自豪感，而且更重要的是使他有机会领略大自然的美好风光并汲取北部高原民间曲调的丰富养料。可以说，彭斯的创作有着坚实的生活内容和深厚的民间基础。彭斯认为，大自然所赋予他的创作灵感和激情，比矫揉造作的生硬学问更重要，也更自然，无论是写政治，还是表达爱情、友情和大地之情都离不开他那浓浓的乡土情怀。彭斯诗歌不仅体现了强烈的人文关怀，更重要的是彭斯较早地把人与自然的关系提升到人与人关系的伦理高度上，这种充满智慧的自然意识正是英国浪漫主义诗歌重新得到学界关注的原因，为生态危机的今天人们价值标准的重新确立提供了思考。

（一）彭斯的自由之树

彭斯一生写了许多歌颂革命、自由、平等和反对专制的杰出政治诗歌，虚伪与做作、暴政与特权是他抨击的对象，自由与平等、自然与朴实是他追求的品格。诗人用“自由之子”赞颂为自由和尊严而战的人们，用“自由树”来歌颂自由力量的不可阻挡。彭斯写作政治诗歌有其深厚的历史、社会原因，美国独立战争和法国革命的思想、情感气候，启蒙运动高扬自由、平等、博爱的精神，使得当时的文学与政治、诗歌与革命紧密地结合起来。作为社会底层的农民诗人，理所当然地对当时的社会状况有着特殊的敏感。他满怀激情讴歌美国人民争取独立的革命战斗精神，并积极拥护“暴君被打得屁滚尿流”的法国革命。在《华盛顿将军生辰颂》中他写道：“你们来吧，自由之子，/哥伦比亚的后裔，英勇而自由，/在危险的时刻你们仍奋勇前驱，/你们珍爱并敢于保持人类的尊严！”可见，诗人视自由为多么重要的人类尊严啊，为尊严而战乃是最值得称颂的。

“树”在普通人眼里只不过是遮阴挡阳的一个自然之物，而在彭斯笔下却蕴含深刻。在《自由树》（*The Trees of Liberty*），中诗人写道：“但是恶人们总不爱看到/美德的作品欣欣向荣，/心毒的显贵诅咒这棵树苗，/见它成长就泪流满胸。”树的绿色象征着宁静和自然、象征着美好事物的郁郁葱葱和欣欣向荣，树的成长隐喻着人类争取自由力量的强大，而所有这些却都是“恶人们”不愿看到的，更是“心毒的显贵”诅咒的对象。彭斯祈求古老的英格兰也能种上象征自由、平等、博爱、和平这棵“美名远扬”的“法兰西树”，但遗憾的是整个英国却找不到这样的树。这里，诗人既表达了渴望自由、平等生活的愿望，又有力地鞭挞了英国上层的暴政，把代表自由、平等与博爱的法国革命比作一棵吐故纳新的绿树，可见诗人对自然、自由的倾慕之情。

在《罗伯特·布鲁士向班诺克本进发》（*Robert Bruce's March to Bannockburn*）或《苏格兰人》（*Scots Wha Hae*）中，彭斯用最朴素、生动的语言表达了反对一切暴政、热爱自由的爱国热情，读起来真实自然、铿锵有力。他这样写道：“打倒骄横的篡位者！/死一个敌人，少一个暴君！/多一次攻击，添一份自由！/动手——要不就断头！”① 1795年，彭斯又采用苏格兰民歌中叠句的手法写了蔑视王公贵族、坚信人类平等、自由明天的《不管那一套》（*For a' That and a' That*）：

国王可以封官：
公侯伯子男一大套。
光明正大的人不受他管一
他也别梦想弄圈套！
管他们这一套那一套，

① 侯雏瑞．英国文学通史［M］．袁可嘉，译．上海：上海外语教育出版社，1999：256.

什么贵人的威仪那一套，
实实在在的真理，顶天立地的品格，
才比什么爵位都高！
好吧，让我们来为明天祈祷，
不管怎样变化，明天一定会来到，
那时候真理和品格
将成为整个地球的荣耀！
管他们这一套那一套，
总有一天会来到：
那时候全世界所有的人
都成了兄弟，不管他们那一套！①

彭斯在这里表达的是对现存秩序的鄙视和对未来平等社会的向往，提出真正可贵的品质是“实实在在的真理，顶天立地的品格”和“全世界所有的人都成了兄弟”。什么王位、爵位，什么贵人威仪，在诗人眼里都是虚无粪土，最终必将让位于“实实在在的真理，顶天立地的品格”。也难怪美国近代思想家爱默生感慨地说道：“《独立宣言》和《马赛进行曲》，作为强有力的宣扬自由的文件都比不上彭斯的诗歌。”② 彭斯政治诗的魅力不仅源于诗人乐观、豪迈的民主主义精神，更是源于他那实实在在的农民品格、真实自然的创作风格。

（二）彭斯的爱情玫瑰

彭斯短短 37 年的一生创作了 370 多首抒情诗，这些诗歌以描写和歌颂爱情、友谊、大自然和劳动人民的生活与情感为主题思想，它们真诚、热烈、奔放，不加任何外表的矫饰，是诗人发自内心坦率而又热烈的声音。正如彭斯写作政治诗歌有其深厚的历史、社会原因，这些真挚、热烈的爱情诗同样有其特殊的时代和社会背景。当时的英国长老会掌管着苏格兰基督教，奉行加尔文教的教规，在恋爱婚姻习俗方面戒律森严，对人们的精神生活横加干涉和限制，并冠以道德的罪名。彭斯坚决拒绝资产阶级贵族长老们的伪善信条和拘泥道德，追求自然自由、开放热烈的爱情，他的爱情诗读起来感情真挚自然、铿锵有力、清新脱俗。

彭斯的爱情诗，从其命题到具体描述、从歌颂少男少女的初恋之情到老妇

① 黄宏旭．英国浪漫主义诗人抒情诗选［M］．南京：江苏人民出版社，1988：64.
② 侯维瑞．英国文学通史［M］．袁可嘉，译．上海：上海外语教育出版社，1999：256.

白翁的黄昏之恋、从情人相见的欢乐到家人离别的痛楚等都与自然密不可分，各种复杂心绪和感觉均被诗人用最普通的自然形象和最朴素自然的语言表达出来。“玫瑰”与“青草”象征最纯洁美好的爱情；“高原”与“麦田”代表着远离工业文明污染的诗意境界。总之，自然是美好的，爱情只有在自然的境界里才彰显纯洁和珍贵。

呵，我的爱人像一朵红红的玫瑰，
六月里迎风初开；
呵，我的爱人像一支甜甜的乐曲，
演奏得和弦又合拍。
我的好姑娘，你有多美，
我的爱就有多么深；
亲爱的，我要永远地爱你，
直到大海干枯水流尽。
直到大海干枯水流尽，
直到太阳把岩石化作灰尘；
呵，亲爱的，我将会永远地爱你，
只要我一息犹存。
再见吧，我唯一的爱，
让我们暂时分离！
亲爱的，我一定要回来，
哪怕是远行千里万里。①

这是彭斯爱情诗中最著名的一首。自古以来，“玫瑰”花在文人的笔下永远象征着纯洁和美好。诗人用《一朵红红的玫瑰》（*A RedRed Rose*）作题来歌颂爱情，一下子使得爱情高贵脱俗的品质跃然纸上。“我的爱人像一朵红红的玫瑰，六月里迎风初开”，“我的爱人像一支甜甜的乐曲，演奏得和弦又合拍”。我们闻到了六月里迎风初开玫瑰花的芬芳，看到了姿容姣美、超凡脱俗、品格高贵的心中爱人；听到了一支甜美悦耳的乐曲，想到了爱人那滋养心田的内心温柔。接着，诗人用大海的永恒、岩石的坚贞，用空间的广大和时间的长远来讴歌真正爱情的永恒和坚贞。最后，“亲爱的，我一定要回来，哪怕是远行千里万里”，写出了真正爱情能经受岁月考验、风雨侵蚀而不朽的自然品格。

---

① 黄宏旭．英国浪漫主义诗人抒情诗选［M］．南京：江苏人民出版社，1988：66-67.

二、珀西·比希·雪莱的生态伦理思想

珀西·比希·雪莱（Percy Bysshe Shelley，1792—1822）是最有才华的浪漫主义诗人之一。华兹华斯曾称其为“最伟大的艺术家。”雪莱生活在整个欧洲大陆被法国革命引起的政治浪潮所波及的特殊时期。他的一生经历了重大的社会变革和辛酸的人生苦难，但是他依然以坚定的信念追求自由和平等。因此，虽然与其他的浪漫主义诗人一样热爱大自然，但是雪莱的抒情诗中除了描绘、歌颂自然，也抒发了诗人的政治理想和对自由的追求。例如，雪莱在他的代表作《西风颂》写道：

我若是一朵轻捷的浮云能和你同飞，
我若是一片落叶，为你所提携，
我若是一头波浪能喘息于你的神威，
分享你雄强的脉搏，自由无羁，
仅次于，哦，仅次于不可控制的你。①

在这首诗中，西风是大自然的化身，气势雄壮，力量惊人，人在西风的面前就显得渺小无比，甘愿折服于西风的魄力和威力。诗人对自然的崇拜之情表露无遗，这也体现了诗人的生态良知。同时西风也可以象征雪莱身处的革命风暴，诗人渴望能像浮云、落叶、波浪一样，能够勇敢地迎接现实的风暴，并且在风暴中获得自由。正是由于形象的比喻和生动的自然形象充分表达了诗人对自由的追求，《西风颂》才能够成为英国浪漫主义时期最出色的诗歌之一。

雪莱身处在 19 世纪英国工业革命兴盛发展的时期。雪莱本人热衷于研究电、化学和天文学，所以在他的诗歌常会涉及科学知识。然而当人们沉醉于科技所带来的便利的同时，雪莱却已经警觉地发现科技的弊端，并在诗歌中表达出对自然的忧患意识。例如，他在《诗辩》中控诉工业革命使人变得自私、贪婪，科技的发展使人只想占领财富，人类道德的天平严重倾斜。在《无题》中，雪莱用沉重忧郁的风格描写了自然颓败的景象，使人不禁联想起人类目前所处的生态危机。通过重新审视雪莱的诗歌，我们不难发现诗人对人类发出的警告：只有尊重自然，保持人性的本真，不要一味醉心于科技带来的物质上的满足，才能构建人和自然和谐共处的美好家园。

在英国浪漫主义诗歌中，尽管诗人们选取的自然意象和艺术表现形式各不相同，但是他们的作品中都蕴含着相同的生态思想，那就是：赞美自然，讴歌生命，倡导回归自然。从生态批评的角度重新解读这些经典作品，揭示诗歌中

---

① ［英］雪莱．西风集［M］．北京：北京十月文艺出版社，2014：172.

的自然观和生态观，可以唤起人们正确的生态意识，创建人与自然和谐共处的生态文明。只有保持与自然和谐的关系，我们才能真正诗意地生存在地球上。

三、布莱克生态意识的哲理表达

英国曼彻斯特城市大学的劳伦斯·库珀（Laurence Coupe）在《绿色研究——从浪漫主义到生态批评》（*The Green Studies Reader*: *from Romanticism to Ecocriticism*）一书中写道：虽然威廉·布莱克（*William Blake*）通常没有被看成是一个自然诗人（an environmentally minded poet）……但我们必须清楚地看到他不仅“反对牛顿物理学中的僵死宇宙”（the deadly universe of Jewton's physics that he was rejecting），而且把自然看成是一种启示的方式（nature as a mode of revelation）。① 我国研究者也表达了类似的观点：“他的哲学思想是他对当时的工业革命社会思考的产物。”② 布莱克的确没有像其他浪漫主义诗人那样凸显自然主题，但是我们发现他是在用哲学的命题、神学的语言向我们展现其关注生态“大我”的伟大智慧，他用赞美“羔羊”的温顺与赞美“老虎”的威力，表达着上帝在创造这个世界的时候就赋予了这个世界一个“威严的匀称”（fearful symmetry）的和谐生态、对立统一辩证法。

正如彭斯是深知大地脾气的农民，使得他的诗歌富于质朴的乡土气息，威廉·布莱克是一个大半生默默无闻的雕刻匠人，一个脑子里藏着奇幻天堂景象的土画家，从而使得他的诗歌创作具有独特的艺术家视角和深刻的哲学内涵，既充满热情和想象力，又不失对社会、人生等的敏锐观察和深刻感悟。18 世纪后半叶和 19 世纪中期，美国独立战争风烟迭起，法国大革命如火如荼，这些历史上发生的重大事件都极大地吸引着布莱克的艺术创作目光；同时，理性时代科学主义的强调又使得布莱克对当时人们的物质贪欲和极度热心产生了极大反感。布莱克真切地把握自己所处的时代，认真思考自己那个时代所发生的重大事件和严重的社会现实，以爱护自己心灵真实为基础，站在时代的高度，走在了以审美标准替代功利标准的时代浪峰之上，以诗的形式表达了诗人对真、善、美的追求，对人与自然和谐生态前景的关注。

早在 1789 年和 1794 年，布莱克就相继出版了《天真之歌》和《经验之歌》，布莱克运用想象、象征、对立统一的辩证法，表达了对工业文明造成现代人生存状态危机四伏的忧虑和批判，他那充满预言性和深刻哲理的诗作反映

① Coupe, Laurence. *The Green Studies Reader*: *from Romanticism to Ecocriticism* [M]. London and New York: Routledge, 2000: 13.

② 杜可富．威廉·布莱克诗歌的哲学解读［J］．安徽师范大学学报，1998（2）．

了当时社会的两面性、人的本能与理性、纯真与世故、想象力与现实感等一系列矛盾，但又认识到矛盾中孕育着进步，昭示着诗人崇尚激情自然、纯真自然与和谐自然的浪漫主义诗学思想。

（一）布莱克的激情与理性

“艺术家的天性使他挣脱了时空局限，而瞩目于社会现象背后的本质，看到了人类灵魂所面临的困境。”[1] 这是布莱克对于作为艺术家的诗人的最佳诠释。想象使其能够超越时空局限，但是最终目的是要用理性的目光去透视社会本质，帮助人类走出困境。布莱克的伟大之处也许就在于他既充满激情又不失理性，既能从感性也能从理性的角度去认识当时的社会现象和人性的本质。这里要谈的理性，当然不是指以牛顿为代表的科学主义理性，也不是 18 世纪启蒙思想所倡导的禁锢人类思想自由的理性主义，而是诗人布莱克虽然身处理性时代，却能以超越时代的敏锐目光审视社会的伟大智慧。

在布莱克心中，自然万物既是灵视的媒介又是视灵的障碍，这似乎互相矛盾的对立只要想象力发挥作用，就能产生双重的视像。“一棵绿树”可以给一个充满想象力的人带来无限遐想，可对另一些人来说却只是碍事的东西。物质现象对于人的自由与解放有时固然是限制和禁锢，但是依靠想象的力量可以剥去物质现象的束缚，障碍可以转化为媒介。事实上，诗人也是在强调其诗学思想的一个核心概念：看事物的视角发生变化，才能造成世间景象的变化，而作为一种看问题的方式，诗意洞思的能力可能代表了一种关键视角的产生或一种真正生命的初始。[2] 在《天堂与地狱的婚姻》等作品中，布莱克把“诗性才思”（Poetic Genius）称作“第一原理”（the first principle），其他一切道理“不过是衍生而来”。他把想象这一激情的、自然的力量作为文艺创作的源泉和人类生活的原动力推到了前所未有的重要位置，这一诗学思想与华兹华斯在《<抒情歌谣集>序言》、柯尔律治在《文学生涯》（*Biographia Literature*）以及雪莱在《诗辩》（*A Defence of Poetry*）中所强调的诗性思维的重要性共同证明了英国浪漫主义诗人对西方诗论的重要贡献。

想象力是英国浪漫主义诗人的中心信条，但它是建立在诗人们对社会、人性、人生等问题的理性思考之上的，而不是简单意义上的凭空幻想。布莱克在《最后审判之一瞥》（*A Vision of the Last Judgement*）中把想象力的世界推到了至高无上的位置：“这个想象力的/世界是无限的，永恒的……”但他仍不忘

---

① 张炽恒．布莱克——现代主义的预言者［J］．外国文学评论，1989（4）．

② 丁宏为．灵视与比喻：布莱克魔鬼作坊的思想意义［J］．外国文学评论，2007（2）．

提醒人们：……“而繁殖的、/生长的世界是有限的，暂时的。”人类怎样展开想象的翅膀冲破现实世界里束缚人性自由的资产阶级道德理性，创立一个自由、和谐的世界是诗人们的至高追求。“从一粒沙子看世界，/一朵野花里看天国，/让永恒在须臾中存在，/让无限在你手心里把握”（To seethe world in a grain of sand，And a heaven in a wild flower；Hold infinity in the palm of your hand，And eternity in an hour.）.①“沙子”“野花”如此普通寻常的自然之物在诗人的眼里意义非凡，小与大、抽象与具体、阴暗与明亮、短暂与永恒都是自然界、人生社会里无处不在的矛盾与对立，诗人展开想象的翅膀，利用形象与形象的结合透视了他要建立起来的全新的、更高意义上的“天真状态”，看似矛盾却深含哲理、充满激情。布莱克反对欧洲 18 世纪的理性原则，猛烈抨击当时启蒙主义者根据理性原则所制定的关于善与恶的道德行为准则，认为这些虚伪的道德伦理其实就是束缚人的激情、禁锢人的创造冲动的枷锁。布莱克认为，人类自然激情的想象力是人类幸福欢乐的原动力，只有通过想象和艺术创造人类自己才能把人类从悲苦与困境的“经验状态”解救出来，创造人类的“有组织的天真状态”，从而拯救人类分裂的灵魂。

在布莱克的后期作品里，想象力的运用似乎达到了极致：在《四佐亚》（*The Four Zoas*：*Song of Enion*）、《弥尔顿》（*Milton*）、《耶路撒冷》（*Jerusalem*’）等诗里，他致力于构筑一个庞大的、复杂的神话世界，至今学者们还在细读那些长长的诗行，想从那充满神魔和动物的语言丛林中找出一个系统。“经验的代价是什么？能用一曲歌去买它么？/能用街头舞去买智慧么？不能！要买它/得交出人所有的一切，妻子，儿女统统在内。/智慧的出售处是无人光顾的荒凉市场，/是那农夫耕种而收不到粮食的干涸田地。”② 这是布莱克《伐拉，即四佐亚》（第二夜）的诗句，诗人在呼喊、预警之间诉说着经验的代价。而《耶路撒冷》里的“天使羔羊”（holy Lamb of God）和“魔鬼撒旦”（dark Satanic Mills）同样会使读者深深思考。难怪我国学者这样评价：“布莱克在自己的诗歌创作中没有凭空建筑海市蜃楼，而是在一种理性的深邃思考中面对一切。”③

（二）布莱克的天真与经验

如果我们说摆脱理性束缚、抒发自然激情的想象力是浪漫主义诗歌的灵魂

① 黄宏旭．英国浪漫主义诗人抒情诗选［M］．南京：江苏人民出版社，1988：48.

② 王佐良．英国浪漫主义诗歌史［M］．北京：人民文学出版社，1991：21.

③ 聂珍钊，等．英国文学的伦理学批评［M］．武汉：华中师范大学出版社，2007：366.

的话，那么，通过自然景物来寄托对自由、和谐的向往、对资本主义物质文明和城市工业化的厌恶，是浪漫主义文学的又一大特征。罗伯特·彭斯通过“绿树”“玫瑰”表达对自由、纯真爱情的向往，通过“老母马”“小田鼠”来表现人与自然平等的生态意识；华兹华斯、柯勒律治、济慈等强调自然的神性与人性，批判人类的骄妄与贪婪，呼唤人们的生态整体主义意识；布莱克诗歌虽然没有如此凸显自然主题，但他同样赋予了“绿草”“玫瑰”“羔羊”“儿童”深刻的象征意义。在布莱克眼里，它们代表着纯洁、美好、和谐自然的“天真状态”，是布莱克面对邪恶、黑暗的“经验状态”不甘于理性束缚、抗争现代文明异化人性的至高追求，他的诗歌“不仅代表着他个人的挣扎与呐喊，更标志着新时代人类的先声”①。

布莱克生活的英国，正值商业资本主义快速发展阶段。资本家独占的伦敦街道（chartered London streets），大工业巨头买断的泰晤士河畔（chartered Thames），还有饱受害虫侵袭的病玫瑰（sick rose）、满身灰尘的扫烟囱儿童（chimney sweeper）和各种瘟疫带来的婚姻的灵柩（marriage hearse）等，工业文明造成现代人生存状态危机四伏的“经验状态”自然使得诗人向往一个自然、和谐的“天真状态”。

在《天真之歌序诗》中，诗人描写了这样一幅美丽的画面：“我吹着牧笛从荒谷下来，/我吹出无比快乐的曲调，/我望见云端上一个小孩，/他笑着这么对我说：/‘你吹一只羔羊的歌曲！”’而当我唱起那支曲子时，“他听着，快活得泪儿汪汪”。看到孩子高兴的样子，吹笛人听从小孩的建议，“拿起一根空心的芦草/用它做成土气的笔一支，/把它蘸在清清的水里，/写下那些快乐的歌子，/让个个小孩听得欢喜。”② 这里，“牧笛”“云端的小孩”“羔羊”构成一幅和谐、纯真、自然的理想画面，诗人用芦苇做笔，清水做墨，写下这些欢快的曲子，为的是让“个个小孩听得欢喜”。

四、托马斯·哈代文学作品中的“人与自然”

托马斯·哈代（Thomas Hardy，1840—1928）是在田园生活的环境中孕育而成的小说家和诗人，他常常被视为英国传统乡村生活和乡土文化的最后代言人。他的创作和生活同他的家乡多塞特紧密地联系在了一起。在哈代80多年的漫长人生历程中，除去早年在伦敦建筑行度过的五年时光以及偶尔的外出旅行和访问外，他始终没有离开过自己土生土长的家乡。多塞特赋予哈代作家的

① 胡孝申，邓中杰．威廉·布莱克创作阶段划分刍议［J］．外国文学研究，1998（8）．

② 黄宏旭．英国浪漫主义诗人抒情诗选［M］．南京：江苏人民出版社，1988：23-24.

天才，并为他提供创作的土壤，多塞特因哈代而著名，哈代也因多塞特而不朽。在多塞特这块恬静优美、古朴寂寥的乡村土地上，哈代培养了自己酷爱自然、心怀远古的思想气度。他从史书中钩沉出"威塞克斯"（英国历史上一个古王国的名称，其中心就是哈代的故乡多塞特郡一带）这一地名精心构筑起一个属于自己的文学王国。在哈代笔下，威塞克斯是英国工业化后南部农村残留下来的一个宗法制社会，它远离现代文明，遗世独立，保留着古老的传统和风俗民情，是他心目中的理想世界。哈代极尽笔墨描绘其美景，讴歌其风俗淳美、人情厚朴。然而随着外部资本主义世界的不断入侵和渗透，乡村原有的平静和谐已被打破，一切正处在风雨飘摇之中，威塞克斯小说就是为英国宗法制乡村社会走向衰亡、解体而唱的无尽挽歌。

自然有它自己的语言、表情和脾性，不过只有热爱它的人才能理解。哈代用他那颗爱怜善感的心捕捉着威塞克斯地区自然中的种种动人之处。"差不多每一种树木都各有它自己的形貌，也各有它自己的声音。微风吹过林间，枞树发出悲叹低吟，清晰的程度绝不亚于它们的摇摆振动；冬青树打着呼哨，好像是自己和自己在争斗；杉树瑟瑟发抖，嘶嘶鸣叫；山毛榉平展的枝条上下抖动，沙沙作响。"（《绿荫下》）[①] 被剥了皮的橡树"光着腿儿站在那儿的时候，似乎羞羞答答的"[②]。除了美好和欢笑的一面，自然也有着惨淡阴郁的一面，这时哈代则喜欢用黑夜、黄昏、暴风雨、稀疏的灌木、贫瘠的原野等来展现大自然的苍凉冷漠、沉郁凝重，最典型的莫过于《还乡》中的自然描写了。爱敦荒原有着"泰坦一般"巨大的形体，一副郁郁寡欢的面容，含着悲剧的种种可能，一片苍茫，万古如斯。这些卓越的描写证明了哈代"是一位细心而老练的大自然的观察家；他了解雨滴落到树根和耕地上的差别；他了解风儿穿过不同树木的枝丫时的声音不同。但是他明白，从更为广义上来一说，大自然是一种力量；他感到其中有一个幽灵，这幽灵对人类的命运可以同情，可以嘲弄，也可以保持一个冷漠的旁观者的态度。"[③]

作为一个小说家，"自然"在哈代的作品中占据着显要的地位，它不单单只是一种背景，常常也是一种积极的动因。喜怒无常、变幻莫测的自然为操控人物命运的偶然、巧合提供了舒适的温床，推动着故事情节的发展，如《还乡》；自然场景的更替又暗合着人物命运的变化，人与自然融为一体，更加深了作品的宿命感和悲剧性，如《苔丝》。哈代还塑造出一系列如田园一样清新

---

① 陈焘宇．哈代创作论集［M］．北京：中国社会科学出版社，1992：177.

② 托马斯·哈代．林地居民［M］．邹海崙，译．贵阳：贵州人民出版社，1988：179.

③ 伍尔夫．论托马斯·哈代的小说［A］．陈焘宇．哈代创作论集［C］．北京：中国社会科学出版社，1992：210.

的“自然的儿女”作为自己的理想寄托，无论是牧羊人、贩红土的、榨果酒的，还是挤奶工，他们都是最接近泥土的一群，是自然的化身，虽然地位卑微，却有着与自然相和谐一致的高尚品性—善良纯朴、忠诚谦逊、正直利他、富有牺牲精神，他们与那些在资本主义生产关系中异化了的人物形成了鲜明的对照。无论他们的最终命运如何，他们都是哈代最为赞赏和喜爱的一群。哈代长期生活在乡村，在他看来，“农民就是那刚正不阿的伟大神殿；农村就是那幸福生活的最后堡垒，他们一旦消失，整个民族就失去了希望。”[①]

晚年的哈代由小说转入诗歌的创作当中，在诗的国度里他可以更加自由地探索自然和人生的真谛。在英国诗歌史上，哈代被认为是可以和华兹华斯相比肩的自然诗人，不过他们笔下的自然形成了鲜明的对比。不再有火热地崇拜和歌咏，也看不到春天的生机、希望，夏日的激情、梦幻，凄风冷雨、衰草落叶、阴郁灰色构成了独特的“哈代式”的自然，其自然诗表现更多的是哀叹晚秋的悲凉和寒冬的死亡，揭示自然的残酷。哈代对自然的关注实际上是他对人类生存状况殷切关注的一种外在表现，他主要是借自然界的残酷来比拟人类的生存状况，人的命运甚至比其他生物的命运更悲惨，自然和人生都处在不可抗拒的“内在意志力”的控制之下，受到她的任意驱使和盲目捉弄，“一切都是笼中之鸟，唯一的差别只是鸟笼的大小不同。”[②]

哈代认为，人类是大自然的一部分，自然万物皆有灵性，息息相通。他热爱自然，对自然万物充满了同情和爱怜，希望人类能与自然万物保持和谐融洽的关系。哈代不愧是处在历史与未来交叉点上的文学巨匠，他超前地用诗歌反映了生态环境方面的一些问题：他强烈谴责人类对自然万物的摧残和破坏，呼吁人们以仁慈之心来对待自然。

他把伐木者称为“刽子手”，两百年来生长茂盛的树不到两小时就被砍倒了（《伐树》）；在人的眼里，动物不过是供人享用的一包包肉（《一包包肉》）；《供捕猎的鸟的困惑》和《赴前线的战马》则撕下了平日以恩主和朋友自居的人类的虚伪面纱；不听劝阻、继续我行我素捉鸟的捕鸟人最终遭到了可怕的报应—儿子在圣诞节突然失踪、死亡（《捕鸟人之子》）。从进化论所揭示的人与其他生物之间的亲缘关系中，哈代看到了一种平等的可能性，“似乎极少有人认识到，确认物种的共同起源的最深远影响是道德上的；也极少有人认识到，这种确认涉及一种无私的道德再调整，要把人们所说的‘金科玉律’的适用范围，作为一种必要的权利，从只适用于人类扩大到适用于整个

---

① 弗吉尼亚·伍尔夫．论小说与小说家［M］．瞿世镜，译．上海：海译文出版社，1986：81.

② F. B. Pinion. *A Hardy Companion* ［M］. London：The Macmillan Press，1968：162.

动物王国。”①

哈代是集传统与现代于一身的跨世纪作家，他对自然有着分裂的双重感受力：一方面，自然中还保留着一定的原始、粗犷、美好、神秘，是艺术和精神活动的源泉，人类可以从中寻找天真、纯朴、智慧、希望和慰藉，因而他在威塞克斯理想世界里徜徉遨游、流连忘返；另一方面，自然又有着残酷的法则，万物为生存展开激烈的斗争，发出痛苦的呻吟，留下累累伤痕，对此他只能悲观失望。这种矛盾状态是和哈代精神上的困惑相对应的，他身处一个多种思潮活跃并存的时代，受到过达尔文、斯宾塞、叔本华和哈特曼等人的共同影响。理智上他认为人类社会遵循生存竞争、适者生存的原则，宗法制乡村文明是肯定要被现代工业文明取代的，而在感情上他更同情和留恋前者。尽管难以摆脱矛盾痛苦、悲观失望的影子，哈代笔下的山川草木、乡音土语、历史遗迹所带有的乡土气息，对于厌倦了纷扰繁杂的都市生活的现代人来说还是具有强大的魅力。

第二节　基于生态思想的美国经典文学与作品解读

一、赫克托·克雷夫科尔的自然写作

大致说来，由于英国政府的大力支持，英国人在殖民地时代才能在美洲殖民地确立自己的主导地位，而他们的语言、思想、文化等都构建出未来美国社会的基础。在族群的分布上，当 1776 年美国的独立宣言发表时，东北的新英格兰地区以英国的后裔为主，美国东部其他地区的荷兰、比利时移民比较多，而拥有广大农地的南方地主有不少来自法国与西班牙。虽然源自欧洲各地方的人们移民北美的目的不尽相同，在文学上的创作方向倒是颇为一致，大多着重于生活实用的层面。至于单纯的书写自然、强调生活与环境关系的作品，在那段开拓的岁月并不多见，赫克托·克雷夫科尔（1735—1813）可以说是当时书写自然与生活关系的佼佼者。

在众多怀着不同目的而来到美洲殖民地的移民中，出身法国贵族后裔的克雷夫科尔显得与众不同。大约与富兰克林同一时期的克雷夫科尔，在 19 岁时

① Florence Emily Hardy. *The Life of Thomas Hardy, 1840—1942* [M]. London: Macmillan Publishers Ltd., 1962: 349.

就由法国出发，远赴重洋到英国的亲戚家中住了一段时间，因为年轻的未婚妻在结婚之前突然死亡，难过的他离开家园参加军旅，先后在加拿大等地驻扎过。在1755年，他21岁的时候，年轻的克雷夫科尔首次来到北美，四年后当他旅行到达纽约，决定退职离开军队，展开大约十年的探索殖民地的工作。

这十年中，克雷夫科尔成了一个贸易商人及社会观察者。因为要做生意，他必须在殖民地中穿梭旅行，与各国的移民及印第安人打交道，对北美殖民地有广泛而详尽的了解。到了1769年，他结了婚，买下纽约的一处农庄，想要安分地当一个农夫。然而，七年后的局势发展出乎他的预料之外。美国独立战争开始，克雷夫科尔的态度是坚决反对美国独立，不愿留在殖民地目睹战争的残酷，他离开纽约的妻小，只身返回法国。这一去就是好几年，一直到美国这个国家建立之后，他才在1783年回到纽约的农庄。只是，他所看到的家园已经残破不堪，妻子也已经死去。其后他在美法两国之间来来去去，大部分的时间还是留在法国。再过了十年，克雷夫科尔在巴黎郊区的女儿家中过世。

美国独立前，克雷夫科尔与美国妻子住在纽约的家中大约七年，这段时光是他最轻松惬意的时候了，从他1782年在伦敦出版的《一位美洲农夫的信札》可见一斑。这本信札一问世就在英国与欧洲大陆畅销，克雷夫科尔使用具有浪漫主义特色的笔调，描写那块美丽又尚未被污染的新大陆。

在纽约农庄的那段日子，克雷夫科尔经常观察出没在农地附近的蛇与蜂鸟。有一次他在个陡峭的悬崖边看到不少蛇缠绕在一起，过了一会，那些蛇沿着野生青蛙的痕迹向前行，开始捕食青蛙，让他看到自然环境的真实世界。他不仅看到蛇以青蛙为食物的经过，也看过印第安人享用蛇肉大餐。他记载原住民趁着蛇睡着的时候，使用小型钉耙抓住它们，然后清理煮食的过程，并将印第安人吃蛇肉比拟为他们法国人在享用鳗鱼。在他的描述中，这些都是再自然不过的事，是一种自然生态的食物链关系。

法国贵族后裔的克雷夫科尔既然自诩为“一位美洲农夫”，他的自然书写与农场生活的惬意是分不开的。有一天他悠闲自在地漫步于农场土地上，感觉“我从观察自己的牛只、马匹和小马当中获得乐趣。田中长满了繁茂的小草，是我们生活丰富的最佳见证；在那条路的当中，我砍伐开辟出一条八英尺宽的沟渠，每一年的春天，大自然都用野生的白屈菜以及其他花朵的种子来装点着两边的堤岸，在肥沃的土壤中，它们长得极好”①。野生的藤蔓与丛生的植物形成天然的遮阴屏障，在其中，许多的蜂鸟受到处处的野花吸引，就像同样被

① Robert Finch, John Elder ed. *The Norton Book of Nature Writing* [M]. N. Y.: W. W. Norton&Company, 1990: 59.

花香引诱而飞来的蜜蜂一般。克雷夫科尔叙述他注意到蜂鸟的独特，它们的翅膀挥动的速度快到让他的眼睛几乎分辨不了，十分有意思。

克雷夫科尔并没有刻意将美洲殖民地的生活描写成理想的乌托邦。他透过《一位美洲农夫的信札》所呈现出来的，是他自己的实际生活，亦即生活在农村的天地，人们耕种自己的土地，自给自足。他不喜欢一般城市的拥挤环境，因为过多的人口经常令他难以忍受。

与之前其他欧洲人的自然书写作品相比较，《一位美洲农夫的信札》这部作品有明显的差异。克雷夫科尔单纯地描写他在大自然中的生活，不带私利或宣传的目的。他原先多重的身份与当时到达美洲的人们相同，他既是军人、冒险家，也是个商人，但在冒险告一段落以后，却成为一位美洲大陆的农场主人。克雷夫科尔从变化不定的日子归于平淡，以农耕为生，闲适时写作，同时享受恬静的居家生活；田园中的自然现象和美丽景观都深深地吸引着他。

克雷夫科尔以阅历丰富的欧洲人身份前来开垦荒地，让自己成为美洲农夫，而他试着去展现自己对于那一段生活的了解，结果在当时的兵荒马乱的社会背景下，贡献出具有清新风味的自然书写作品。不过，这本书翻译为其他欧洲语言后，不少欧洲人却把理解的重心落于他在宣传美洲移民大多是受过良好教育的农民，离开了他的创作初衷。

或许克雷夫科尔担心快乐的农庄生活会被美国独立战争给摧毁殆尽，也或许他特别厌恶战场的残酷，无论如何，原本打算在美洲殖民地安身立命的他，时代却再也没有给他任何机会。反对独立战争的克雷夫科尔离开纽约庄园的那个时候，他也同时远离了幸福。

二、爱默生的《论自然》——体现生态精神的文本

拉尔夫·华尔多·爱默生（Ralph Waldo Emerson）是19世纪30年代在美国兴起的超验主义（transcendentalism）思想运动的代表。他出生在马萨诸塞州波士顿附近的康考德村，曾在哈佛大学学习，受英国浪漫主义作家和德国唯心主义哲学思想的影响。1836年，爱默生发表了他的第一部重要作品《论自然》。让我们首先看看爱默生在《论自然》中的一些精辟论述：

当我们谈论自然时，我们在心里有一种最明确也最富诗意的意义……自然是与喜剧、与悲剧情节都配合得同样恰当的布景……在树林里，一个人像脱壳似地脱去了他往昔的岁月，在他一生中的无论任何时期，他都仿佛是个孩子，永恒的青春在树林里。（第一章）

对自然形态的单纯观感是一种快乐……对于被苦闷的工作或群居生活所束缚的肉体和精神，自然是一剂良药，足以恢复它们的情调。商人和律师从街道

上的喧嚣和奸诈中走出来。看到了天空和树林，于是又恢复为“人”了。在它们永久的宁静中，他发现了自己。眼睛的健康似乎需要看到地平线，只要我们能够看得足够远，我们就绝不会疲倦。(第三章)[①]

《论自然》一书被视为超验主义的宣言。爱默生超验主义思想体系的一个重要组成部分就是他的自然观。在传统的西方文化中，自然界，如美国广大的原始森林，只是有一定实用价值的开发对象和财源，而爱默生则要人们用全新的、浪漫主义的眼光看待自然，撇开实用价值，捕捉其灵性。他认为整个自然界本身就是神对人的启示。他说：“自然界就是思想的化身，又转化为思想……每种存在物都时刻在教育着人们，因为一切存在形式都注入了智慧。”[②]自然界不仅向人们揭示了物质规律，而且还能启示道德真理。爱默生还论述了自然对人的功用。他认为，自然固然可以给人提供物质享受即充当商品，但是这是自然的最低级的作用自然更高级的作用是精神方面的。在论述自然的本质时他提出“每一种自然现象都是某种精神现象的象征物……在自然界的背后，浸透着自然界的一种精神的存在。”[③] 爱默生在人的精神性的自我，即灵魂，和除人的灵魂外的所有其他东西，包括自己或他人的身体，即所有非我之物做出区分。精神的世界是最重要的，因为爱、美和力量在此合而为一。但是精神世界并非只是人的灵魂爱默生采取了新柏拉图主义的观点，认为世界（包括灵魂和自然）是精神性的普遍存在，因而都是精神性的。人要认识上帝，需要最大限度地向精神世界开放自我，敞开心扉和上帝交流。

爱默生在《论自然》中同时强调，自然也是人的精神的象征。自然和人的灵魂同出于普遍精神的创造，而且，“这精神，这‘最高的存在’，并不在我们周围形成自然，而是通过我们促发自然，犹如树上的生命从老树枝的空隙中抽发新枝”[④]；因此我们可以说，自然是人的精神向外的延伸，自然与人的精神之间存在着某种同构，用爱默生的话说：“自然界的每一种景观，都与人的某种心境相呼应，而那种心境只能用相应的自然景观作图解。”[⑤] 对于信奉

---

① Ralph Waldo Emerson. *George Perkins and Barbara Perkins*, *ninth edition* [M]. New York: McGraw-Hill College, 1999: 871-897.

② Ralph Waldo Emerson. *George Perkins and Barbara Perkins*, *ninth edition* [M]. New York: McGraw-Hill College, 1999: 891.

③ Ralph Waldo Emerson. *George Perkins and Barbara Perkins*, *ninth edition* [M]. New York: McGraw-Hill College, 1999: 873.

④ Ralph Waldo Emerson. *George Perkins and Barbara Perkins*, *ninth edition* [M]. New York: McGraw-Hill College, 1999: 892.

⑤ Ralph Waldo Emerson. *George Perkins and Barbara Perkins*, *ninth edition* [M]. New York: McGraw-Hill College, 1999: 892.

“种下去的是自然果实，长出来的是精神果实” 的爱默生而，自然本身就是一张心灵的地图；心灵与自然的联系并非某个诗人的幻想，它是由上帝的意志决定的。

三、惠特曼的生态诗学思想研究

美国 19 世纪浪漫主义诗人瓦尔特 · 惠特曼（1819—1892）被誉为“美国诗歌的奠基者”。爱默生赞扬他创作的《草叶集》为“美国迄今所提供的具有才情与睿智的最非凡的作品”。惠特曼以气势恢宏、清新独特的语言描绘出民主、自由、理想的现代化世界，表现出崇尚大自然、主张万物平等的思想。

（一）惠特曼的自然观

惠特曼出生在纽约长岛的农民家庭，自幼亲近自然。大自然是他诗歌创作的重要内容，也是他创作灵感的来源。自然是惠特曼感受、观察、描述的焦点，在《草叶集》中大自然更是成为作者表达自己思想和创作理念的载体。在《草叶集》初版序言中，他指出“陆地和海洋、动物、鱼类和禽鸟，天空和星辰，树木、山岳和河流，这些都不是小题……但是人们期待于诗人的不只是指出那些无言的实物常常具有的美和尊严而已……他们期待他指出现实与他们灵魂之间的通道”①。在惠特曼看来，大自然不是没有生命和感情的冷冰冰的实物，而是鲜活、充满朝气的生命体，不断带给人类灵感和启示。诗人利用想象，饱含深情地诉说对大自然的崇拜和赞美。在《自我之歌》中大地、海洋、草叶等大量有关大自然的意象被赋予了人类的情感。在下面的诗歌中，大地被比做情人，赋予他灵感和生存所需的养料。

微笑吧，妖娆的，冷静呼吸的大地！
酣睡而清澈的大地！
夕阳沉落的大地—云雾笼罩山巅的大地！
初染蓝晕的满月琉璃般倾泻的大地！
微笑吧，因为你的情人来了②

《草叶集》的整体基调是对大自然的无尽赞美。在诗集中，草叶被赋予了极其丰富的内涵。“一个孩子说：草是什么呢?” 惠特曼的回答是：“性格的旗帜，由充满希望的绿色质料织成”，是“上帝的手帕”，“是植物产下的婴儿”

① 李野光. 惠特曼研究［M］. 上海外语教育出版社，2003：81.

② Allen Wilson，Folson eds. *Walt Whitman and the World*［M］. Towa City：University of Towa Press，1995：72.

“意味着，在宽阔的与狭窄的区域一样地萌芽，在黑人中茁壮成长正如在白人中一样”[①]。这里的草叶有两层含义：一是自然界中的植物小草；二是社会中的普通人。他们的共同之处是平凡渺小，但同样体现着上帝的旨意。在诗人眼中，人没有男女、种族、上下之分，生而平等。在这里，惠特曼摒弃了启蒙运动以来人类中心论的观点，没有将人类与自然界分开，承认人与万物一样都是自然界的产物，人只是自然界中的一员，和其他生物一起构成了自然界这一整体。

惠特曼通过他的诗歌消解了人类作为中心的传统二元对立自然观。在他的诗中，自然与人类关系密切，水乳交融、不可分离。这恰好与 20 世纪 80 年代挪威哲学家阿伦·奈斯倡导的深层生态学理论中的“生态自我”意识十分吻合。惠特曼认为人类应该回归自然，万物归一，自然与人类的灵魂是一体的，自然蕴含了自我追求和自我实现的人类价值。自然界无所不在的自由、活力和创造力是他创作的动力所在。惠特曼将自然作为写作文本的主体，充分肯定了自然的主体性价值，以自然的在场取代人类中心主义的自然的缺席。在他的作品中，自然是人类灵魂的良师益友和肉体病痛的抚慰者、痊愈者；他还向我们展示了：人类远非万物之中心，只是茫茫荒野中一株卑微的小草。无论是在他的诗歌还是散文中，大自然不再是人们发泄情感的被动承受者，而是活跃向上的自在生命体。在将自然作为主体的同时，他还强调自然作为主体中人类的重要作用，人对自然的感知是自然成为主体的重要因素。

诗人不仅用头脑思考大自然，而且调动身体的各个器官感受自然。他相信，人类栖居的土地，呼吸的空气，以及我们拥有的一切都是大自然赋予的，从他的诗中能够感受到对自然的崇敬之心。惠特曼强调，人类要重新与大自然建立和谐的关系，单凭理性的认识是行不通的，而是要开放所有的感官，从溪岸、树林和田野中获取确切无疑的功效。

（二）惠特曼与 19 世纪美国工业社会

惠特曼和爱默生的这种超验主义观念的形成和 19 世纪中叶前后美国社会状况息息相关。19 世纪 20 年代至 70 年代，是美国工业革命的第一阶段，1860 年美国的工业实力位居世界第四，仅次于英、法、德三国。工业的迅速发展让人们看到了机械技术和自然科学为人类生活带来的巨大改变，极大地丰富了人们的物质生活，于是一种由工业革命带来的自信在美国社会蔓延开来。

---

① Allen Wilson，Folson eds. *Walt Whitman and the World*［M］. Towa City：University of Towa Press，1995：40.

人们开始认为工业可以创造一切，人类可以征服自然。人们忽视大量的工业建设和排污对美国自然环境的破坏，一味致力于工业产能的提高；对资源竭泽而渔式的掠夺与浪费的真相被生产的繁荣掩盖。尤其是 1865 年南北战争胜利后，北方的工业发展思维扩展到美国全境，大大加速了工业革命的进程，但环境污染和资源紧张也随之而来。人们面临的不仅是环境的破坏，还有自身的异化：由人主导的工业进程逐渐反过来左右人的一系列行为活动，人追求自由的天性被在工业化中逐渐获取话语权利的新的知识技术权威束缚。

惠特曼的诗歌创作就是在上述背景中产生的，因此其诗歌具有鲜明的美国超验主义特征：他反对教条和学派，他赞美自我的一切，无论是善或恶，还是呼吸、血液；强调人的价值，反对权威，崇尚直觉，提倡个人主义，宣扬以人为本，主张个性解放，打破神学和外在教条的束缚；超验主义的“超灵”思想，人的至高无上和自然论在惠特曼的《自我之歌》中表现得淋漓尽致。但是，在对待现代文明和工业社会方面，惠特曼与 19 世纪美国浪漫主义时期的其他作家，如爱默生和梭罗不太一样。当时，大部分作家崇尚自然，向往乡村生活，极力逃离城市。在他们看来，工业化直接威胁了人类质朴的天性，削弱了人类与自然、上帝直接沟通的能力，使得人类无法发挥自身潜能。他们认为在当时的工业社会中，所谓的科技、潮流、物质已把人类异化，人们在那个时代的社会中已迷失自我，忽视了人类生命的真正意义。同时，沉浸在工业社会中的人们已脱离大自然。在爱默生和梭罗等思想家和诗人看来，自然与文明是对立的，他们反对现代工业文明，认为现代工业文明和城市生活割断了人与自然的联系，他们呼吁人们应该回到自然中去倾听自然的声音，获得大自然的启示。

19 世纪美国浪漫主义作家中很多人都反对工业，对一切与物质、利益相关的事物表现出反感。在这股反城市化的浪潮中，惠特曼是个值得注意的例外。他在提倡人回归自然的同时，肯定了工业化在人类文明进程中的合理性。“惠特曼欢迎一切事物的进步与发展，自然也拥护工业革命为 19 世纪的美国带来的前所未有的繁荣昌盛。在他的眼中，大工业带来的物质的富足不过是表象，其实质还在于宇宙生命力的极大发展和宇宙永恒的演化。归根结底，惠特曼对于现代文明的融合也同样源于他对宇宙生命的信仰，源于他独特的生命精神。”① 惠特曼与他同时代诗人最大的不同就体现在他对待现代文明的态度上。他既歌唱大自然，也赞美工业社会和现代文明。“在惠特曼看来，自然的造化

---

① 黄丹．论爱默生、梭罗和惠特曼笔下“自然”主题的演进［J］．鲁东大学学报：哲学社会科学版．2009（4）．

和人类的杰作同样伟大，因为具有生命活力的宇宙是一个和谐有序的整体，自然与城市文明结合正是一幅恢宏的生命之图的最好体现。无论是在大自然的怀抱，还是在喧嚣的大都市，惠特曼都在细心而充满激情地体味周遭的世界，蓝天白云、小草野花、河畔的景色、火车的鸣笛，诗人将感受到的一切都融入自己的生命和诗集中。在《草叶集》中，既有森林与旷野的歌唱，更有工业文明与城市发展的交响，通过《草叶集》，惠特曼架起了自然与文明的桥梁。"[①]

在惠特曼的众多诗作中《一路摆过布鲁克林渡口》（1856）是他创作的以城市为题材的最优秀的作品之一，最能体现他对于工业社会和现代文明的态度。这首诗描写了工业化背景下，作者搭乘渡船横过纽约的富尔顿渡口的情形。诗人笔下的城市繁忙而朝气蓬勃，他眼中的曼哈顿热闹非凡，诗人"凭栏站立"，看到处在"无数的船桅和汽轮的粗大烟囱"包围中的曼哈顿。两岸的船坞、运输干草的船只以及邻近岸上铸造厂烟囱中"高高冒出升入夜空的火焰"[②]。忙碌的渡口、熙熙攘攘的人群以及冒着烟的工厂都成为诗人笔下描绘的对象。在他的诗中，我们能够看到美国社会底层人的生活，也能感受到他以一种乐观情绪歌颂当时的民主与自由，歌颂那个自由资本主义蓬勃发展的新时代以及涌现出的新鲜事物。在惠特曼的城市书写中读者可以想象出从事各种劳动的普通美国人及其在海港、农场和边疆的生活情形。惠特曼以一种积极的态度面对并接受科技的进步，同时保留人类原始的信仰与灵魂，赞美自然。

惠特曼认为，自然的造化和人类的杰作同样伟大，值得尊敬。在惠特曼眼中，自然与现代工业文明的高度结合是和谐宇宙的体现。"城市是一个由各种元素彼此交织构成的多圈层的生态网络，其中各个圈层地位平等，超越了孰优孰劣的机械式划分。"[③] 无论是大自然的美丽恬静，还是城市的纷繁喧嚣，都成为惠特曼创作的灵感和动力，也使得诗人的作品更加贴近生活。城市的各部分密切关联，协同运行，具备有机生物体一般的特性与规律。城市之间、城市和生态体系之间是密切相连的，城市就是一个具有生命的有机系统。高山、大海、草原、火车头、电缆、钢铁厂都是新时代和新大陆的产物，都是宇宙生机勃发的最好体现。"小麦的喧哗""火焰的闲谈"与"人类谈笑的声音"一起

---

① 方丽．自然与城市的歌手：论惠特曼的人文自然观［J］．重庆师范大学学报（哲学社会利学版），2010（6）．

② Allen Wilson，Folson eds. *Walt Whitman and the World*［M］. Towa City：University of Towa Press，1995：182.

③ 马特．惠特曼城市书写中的生态意识［J］．河南大学学报（社会科学版），2013（2）．

交响，“汇合着，混淆着，或者彼此追随”①。

因此，如果我们从深层生态学视角重新解读惠特曼的诗歌就会发现，他的诗中具有生命活力的宇宙是一个和谐有机的整体，其中自然与现代文明结合正是一幅和谐的生命之图的最好体现。

四、梭罗的《瓦尔登湖》——生态批评运动之前的生态文本

亨利·大卫·梭罗（Henry David Thoreau）是美国历史上最伟大的文学家和哲学家之一。梭罗最重要的一些作品，如《在康科德与梅里马克河上的一周》（*A Week on Concord and Merrimack river*）、《瓦尔登湖》（*Walden, or Life in the Woods*）、《缅因森林》（*The Main Woods*）和《考德角》（*Cape Cod*）都是以人对自然的沉思为主题，充满了对自然景物的细腻的描写，因此，梭罗在传统上被认为是一位伟大的自然作家（nature writer）。在 20 世纪环境运动兴起之后，梭罗关于自然的思想被赋予了丰富的生态意义，成了非人类中心环境伦理的象征和标志，他的《瓦尔登湖》成了一本纯正的生态读本，影响着越来越多的人投入生态保护运动之中。尽管梭罗并没有直接提出种关于人与自然的道德关系的生态伦理学，但他被认为是美国环境主义的第一位圣徒。“他对于现代环境运动的吸引力是多方面的，他对自然的热爱，他对自然的和谐关系的洞察，他对自然的精神意义和审美意义的强调，以及他对他那个时代所流行的物质主义和资本主义经济的批判，都为生态的理论提供了独特的灵感和支持。”②

（一）瓦尔登湖畔的自然之子

梭罗从小热爱大自然，对大自然有着浓厚的兴趣，4 岁时第一次见到瓦尔登湖的情景给他留下了深刻的印象。在哈佛大学学习时期，他常常去田野湖畔，观察野生动物和植物。1845 年至 1847 年，他在瓦尔登湖畔的小木屋里度过了两年多，详细记录了他对大自然的观察活动和思想，并在这基础上完成了《瓦尔登湖》。简单地说，《瓦尔登湖》里表述了这样的观点：人和大自然属于同个统一体，大自然是上帝赐予人类的财富，人不应该人为地改变物种；人的生活应该是自然而宁静的，但这种理想生活有赖于人与自然的亲近与和谐。在梭罗笔下，瓦尔登湖是一个活生生的社会，各种动物是它的常住居民；冬去春来树木枯荣，这是生命的循环，是生态自然环境充满活力的象征。梭罗在瓦尔

① 方丽．自然与城市的歌手：论惠特曼的人文自然观［J］．重庆师范大学学报（哲学社会利学版），2010（6）．

② 苏贤贵．梭罗的自然思想及其生态伦理意蕴［J］．北京大学学报，2002（2）．

登湖所追寻的是原初田园生存的状态。在这种状态下，人与自然构成和谐的整体；朴实、简单、知足，是这个整体田园图景的底色；天、地、人以自然、有序、链条式的生存结构循环运转，是这个整体图景的背景；人与湖同属于一个规律，人依赖湖而生存，人和湖是一个连续不断的生命统一体，自然万物之间在真实地感受彼此的存在。人既然属于它的自然，便是自然整体图景中的一个成员。劳伦斯·布伊尔说："从历史的角度看，田园常常会激活绿色意识。"①《瓦尔登湖》正是充满绿色意识的一个生态读本。

（二）《瓦尔登湖》中的自然思想

美国独立战争结束后，资本主义工业迅速发展，工业的发展不断改变着社会结构和自然环境。在这种背景下，梭罗对人与自然的关系做了深入的探索和思考。"归纳起来，梭罗的观点是：自然界哺育了人类，人是自然界不可分割的组成部分。人应当尊重自然、热爱自然，与自然亲密无间、和睦相处。"②首先，梭罗的自然思想受到爱默生的影响，他曾多次阅读《论自然》并深为其观点所吸引。但是，梭罗又与爱默生的自然观有着明显的不同。爱默生把自然看作人类的镜子，思想则是自然的内在表现。梭罗眼里的自然，每一事物既生动具体又与其他相互联系，并且能与人进行交流。梭罗看待自然的立场基本上是浪漫主义的。浪漫主义强调的是自然的整体性和活力，以及人与自然的共鸣。梭罗相信自然界存在着一种神圣的道德力量，它渗透在大自然的每一件事物中。对梭罗来说，自然是一个活着的生命整体。世界不是一个由机械规则构成的体系，而是一种能够把所有东西都结合成一个有生气的宇宙的流动着的力量，整个自然都在随着这种力量跳动，人们只要通过直觉而不是理性和科学就能超越物质表象并领悟那个把世界融为一体的"宇宙存在之流"。

梭罗的自然观还同时受到东方思想和北美印第安人思想的影响。他在《瓦尔登湖》中多次提到印度教的人物和思想，认识到精神世界和自然世界是不可分割的；佛学思想和道家思想也在《瓦尔登湖》有所体现。例如，书中处处弥漫着"天人合一"的思想，甚至到处禅意盎然。如果由一位英文程度及中文修养俱佳的学者将此书译为中文，地名也一律改用中文，也不言明它为梭罗所著的话，很多中文读者一定会觉得它是东方哲人笔下的产物。在梭罗的思想里，人和自然的亲近是人类的必需，意味着接近"那生命的不竭之源

① Lawence Buell. *Environmental Imagination Thoreau, Nature Writing and the Formation of American Culture* [M]. Cambridge: Harvard University Press, 1995: 4.

② 陈凯．绿色的视野——谈梭罗的自然观［J］．外国文学研究，2004（4）．

泉”①。只有在自然之中，人的灵性才能得到更新和提高。他写道：“据说在成汤王的浴盆上就刻着这样的字：‘苟日新，日日新，又日新。’我懂得这个道理。”② 在第9章讨论湖泊时，他把瓦尔登湖形容为躺在地球上最美、最纯洁、最巨大的森林镜子。紧接着他写出“天水”（sky water）两个字，而且在water之后点上一个句点。这两个字虽然没有主语，没有谓语动词，却变成了一个句子。我们姑且在意义上暂将它译为“湖天一色”。最近几十年，西方国家对东方禅宗的兴趣越来越浓，其实不一定是远来的和尚才会念经。在美国本土，他们便可找到像“禅师”一样的梭罗先生，可提供他们不少值得探讨的禅机。印第安人的世界观是万物有灵论，他们认为自然界中处处都存在着神灵，因而对自然充满敬畏。

（三）《瓦尔登湖》中的生态伦理

当代美国生态批评家布伊尔曾把梭罗和美国博物学家兼环境保护主义者约翰·缪尔做了比较。他说：“梭罗不是约翰·缪尔，但是梭罗通向缪尔。”③ 对他们来说，对大自然的热爱和尊重最终会产生保护自然的情感。当代生态批评家把这种情感视作生态环境保护的思想基础。尽管梭罗没有直接提出一种关于人与自然的生态环境理论，但他在促进当代人们保护环境方面的影响是巨大的。

梭罗早就注意到他所处的时代研究存在着环境破坏的问题并表现出积极的关心姿态。梭罗泛舟湖上，对湖边的自然环境未受到污染破坏深感欣慰。然而，当1844年铺设的康科德至费茨堡的铁路经过瓦尔登湖的西面，造成康科德地区森林被大量砍伐时梭罗在《瓦尔登湖》中发出了强烈的哀叹：“我第一次划船在瓦尔登湖上的时候，它四周完全给浓密而高大的松树和橡树围起可是，自从我离开这湖岸之后，砍伐木材的人竟大砍大伐起来。从此要有许多年不可能在林间的小道上徜徉了，不可能从这样的森林中偶见湖水了。我的缪斯女神如果沉默了，她是情有可原的森林已被砍伐，怎能希望鸣禽歌唱呢?”④ 在缅因森林，梭罗面对数以百计的锯木厂每年大量加工木材的现实，把大肆砍伐树木的人斥之为忙碌的恶魔，认为一个文明的人是不应该做这样的事的在康科德，梭罗发现，由于树木被砍，原先葱茏的林地有的开始变为荒地。在某海

① 梭罗．瓦尔登湖［M］．徐迟，译．长春：吉林人民出版社，1997：126.

② 梭罗．瓦尔登湖［M］．徐迟，译．长春：吉林人民出版社，1997：83.

③ Lawrence Buell. *The Cambridge Companion to Henry Thoreau*. Ed. Joel Myerson ［M］. Shanghai：Shanghai Foreign Language Education Press，2000：187.

④ 梭罗．瓦尔登湖［M］．徐迟，译．长春：吉林人民出版社，1997：187.

滨，梭罗看到大量鲸鱼的尸体。原来当地人靠捕鲸鱼致富，鲸脂被取走，鲸头被砍下，海滩上的环境受到极大的污染。面对这一情景，梭罗当即呼吁当地政府采取措施制止这种有害环境的行为。

梭罗的这种生态伦理思想之意义是深远的：在实践上，二次大战以后，西方国家人们开始有了新的环保观念，为了避免森林被继续开发为牧场，为了摄取更优质的营养，同时防止因为生态环境日益恶化而引起的“温室效应”，很多人开始吃素，牧草汁或牧草粉也成为很多素食者时常摄取的养分。

第七章　当代英美生态文学研究

生态文学是在全球生态危机的背景下，伴随着人类生态意识的觉醒和对现代文明的深刻反思而产生的一种新型文学形态。它以语言艺术构筑的形象书写人与自然关系的现实，表达人类应有的对待自然的伦理信念、情感态度及行为规范，引领人们进入人与自然和谐共生的审美的理想境界。本章即从当代英美生态文学的背景分析入手，进而对其作品展开生态解读。

第一节　当代英美生态文学背景分析

20 世纪见证了人类科学技术的飞速发展，人类自此进入了一个全新的历史时期。然而与此同时，人类也面临了有史以来最严重的生存危机。人类对现代化交通工具以及其他现代化产品的大量使用，使得石油、天然气等不可再生能源日益减少，甚至濒临枯竭；人类活动所带来的二氧化碳的过度排放导致全球性气温升高、冰川融化与海平面上升；人为造成的生态环境的破坏所造成的后果是越来越频繁的极端灾难性气候事件。上述这些生态灾难直接威胁着人类作为一个整体的生存和发展。面对这一空前严重的生存危机，许多有识之士开始对人类过去的行为进行积极的反省和批判，同时思考应对这一危机的方法和措施。于是在 20 世纪，特别是 20 世纪 60 年代以来，生态思潮在全球范围内形成了波澜壮阔的繁荣之势。生态文学作为生态思潮的一个必不可少的分支，也承担起了重要的责任。生态文学的使命在于思索并挖掘导致生态灾难的深层次的思想根源，反思、批判反生态的人类思想传统，同时通过富含生态思想的文学作品，推动生态思想的传播和发展。这可以说是生态文学在 20 世纪迅速发展的重要外部原因。

而从文学的内部角度来看，生态文学在 20 世纪后半叶的发展也和文学发展趋势的变化密不可分。20 世纪初期的现代主义文学在非理性哲学和现代心理学的影响下，把重心集中在人的精神世界或是说内部世界，而几乎不再关注外部客观世界。因此，以乔伊斯（Joyce）与伍尔芙（Woolf）为代表的意识流作家不再刻意追求文学对客观世界的模仿，而是聚焦于人的主观精神世界的刻画、挖掘和分析。然而到了 20 世纪 60 年代，这种文学“向内转”的趋势却几乎停滞，文学又开始“向外转”，或是说“向社会转”“向意义和使命转”。在这样的趋势下，文学作品又开始重新关注外部世界，关注人类社会，关注人和自然的关系。从这个意义上来讲，生态文学的蓬勃发展自然合乎情理。

20 世纪生态文学所体现出的思想大致可以划分为以下三个主要方面：生态整体观思想，欲望动力论批判和唯发展论批判，征服、统治自然思想批判。

一、生态整体观思想

生态整体观的思想并不是 20 世纪出现的新事物，把世界视为一个有机的整体的思想在西方早已有之。但奥尔多·利奥波德（Aldo Leopold）提出的生态整体主义的基本价值评判标准奠定了生态伦理的基础，同时大大推进了生态整体观的发展。利奥波德在其代表作《沙乡年鉴》中提出：“有助于维持生命共同体的和谐、稳定和美丽的事就是正确的，反之则是错误的。”① 他的“ISB 原则”（integrity，stability and beauty）得到了西方学界的普遍认同。利奥波德的学说对长期以来的人类中心主义的哲学观点是致命的打击。在人类以往对大自然开发和利用的历史中，在自身利益与其他物种或是大自然利益发生冲突时，往往是以维系自身发展为借口，对大自然进行肆意破坏和掠夺。但根据利奥波德的原则，人类在大自然世界中的活动也必须遵循着生态整体利益的原则，在维护生态整体和谐的前提条件下对大自然进行合理的开发和利用。因此，生态整体主义思想是生态思潮中最重要最基本的思想。

生态思潮中另一位重要人物便是美国女作家蕾切尔·卡森（Rachel Carson）。她在生态文学史上是一位里程碑式的人物。她的作品，特别是代表作《寂静的春天》推动了全球生态环境保护事业的进程，引发了全球范围内的生态思潮。该书对当时在全球范围内普遍使用的人工杀虫剂 DDT 所带来的生态影响进行了深刻的反思。DDT 虽然能杀死害虫，但其毒性却保留在害虫体内，并转移到以害虫为食的鸟类以及其他生物体内。最终的结果便是整个生态系统遭到破坏，原本应该是鸟语花香的春天却如此寂静。作为一名生物学家的卡尔森在书中用大量的科学事实向人们证明，人类并不是万物的“中心”，不能完全按照自己的意志去彻底消灭某一种生物或者不顾一切地去扶持另一种

---

① 刘富刚．基于环境伦理的资源利用与环境保护［M］．北京：国防工业出版社，2009：62.

生物。只有把大自然看作是一个整体，尊重大自然的规律以及自然界中的每一个物种，人类才能够得到长久的生存和发展。

二、欲望动力论批判和唯发展论批判

欲望动力论指的是人类为了不断满足自己的各种欲望而进行不停地工作、创造、探索与占有。必须承认，这些行为一方面在整个人类的历史上推动了社会的进步。但另一方面，人类所生存的地球的资源总量却是有限的，如果人类放纵自己欲望的增长，通过不断地向自然索取资源来发展自身，甚至纯粹为了发展而发展，那么地球资源耗尽的那天便是人类的末日。许多生态思想家和文学家对唯发展论的观点进行了批判。美国作家爱德华·艾比（Edward Abbey）在其代表作《沙漠独居者》中尖锐地指出，为发展而发展是癌细胞的疯狂裂变和扩散。他进一步一针见血地指出，不惜一切代价、哪怕是牺牲生态平衡和人的健康的发展，其实质上并不是满足所有人类的需要，而是满足工业化的需要，满足那些“寡头和政客”的需要。人类应该在满足基本生存条件，在自然能够承载的范围内逐步提高生活水平的前提下，与自然和谐相处，同时注重自身精神层面的发展。艾比是一个激进的生态主义者，他提出了著名的生态防卫观，即是为了保护生态而对破坏生态的行为进行有意破坏。在其另一部作品《有意破坏帮》里，小说主人公为了保护生态环境的原貌，向修建巨型水坝等破坏生态环境、扭曲自然规律的行为进行了有意的“生态性的破坏”。

三、征服、统治自然思想批判

征服、统治自然是人类社会古已有之且根深蒂固的思想。在西方，对人类征服、统治自然的肯定和赞颂可以一直追溯到《圣经》。英国小说家笛福（Defoe）的《鲁滨孙漂流记》也是人类征服自然、统治自然思想的象征。20世纪的生态文学家们对这一历史悠久的错误思想也进行了猛烈地批判。人类之所以征服自然，是因为还没有意识到人类其实就是自然这个整体中的一部分。人类的科技能力在当今急剧膨胀，然而人类的意识却尚未成熟到正确地认识自己在自然界中的地位。这样的结果便是，人类征服了自然，同时也毁灭了自己。美国著名诗人、“垮掉的一代”的旗帜性人物施耐德（Snyder）对人类征服、改造自然的行为进行了质疑和反思。他在论文集《荒野的实践》中，通过亲身经历，对什么是“荒蛮的、贫瘠的”土地，什么又是“文明的、肥沃的”土地的标准进行了质疑，并呼吁人们要尊重大自然。英国当代著名小说家伊恩·罗素·麦克尤恩（Ian Russell Mcewan）也在自己2010年的最新作品

《日光》中，以全球变暖这一热门话题为切入点，对人类究竟该如何以科学技术为武器，改造大自然、解决气候变化难题进行了探讨。

第二节 英国当代生态文学作品解读

伊恩·罗素·麦克尤恩是当代英国最著名的作家之一。2008 年，《泰晤士报》将他列入“1945 年以来 50 位伟大的英国作家”名单。麦克尤恩于 1948 年出生于英格兰罕布什尔。1975 年，他的第一部作品——短篇小说集《先爱后礼》出版，并凭借此作品在次年获得毛姆奖。1998 年，他的小说《阿姆斯特丹》获得英语文坛最高奖之一的曼布克奖。随后，《赎罪》《星期六》和《在切瑟尔海滩上》等几部作品也获得布克奖提名，但最终均未能如愿获奖。

《日光》是麦克尤恩 2010 年的最新作品。该小说用讽刺的语调讲述在全球变暖的大背景下，一个曾经获得过诺贝尔奖但私人生活无比混乱的物理学家麦克·比尔德（Michael Beard）试图利用太阳能来解决气候变化的故事。全书大体上按照时间顺序编排，以 2000 年、2005 年以及 2009 年为坐标，分为三个部分。

在第一部分，即“2000”，已经是 53 岁的比尔德在一个研究中心工作，而他获得诺贝尔奖则是二十多年前的事了。此时的比尔德对科学研究已毫无兴趣，只是顶着诺贝尔奖得主的光环混日子。当研究中心一个名叫奥德斯（Tom aldous）的博士后向他提议进行“人工光合作用”课题时，他的反应也仅仅是嗤之以鼻。与此同时，他的妻子帕特里斯（Patrice）无法忍受丈夫的出轨，为了报复，于是和建筑工塔平（Tarpan）发生了婚外恋。比尔德得知消息以后，决定去北极进行“科考”，作为对此事的回应。但当他从北极回来以后，竟然又发现自己的妻子和年轻的博士后奥德斯有不正当关系。在一次和比尔德的争执中，奥德斯不慎丧命。比尔德则伪造现场，嫁祸给塔平。最终塔平被判入狱 16 年，比尔德也和妻子离婚。第一部分到此结束。

在第二部分“2005”里，比尔德由于家庭丑闻，被迫离开所在的研究中心。但他盗用了奥德斯的研究成果，四处寻找资本为他的“人工光合作用”基地进行投资。此时他又有了新的女朋友梅丽莎（Melissa）。梅丽莎非常希望自己能有一个孩子，尽管比尔德害怕尽父亲的责任，一再拒绝，但最终梅丽莎还是如愿以偿地怀孕了。得知消息的比尔德无比愤恨，认为自己成了被欺骗的受害者。

到全书的第三部分“2009”的时候，比尔德已经62岁，并且体态臃肿，健康状况很糟糕。他在美国的光合作用基地即将建成，并且他又结交了另一位女友女服务生达林（Darlence）。达林非常爱比尔德，并希望嫁给他。但此时比尔德和梅丽莎的女儿都已经3岁多了。就在他的事业即将大功告成时，所有的麻烦都接踵而至。他在英国研究所的同事布莱比（Grabby）向媒体揭发他剽窃奥德斯的研究成果；梅丽莎带着女儿来美国找他，希望他能回心转意；当年被他陷害而锒铛入狱的塔平已经出狱；曾资助他进行太阳能基地建设的生意伙伴在这个节骨眼上抛弃他。当梅丽莎带着女儿，和达林同时来到比尔德面前对峙时，小说便就此结尾。

《日光》涉及了当今社会的一个热门话题：全球变暖以及人类对这一严峻情况的应对。面对地球能源的枯竭、人类生存环境的不断恶化，人类社会的生态意识和环境保护意识被大大地提升。人们越来越意识到维护生态平衡对于人类自身生存和发展的重要性，并且也在采取各种手段来应对所面临的环境问题。在人类解决环境问题的进程中，科学技术一直扮演了极其重要的角色，甚至可以说，科技就是人类和环境恶化做斗争的有力武器。但是这个武器本身该如何正确使用？人类在使用过程中有没有犯过错误？麦克尤恩的小说引起了读者对上述问题的思考。

该小说最显著的特点便是情节荒诞离奇，语言十分幽默。主人公比尔德在北极的经历可以算是小说这一特点的集中体现。比尔德去北极的路上碰到了一群自称去北极寻找关于生态方面创作灵感的艺术工作者，于是和他们结伴同行。而他们在北极的经历却是滑稽荒诞并且引人深思。这群由科学家、艺术家组成的文化精英团队在一次野外旅途中遇到了北极熊。于是大家仓皇逃命，最终化险为夷。这种经历本身无可厚非，然而在事后他们却对其他人夸夸其谈，完全把这次经历当成了炫耀的谈资。从这个细节可以看出，这些文化精英虽然总是把生态保护挂在嘴边，但他们自身的生态价值观却是扭曲的。他们把逃脱北极熊的经历看作是一种值得骄傲和炫耀的“胜利”，这说明在他们看来，人类和动物、自然界依然是种对立的关系，自然界依然是人类“征服”的对象。如果连这些文化精英都依然持有这种扭曲的生态观点，那么人类社会正在进行着的保护生态环境的事业最终将走向何方？

在北极科考过程中，发生在更衣室里的故事值得注意。考察队员住所的更衣室是用来堆放外出所需装备的地方。起初更衣室的物件堆放地井然有序，但很快人们便随意乱放，以至于外出时找不到自己的装备，只能拿别人的去用。这个情况的最大受害者便是比尔德。他每天外出时戴的护目镜、头盔等装备都是不一样的，并且不符合自己的尺寸。到了第四天，等他到更衣室时，甚至发现已经没有足够的装备，于是只能不戴头盔外出。从某种意义上来讲，更衣室可以看作是人们生存的星球的缩影。地球也是一个密闭的空间。在人类文明高速发展以前，地球上的生物井然有序，遵守着大自然的生存法则。然而自从近代以来，人类为了满足自身不断增长的欲求，开始违背自然法则，大肆破坏生态环境。最终的结果便是环境的不断恶化，犹如那个杂乱无章的更衣室。难怪比尔德自己也开始质疑："他们将如何拯救地球？（假设地球需要拯救的话，当然这一点他自己是怀疑的）地球可比更衣室大多了"。但不能忘记的是，在关于更衣室的经历中，比尔德虽然是受害者，并且提出了许多代表"正义"的批评以及思考，但是他自己也和其他所有的人一样，内心充满了对物质永远无法满足的欲望。小说作者的这种自相矛盾的安排确实发人深思。

第三节 美国当代作家文学作品生态解读

一、欧内斯特·海明威文学作品中的生态意识

欧内斯特·海明威是美国著名的小说家，他创作出版了很多作品。海明威生活经历丰富，本身的经历也可以称之为传奇。

海明威出生在美国伊利诺伊州芝加哥郊外橡树园镇的一个医生家庭。海明威的父亲喜欢钓鱼和打猎等一系列的户外运动，海明威的母亲喜欢文学，并且艺术修养较高。这些都给海明威的成长和创作造成了较大的影响，海明威生活中也和他的父亲一样喜欢钓鱼和打猎等户外运动，并且海明威曾经两次进入非洲游猎，其小说《老人与海》《一个非洲的故事》《非洲的青山》和《曙光示真》等，都和海明威的捕鱼生活和打猎生活有着直接关系。在一战爆发后，海明威进入到了美国红十字会战场服务队中去，深入意大利战场。战争结束，意大利政府授予海明威十字军功章、勇敢勋章以及银质奖章，海明威在一战中获得了很多荣誉，但是和荣誉并存的却是身上的237处伤，并且更重要的是精神上挥之不去的战争回忆。

康复后，海明威成了加拿大多伦多《星报》的记者，并且常驻在巴黎，这个时期，海明威一边做记者，一边进行小说的创作。这个时期是海明威创作的早期，在接近十年的时间中，海明威发表了多部作品，比如《太阳照常升起》《永别了，武器》《春潮》《在我们的时代》《没有女人的男人》，等等。战争创伤的存在，让海明威等很多青年人的情感和精神感到了迷茫和空虚，所

以，斯坦因（Stein）将那一代的人称为“迷惘一代”。海明威的作品也成了“迷惘一代”的代表作品。

在整个二战期间，海明威作为一名记者跟着军队行动，参加了巴黎解放的战争。在20世纪三四十年代期间，海明威在《第五纵队》塑造出了反法西斯战士形象，创造了《丧钟为谁而鸣》这篇长篇小说。在20世纪40年代的时候，海明威还根据其欧洲见闻以及相关的印象，撰写了《乞力马扎罗的雪》和《非洲的青山》等一系列和狩猎有关的文学作品。通过这些作品，也能够发现海明威对待生态和自然的一些想法和态度。

二战结束后，海明威的创作也进入到了晚期，在1952年，他发表了中篇小说《老人与海》，小说将人在面临暴力和死亡前激发出来的勇气体现得淋漓尽致，这部作品也让海明威获得了诺贝尔文学奖。获得这个奖项对海明威而言，是理所应当的。海明威的创作对于现代文学是非常重要的。获得诺贝尔文学奖后的海明威患上了多种疾病，此外，战争也给其身体和心理带来了很大的痛苦，海明威后来也没有创作出影响力比较大的作品，这也加剧了其精神抑郁。晚年时期，海明威的消极情绪非常严重，最后他通过自杀的方式来结束了自己的一生。

（一）《老人与海》中的征服与被征服之战

在《老人与海》中，海明威通过纪实的手法来对老人的四天三夜的捕鱼过程进行了描述。老人圣地亚哥已经84天连续出海，但是没有捕捉到鱼，到了第85天的时候，老人依旧坚持出海，这次老人捕捉到了一条非常大的马林鱼，小船被马林鱼拖着漂流了两天两夜，在这期间，老人几乎没有休息，始终在和马林鱼进行斗争。老人认为只有征服和杀死这条鱼，才能够实现自我价值。

“人类生来就不能被打”，西方近百年文学史都比较认可这句话，从《失乐园》中的路西华（lucifer），到丁尼生（Tennyson）的《尤利西斯》中的最后一段：“坐成排，划破这喧哗的海浪，我决心驶向太阳沉没的彼方，超越西方星斗的浴场，至死方止。也许深渊会把我们吞噬，也许我们将到达琼岛乐土，与老朋友阿喀琉斯会晤。尽管已达到的多，未知的也多啊，虽然我们的力量已不如当初，已远非昔日的雄姿，但我们仍是我们，英雄的心尽管被时间消磨，被命运削弱，我们的意志坚强如故，坚持着去奋斗、去探索、去寻求、决不屈服。”人类总是认为自己的位置高于其他物种。海明威认为，对于人类而言，征服和杀戮是其天性的一种，进行攻击是值得人类骄傲的事情，若是可能，人类甚至要征服太阳和星星。甚至，海明威认为，太阳存在本身便具有一定的挑衅意味。

《老人与海》这个小说的结尾处，圣地亚哥（Santiago）梦到了一头在沙滩上玩耍的狮子，这个意向出现本身便弥补了老人挫败的心理。圣地亚哥的征服欲望非常强烈，虽然其捕获了那头马林鱼，但是在数次搏斗后，马林鱼只剩下了骨架，这也导致了圣地亚哥并不认为自己将大自然征服了，并且，圣地亚哥还对小男孩存在一定的愧疚心理，这也让其挫败感更强。而这种挫败感的出现，又进一步地激发了其征服自然的欲望。狮子本身便是百兽之王，圣地亚哥也希望自己能够和狮子一样，征服和战胜大自然。虽然，圣地亚哥将马林鱼看成了自己的兄弟朋友，但是最后还是要将这条鱼杀死，甚至圣地亚哥庆幸自己不需要去将星星杀死。圣地亚哥想，若是有一天人们需要将月亮杀死，那么应该怎么办？所以，当前的人类还是非常幸运的。圣地亚哥认为，除了死亡，面临任何情况时都应该勇往直前，在这个过程中甚至可能会杀死自己的“兄弟”，人们必须战胜自然界，从而显示自身的伟大，虽然这样可能会破坏自然界，甚至让其消亡。

这些都是人类征服和控制自然欲望的直观表现。但是从生态批评角度出发，大自然本身便是神圣的，不能够侵犯，人类也不能够也不应该去采取措施战胜自然。人类属于大自然，是其重要组成部分。人类和大自然之间并不是对立关系，战胜大自然本身便没有意义。在《老人与海》中，老人和灰鳍鲨搏斗的场面，很容易让人联想到《白鲸》这部作品，在《白鲸》中，作者麦尔维尔赞扬主人公和白鲸的斗争，白鲸的力量被认为是自然的力量，而主人公则被认为是不畏惧自然、敢于和自然斗争的文学形象。但是在海明威的作品《老人与海》中，虽然老人杀死了马林鱼，但是鲨鱼却将马林鱼吃干净，最后只给老人剩下了马林鱼的骨架。若是说老人将马林鱼杀死是人类征服大自然而取得了阶段性胜利，而鲨鱼吃掉马林鱼则是大自然对人类的报复。海明威也认为，人类在和大自然搏斗的最后，是必然失败的，胜利只存在于人的想象中，结局始终是悲剧的。在现实生活中，人类的尊严和高贵都是比较渺小的，并且圣地亚哥也没有利用征服大自然来获得自我的尊严，实现自我价值。现在很多生态学者也对人类这种片面的自我实现进行了大量的质疑，不赞成通过这样的方式征服自然来显得自己有多么的伟大。到了现在，人们已经切实地了解到，人是不可能战胜大自然的，无论人类取得了多少阶段性的胜利，无论怎样通过征服自然的方式来证明了自身具备的力量，人类的这种行为最终会受到大自然的惩罚，甚至可能会导致人类的毁灭。

人类想要通过自身的力量征服大自然这种想法本身便是比较荒谬的。大自然具有自己的规律，并且这种规律不容挑战，若是挑战了其规律，人类便会受到大自然的惩罚。对于自然，人们应该畏惧，并努力地和自然和谐共处。恩格斯（Engels）在《自然辩证法中》提出的“要以遵循自然规律为前提说”和“一线胜利二线失败论”，意义十分重大。20世纪，生态思想家对恩格斯遵循自然规律非常的认同。这些学者已经真正地认识到这种强调和通过干预自然来获得经济发展的模式是相反的，对于自然规律应该顺应，若是违背了规律，那么便会受到惩罚。恩格斯告诫人类：“我们不要过分陶醉于我们人类对自然界的胜利。对于每一次这样的胜利，自然界都对我们进行报复。每一次胜利，在第一线都确实取得了我们预期的结果，但在第二线和第三线却有了完全不同的、出乎预料的影响，它常常把第一个结果重新消除。”[①] “一线胜利二线失败论”郑重地向人类宣告：人类是不可能真正征服大自然的，人不应该站在大自然的对立面，征服大自然最终也不可能实现。人们需要在实践的过程中，全面了解大自然，掌握大自然的规律，了解自己干涉自然界而给大自然造成的影响，这样才可能更好地生存和发展。

总之，人类和大自然的关系，并不是征服和被征服的关系，人类和大自然应该和谐共处。

（二）《非洲的青山》中矛盾的自然观

海明威比较矛盾的自然观，来源是反对战争对自然的破坏和为了自己的利益而伤害大自然。海明威的自然观念是杂糅的，其没有承认生命之间存在的内在联系，也没有认识到人类怎样在了解和合理利用自然的同时，不给大自然造成破坏。死亡本身也属于物质循环的一种。那些土著人便是通过这种方式和自然和谐相处的，这种情况，让海明威还崇拜的同时还充满了矛盾，海明威离开了自己的国家，通过各种手段寻找大自然的痕迹。并且，海明威从来没有否认过自身拓荒者的身份，在他的作品《非洲的青山》中，其便是通过入侵者的口吻来描述狩猎。海明威也认为白人随意进行土地开发，已经给其他人造成了影响，并且也损害了土地。密西根的森林被毁坏，海明威的感受比较直接，就像其在小说中描述的那样，最后一片净土只剩下非洲了。不过，海明威还认为自己是大自然的保护者，海明威认为大地是会永远存在的，他还发出了英雄能不能像大地一样永存的疑问。这个问题也是海明威一直致力于探索的问题。其实，也正是因为，海明威笔下很多人物为了更好地生存和大自然抗争，甚至会逃避大自然给普通人带来的束缚，这也导致了悲壮结局的出现。当然，在海明威小说中，主人公悲剧结尾不全是因为蔑视大自然，但是很多作品都将人类对

① 徐光春．马克思主义大辞典［M］．武汉：崇文书局，2018：325.

大自然的攻击表现出来。海明威有着属于自己的人生信条，在面对大自然和死亡，海明威还保留了其原始的自然主义。对于海明威而言，死亡是讨厌和残忍的。海明威总是希望能够操纵和控制那些其认为属于敌对力量的东西。

（三）《春潮》中对社会的生态批判

美国是一个工业化程度比较高的国家，资本主义扩张的速度也非常快，机器占领了耕地，而人们失去土地后，也成为工厂的工人。资本主义工业化的推进导致人类社会出现了异化和扭曲变形，这种观念在海明威作品中也有一定的体现。

1925 年，海明威写了《春潮》这部小说，背景也是密歇根州，在少年时期，海明威在那里度过了一段快乐的时光。小说的主人公所处的时间是 20 世纪的 20 年代早期。对于美国而言，那是比较特殊的时期，那十年也是人们所说的“咆哮的二十年代”，在这十年期间，美国工业化发展速度非常快，人们的消费需求和欲望都有了很大的提高，生活方式发生了颠覆的转变，特别是一战后，美国的变化，让青年人产生了迷茫和怀疑，这也导致了迷失一代的出现，海明威也是这样。《春潮》主要揭示了人们精神层面上的陌生感和疏远感。《春潮》中疏远自然也表现在了人们对待动物和土地的态度上，认为自然中的一切都应该服务于人类，只要这个东西对人类有用，那么便可以自由支配这个东西。

《春潮》中的斯克里普斯（Scripps）曾经是个作家，但是随着都市化和工业化的进行，让其失去了创造力和想象力。对于他和他的妻子而言，最开心的事情便是一起喝酒，他们会喝通宵，甚至可能会喝一个星期，但是其妻子觉得这种生活没有任何意义，然后离开了他。在绝望中，斯克里普斯决定离开，去芝加哥找工作。在去芝加哥的路上，斯克里普斯一直想在大环买地，因为那个地区是制造行业以及零售行业的大区。他想通过低价来买进地皮，等到升值后，以高价卖出从而获利。

这种想法是非常可悲的，土地本来是大自然赐给人类的财富，但是现在却成了人们购买的对象，更悲哀的是，斯克里普斯本身是作家，但是其愿望却不是努力写作而是通过倒卖地皮赚钱。对其而言，土地并不是其进行艺术创作的地方，也无法将其灵感激发出来。在其眼中，土地已经丧失了原本的意义，成了人们获利和征服的重要对象。斯克里普斯希望能够通过投资土地获得更多的财物，而其物质至上的观念和贪婪的想法也直观的体现出了那个时期人们对物质财富的追求。

人们进行土地购买的欲望非常强烈，甚至很多印第安人也卖了自己拥有的土地。印第安人是美国土著人，长期以来都和自然相处得比较好，对自然的危害也最小。在 19 世纪中期前，欧洲移民者和印第安人对于自然的理念截然不同，他们甚至进行过一场长久的拉锯战，欧洲移民者为了掠夺大自然而进行战争，而后者为了保护环境而努力。甚至现在的学者都认为印第安人是美洲重要的环保专家。对于印第安人而言，土地是他们的生命，海明威也赞扬过印第安人为了保护土地而进行的各项活动。这点在其作品《非洲的青山》中体现的便比较直观，通过这部作品，可以看到印第安人怎样与自然环境和谐相处。而在海明威作品《春潮》中，因为工业化进程的推进，那些保护土地的印第安人离开了自己的家园，进入城市中。他们本身实在没什么价值，为了获得几串贝壳币，印第安人便将曼哈顿岛卖了，在这部作品中，印第安人对于土地也失去了原本的尊重和依恋，随着工业化进程的推进，人类和大自然失去了彼此的联系。人类对于土地已经不再珍惜，而是滥用土地，那些土地所有者为了自己的利益出租甚至出售自己的土地，将其运用到商业中去。人类为了自己的欲望破坏了大量的土地，并且人类和自然关系也愈加疏远。人们在追求物质财富的过程中，蹂躏和破坏了大自然，特别是不合理地利用和破坏土地让生态环境更加的脆弱。对于这种社会制度导致的生态破坏，海明威的态度是批判。

（四）《士兵之家》中的精神生态危机

在短篇小说《士兵之家》中，来自堪萨斯州的克莱勃斯（Krebs）非常反感战争。虽然当初克莱勃斯参加战争时也充满了激情，但是退伍后，他却感受到了战争没有任何的意义，人们不关心战场上发生的任何事情，并且克莱勃斯也不了解社会中发生的事情，这种情绪让他不安和迷惘。在战争结束后，克莱勃斯不知道自己该做些什么，“镇上的姑娘们比以前更漂亮了，可是他却不想和任何一个恋爱”。克莱勃斯以及失去了信仰和价值观念，这个时候的克莱勃斯已经对任何人和事物没有了兴趣，甚至在其母亲跟他说上帝安排了每一个人的工作，并且在王国中，不存在闲人时，克莱勃斯认为自己和上帝的王国没有任何关系，其也不会给上帝下跪。由此可以发现，克莱勃斯无论是心灵还是精神层面都存在严重的精神危机。其丧失了信仰。在两次世界大战结束后，很多人都失去了以往支撑他们的信仰，传统精神也变得没有任何意义。这像自然环境出现生态危机样，人类也出现了严重的精神危机。

（五）《大双心河》中的精神生态回归

海明威在 1925 年时出版了《在我们的时代里》，在这本书中，海明威第一次写了关于亚当·尼克（Adams Nick）的事情。这部作品包含了 15 个故事，最长的故事是最后一篇，也就是《大双心河》。在 1950 年时，海明威曾经抱怨，《大双心河》的出版时间已经超过了 20 年，但是能够读懂它的人却非常少。从直观上看，《大双心河》的风格非常的朴实，主人公也只有尼克一个，故事讲的也是战结束后，在密歇根尼克的垂钓和野营经历。但是为什么海明威会说读懂它的人比较少呢？事实是，海明威希望能够通过这个故事来表达深层次的含义。从生态学来看，作品能够很好地体现海明威所强调地人和自然间的关系。

在《大双心河》中，尼克在一战结束后回来，身心方面都受到了很严重的打击。而尼克来密歇根的目的也是为了康复。虽然这样，整篇文章中没有出现和战争有关系的内容，也没有正面提到战争带来的破坏和战争本身的残暴。故事的重点也是尼克从欧洲返回后，怎样采取措施努力获得心灵上的安宁和平衡。尼克在回归到河流和大地的过程中，完全将自己的身心放在了野外，从而更好地感受大自然的魅力，并且，逐渐的，尼克也忘记了以往的经历，心境也慢慢地恢复到了正常。

在小说的开头，海明威描写了一系列的物象，比如大火烧过的荒野、被烧去的地表、烧裂的岩石，并通过这些意向来传达经过战争后，尼克受伤的心灵。接下来作者转了自己的笔锋，先进行了故事主题的描述，也就是对于大自然，尼克的爱慕和欣赏。战争以及都市生活的无趣让人们精神更加紧张。但是野外生活却消除了尼克的心理印象，让尼克重新感受到了生命本身的魅力。在野外，尼克的精神获得了平衡。清澈的河水与溪流，水中穿梭的小鱼，尼克忍不住长时间地驻足观看。他都差点忘了自己的存在了。夏天天气很热，尼克觉得肌肉酸痛，但是他还是很乐意爬山，“他感到已把一切都抛在脑后了，不需要思索，不需要写作，不需要干其他任何事了。全都抛到脑后了。”

一般情况下，在现代文明中生活的人很少会关注周围的环境，甚至人们都不关心月亮和太阳。但是当人像尼克一样重新进入到大自然中去的时候，却能够看到更多的东西。主人公尼克受到大自然的吸引，作者甚至进行蚱蜢颜色的描述：“那些蚱蜢为了在烧焦的地面上存活而变成了黑色。”并且，尼克也闻到了树枝的芬芳，在这样的环境中，鲜鱼以及翠鸟都能够较为快乐地生活。“随着那翠鸟在水面上的影子朝上游掠去，一条大鲜鱼朝上游掠去，构成一道长长的弧线”，不同物种之间，不会给对方造成妨碍，并且，它们的关系非常紧密。整篇小说背景仅仅是自然环境，但是在这个环境中，每样事物都有其存在的理由，并且事物之间是相互独立又相互联系的。在这种环境中，人们的精神压力也会逐步消失，人们也能够获得心灵上的欢乐。

在自然美中，尼克的心灵非常欢愉，“他伸展在地上，脖子、背脊和腰部都觉得舒坦，背部贴在地上，感到很惬意”，到了晚上快来临的时候，尼克将工具和帐篷都收了起来，甚至尼克觉得周围和自己的家一样的温馨。他觉得“自己就这样定下来了，什么也动摇不了他，这真是露营的好地方。”第二部开头的时候，尼克爬出了帐篷，看到了早晨的太阳，感受到周围美的尼克非常激动，尼克坐在木头上面吸烟，阳光洒在他的身上，他准备钓鱼，此刻的尼克感觉到失望这种情绪逐渐地远去。甚至，就某种程度而言，这个故事让人们联想到了瓦尔登湖。就像在马克·吐温（Mark Twain）的小说《哈克贝利·费恩历险记》中的哈克贝利（Huckleberry），在其离开现代社会进入到大自然中去时，身心非常的放松。尼克也是如此，其切实感受到了大自然蕴含的美丽和现代社会的堕落。海明威本人十分推崇《哈克贝利·费恩历险记》，认为这是美国文学史上最好的作品。《大双心河》中的那些细节描写也表现出了尼克已经将自己看成了大自然的重要部分，能够和自然很好地相处，并在相处的过程中获得了快乐。这种观念本身是和爱默生（Emerson）一直强调的自然观是相符的。爱默生喜欢让自己深入到大自然中去，感受大自然，并在这个过程中领悟人生。

之所以认为尼克真正地融入进了大自然中去，并和大自然很好地相处，是因为尼克不仅自己深入自然，还对周围的环境和生物非常关心。在烧焦的荒地上，尼克休息的时候，小心翼翼地抓起一只蚱蜢的翅膀，发现这只蚱蜢全身都因为一年前的火灾而变成了黑色，尼克心中顿生无限同情之心，他第一次开了口：“继续飞吧，蚱蜢，飞到别的地方去吧。”在此之前，除了作者通过第三者口吻进行描述外，并没有出现独白或者对话，而尼克的第一句话是在这里出现的，也直接说明了海明威重视强调尼克和自然之间的关系是非常亲密的。

和《老人与海》中详细地描述了老人和鱼之间的搏斗有着明显不同，《大双心河》中描述的尼克的垂钓比较轻松，尼克的垂钓和圣地亚哥也不一样，目的是为了心灵上的恢复。整个小说，写的都是尼克的垂钓和其度过的愉快时光，没有任何破坏自然的内容，并且尼克进行垂钓的描写也是为了让尼克和自然的联系更加密切。并且，人类和大自然一体的，人们可以在不破坏自然平衡的基础上获得自己所需要的材料。每一种生物都有生存和繁衍的权利，人们可以杀生取食，但是必须有节制。尼克希望自己能够钓到大鱼，因为尼克认为小鱼和自己一样属于弱势群体，其也是生态系统的基础，小鱼有理由生存，若是钓上来小鱼的时候，尼克会想要将鱼钩取下，放走小鱼。

在最后，读者发现，虽然尼克一直想要钓到的最大的大鱼逃掉了，但是尼克还是非常满意，因为其他两条比较大的鲜鱼活了下来。尼克也真正地认识到了，垂钓给其带来的快乐已经足够，自己也应该适可而止。所以，尼克的选择是去圆木上抽烟。《大双心河》详细描述了尼克经历的细节，很多读者会认为这种描写是无用和无趣的，甚至有些人批评海明威，认为其没有很好的把握艺术，在尼克身上投入自己的经历比较多，认为这个作品的性质是自传，而不是小说。但是实际却是，正是这些看上去比较琐碎和无趣的细节，将尼克和大自然的和谐友好关系反映了出来。在大自然中，尼克精神状态恢复，并且也没有给大自然造成破坏。也正是借助《大双心河》这篇小说，海明威对人类中心主义进行了否定，将生态系统的地位很好地突出了出来。可见，海明威也是希望能够通过这个作品来告诫人们，要求人们将人类中心主义摒弃，更好地深入到大自然中去，在和大自然交流的过程中，获得心灵的安宁。

二、爱德华·艾比文学作品中的生态意识

在美国生态思想史和世界生态运动史上，爱德华·艾比的重要性与利奥波德、卡森等人完全可以相提并论，特别是随着时间的推移和环境的恶化，艾比的思想远见也愈加体现了出来，人们对其观点也更加的肯定和重视。艾比本身便是一个比较传奇的作家，艾比的个性和创作能力人尽皆知，艾比的生态防卫以及沙漠独居的方式被很多人追随。他揭示了反生态的思想文化根源以及批判唯发展主义受到的生态批评者的关注和研究也在不断增加。他的代表作《大漠孤行》向读者展示艾比对沙漠、对大自然真挚的热爱和对以破坏沙漠为代价的工业化发展的坚决抵制。《大漠孤行》文风朴实，不矫饰、不虚妄的印象主义的写作风格尤为突出。这部作品很好地表达了爱德华·艾比的生态意识。

艾比所处的时代是美国工业化水平急剧提高的时代，现在很多发展中的国家和地区所处的也是这个时代。在快速发展时，生态遭受的破坏也愈加严重。所以，不管是艾比作为个人选择的生存方式以及对自然的认知，还是其作为生态思想家和生态学家倡导的环境行动主义、批判的唯发展主义，都具有重大的启示意义。

（一）自然观和生态存在

自然指的是包含了人类的生命存在本源，特别是当前的生态环境恶化严重每个人都不可能避开思考自然问题。所以生态创作者以及生态批判者都必须思考自然的价值、自然的权利、自然与人类文明关系等一系列的问题。艾比认知自然的基础是其在荒漠中的思考和观察。艾比在大学毕业后，再做好季度性环保工作的同时，开始进行漫游写作。在工作的空闲时间，艾比经常会和自己的朋友去某个河流或者峡谷中旅行，观察原始的环境，深入到大自然中去。艾比有在荒漠中独居的经历，这也让艾比切实认识到了自然“唯一的意义就是它

自身的存在”，这和以往人们对于荒野和沙漠的态度是截然不同的。艾比书写的文字包含的也是他通过感官感受到的自然，并不是人类想象和利用自身意志强加的自然。“除了光影固有的美丽，再没有其他的意义，地球表明的仅仅是其自身，而且那就是全部，那就足够。”自然本身便是具有意义的，自然的存在并不需要人类存在作为基础。自然世界中，万物需要遵循一定的秩序和法则。这种秩序并不是以人类社会为蓝本形成的，相反，在人类建立社会的过程中，模仿了大自然。所以，“从长远的客观来看，自然系统作为一个创生万物的系统，是有内在价值的，人只是它的众多创造物之一，尽管也许是最高级的创造物。自然系统本身就是有价值的，因为它有能力展露一部完整而辉煌的自然史”。

通过认识自然存在的内在价值，艾比也对自然赋予的权利更加关注。艾比对自然万物的维护，出发点并不是悲天悯人，而是真正地认为万物是人类兄弟姐妹般的存在。艾比认为自然本身便是万物共存的，在自然世界中，不管是人类还是其他物种，都有属于自己的情感和意识。艾比也通过自身证明了只要能够真诚地对待对方，不存在伤害和敌视对方的想法，人类便能够很好地和自然万物和谐共存。

世界上所有生物都拥有生存的权利，并且在大自然中，人和其他物种都是平等的，所以，不能够将人类的利益作为衡量标准来衡量事物。艾比认为，人类应该从生态整体出发来反思和约束人类自身的行为。若是人类本身的利益和其他利益出现冲突时，人们可以牺牲一些自己的利益来维护整体的生态利益，只有生态利益能够得到维护，才能够保障人类和其他物种的利益。就以牧场主和狼之间存在的冲突作为例子：为了生存，狼会到牧场上偷吃羔羊，这会给牧羊人利益造成损害。但是艾比认为，“偶尔牺牲一只羔羊，那只不过是为了保证郊狼数量而付出的一点小小的代价而已。羔羊习惯了亘古已久的传统，接受了它们（在食物链上）的位置，不会抱怨；而牧羊人呢，在公地上成群结队地饲养着他们那些肥得流油的家畜，还享受着可观的政府补贴。这么点微乎其微的损失对他们而言不过九牛一毛”。

艾比不仅仅真正地认识到了自然和万物的自为和自在方面的价值，并且也为了大自然的权利而在不断地努力，对人类文明和大自然有着重要意义。他认为，荒野“就如巴赫的音乐、托尔斯泰的小说、科学药物、新生霉素、太空航行、自由恋爱、双料马丁尼酒、无记名投票、私人住宅和财产、公园和公共财产、旅行自由、人权法案、薄荷味牙膏、裸浴沙滩、拥有携带枪支的权利、不拥有不带枪支的权利，以及无数其他叫得出名的东西一样。这些东西有的微不足道，大多极其重要”。所以，若是人类文明失去了大自然，那么人类文明也会失去自己的根基。

艾比的研究也进一步提醒了人们，人们应该摒弃以往对自然的态度，应该真诚和平等地对待自然。这种接触和认知自然的方式和超验主义以及浪漫主义倡导的方式截然不同，此处的接触是从地质学意义出发的真真正正的接触。艾比的沙漠独居也很好地践行了这种观念。艾比认为，只有真正地进入到科罗拉多峡谷，才能够直观地感受到那里的风景；只有亲自参与进去，才能够评判当地的自然风景。沙漠远离现代社会，生活条件也比较差，但是这种条件并没有让艾比放弃体验沙漠生活，他非常乐观和积极地接受了，思考文化的得失，在这个过程中，艾比的灵魂和精神也得到了进一步的完善。

（二）发展观和环保政策

艾比也和马克思一样解释了美国资本主义的本质。对于资本主义而言，发展是其心脏，所以，资本主义的发展本身便是和自然以及生态存在冲突的。“资本主义从理论上看似美好，实则不然，让我们看看周围，它给我们的国家带来了什么？如果再听之任之，它还将给我们带来什么？”过度地重视经济增长，资源的过度开发都导致了生态平衡被打破，新大陆也被发展践踏，以至于最后面目全非。机器的废弃物和建筑建设的废弃物在不断地增加，甚至天空也成为废气粉尘的储藏库，人们很难再见到蓝天。这样的发展不但危害了生态环境，还伤害了人类本身。人类再也无法诗意地栖居，再也无法和谐的和大地自然相处，人类所处的环境非常浑浊，而那些为了让人类获得更好发展的发明，得到的结果却不尽如人意。

对于唯发展主义而言，最严重的问题便是将发展当成目的而不是手段。发展为了什么？为的是能够改善人们的生活、增加人的幸福指数，让人活得更加的幸福和快乐。发展只是手段，而目的则是幸福和快乐。也就是说，发展的目的是给人类提供更好的服务，而不是让人类为发展服务。而唯发展主义则是没完没了的发展的宗教（它和任何宗教一样建立在一个盲目信仰的基础之上）。艾比认为其危害性比较强，并且指出：“为发展而发展是一种癌细胞式的意识形态”，唯发展主义本身便是本末倒置的，甚至可以说是一种“癌症”。并且，唯发展主义提倡的永不停止的增长和癌细胞吞噬人体在本质上是一致的，都是漫无目的地进行各种扩张，而扩张导致的结果也是相同的，那便是宿主的死亡。唯发展主义索取得非常疯狂，地球也像癌症晚期的患者一样，最后必将崩溃。现在人们也没有找到能够将癌症完全治愈的药品，而唯发展主义导致的后果，也必然会给地球上的所有物种带来厄运。但是，现在通过医学已经能够对癌细胞进行控制，推迟人的死亡，那么人类为什么不采取手段来对地球进行理性的控制呢？

唯发展主义认为为了发展可以采取没有任何节制的手段。其信徒唯一的理念便是：发展是好的，更大就更好，最好的就是最大的。根据其想象，人们能够在经济壮大的道路上永无止境地走下去，创造持续增长的国民生产总值，因为发展意味着更多工作、更多银行存款、更多汽车、更多人，而这些反过来又会需求更多工作，更大的经济增长，更快的工业发展。发展能够让人发家致富，社会积累的物质资料也会不断增多，人的生活质量也会有很大的提高。但是，这种螺旋上升的过程在哪里、什么时候、如何能够达到一个理性的（一种稳定、健康而平衡的状态）收尾呢？持有唯发展论观点的人也没有认识到，或者是已经有了认知但是却没有重视这件事情：想要无限地发展，便必须确保地球的资源是无尽的。但是，地球的资源是非常有限的，"如果我们的电力产出继续以每 10 年翻一番的速度增长的话，那么，在不到一个世纪的时间内，美国每一寸地表都将布满矿洞和发电厂，没有任何空间可以留做家园、城市、农场、活动场所，甚至是坟场"。事实这样的残酷，若是面对这样的情况还高呼永无止境的发展，那么人类很容易被毁灭。通过事实也已经证明了，人类因为以前的一些不恰当选择已经伤害到了地球。虽然在短期中很好地满足了人们对物质的欲望，但是长远而言，人类必然会因为自己的行为付出无法承受的代价。人们能够比较直观地看到唯发展主义给人类以及自然生态带来的伤害，它作为一种意识形态是非常可怕的，面对现状艾比很难掩饰自己的忧虑和绝望，但艾比又非常相信自然会比人类存在的时间更长久。

艾比不是只会批判并不懂得怎样进行建立，艾比一直在思考怎样在目前社会体制中最大限度地保护环境。在做公园管理员时，其理性地思考了当时发展非常火爆的旅游观光业。开发商会在国家公园中铺设很多的公路，并以给人们提供方便的名义来发展其他产业，这种情况给国家公园中的生态平衡造成了严重的破坏。当然，想要将旅游业制止是不可能的，这也不现实，这便要求人们思考怎样让旅游业发展的更加合理，在满足人们感受自然愿望的同时，维护景区的原貌。针对这种情况，艾比提出了几点建议：首先，汽车应该禁止进入国家公园，鼓励人们使用其他非机动的工具来代步；其次，在国家公园中，不能够继续修各种公路，若是能够做到禁止汽车入内，那么这点做到便会比较容易；再次，发挥公园管理人员的作用，给游客提供更多的援助和向导，这样前面两条的可行性便会有明显提高。这三点可谓是非常有效的手段，但是在当时并没有受到重视。直到 40 年后，人们才重视了他的观点，并在格兰峡谷国家公园修建的时候，实施了其建议。这也能够将艾比的目光长远体现出来。甚至到了今天，艾比的很多建议的适用性还非常强。

（二）解放大自然

艾比本身便是一个彻底的环境行动主义者，其被人们称为“20 世纪 70 和 80 年代解放自然运动最著名的代言人”，解放大自然的手段是“生态性有益破坏”，也就是生态防卫。

生态防卫本身便是一项比较特殊的事业，不是每一个人都会参与进来。艾比描写的是一些热爱荒野和沙漠的人，这些人为了维护大自然，愿意放弃以往安逸的生活，甚至是放弃自己的生命。这些人知道敌人非常强大，也知道自己非常弱小，更懂得“生态性有意破坏”不是最好的办法，但是他们依旧在坚持着。生态卫士们明白自己能够做到的是非常有限的，但是他们认定自己的事业是正义的，所以一直采取各种措施努力改变现状。

生态防卫并非唯发展论者所理解的“入室行窃、武装抢劫、绑架、毁坏私人财产”的恐怖主义，因为“恐怖主义”作为一种行为，它的定义是将生命置于危险之中，这与有意破坏帮不伤及任何人的首要原则是相冲突的，生态防卫要求执行的人员必须根据不伤及人命的规范和准则进行。并且，艾比也反思了自身的生态防卫，并在这个基础上对生态防卫的道德进行了严格的界定。艾比首先明确了生态防卫所针对的对象是机器，不是人。而生态卫士攻击的对象也不是人，而是那些已经失控的技术。在“有意破坏帮”系列小说和艾比其他所有关于生态防卫的言论中，他一直倡导人们为保护生态而对破坏生态的东西进行有意破坏，而“有意破坏帮”做的也仅仅是将广告牌砸毁、将电线割断、将测量杆拔掉等行为，并没有伤害到人身，所以可以说生态防卫反对的对象并不是人类，采取的措施为的都是人类和地球。

“有意破坏帮”的一些行为惹怒了很多人，并且社会上也出现了很多批判的声音，这些声音大都是来自美国当局和唯发展论者。批判的依据是生态防卫给美国人认为最神圣的私有财产造成了破坏。美国人认为私有财产是神圣的，其价值远在人的生命之上。但是，有意破坏帮破坏的并不是所有美国人的私有财产，而是那些通过机械来侵占荒野、破坏生态的唯发展者的过多财产。生态破坏给人们的生命带来了很大的威胁，艾比也认为将这些机器破坏掉并不会构成犯罪。而想要挑战美国人长期认可的观念，需要的勇气非常大。但是采取的这种手段正是僵化的环境保护运动所需要的。尽管“生态性有意破坏”到现在也是一种争议较大的行为，但是可以确定的是，这种倡导的动机是为了自然为了地球，所以这种行为精神可嘉。

对于生态性有益破坏，艾比的心里也存在一定的矛盾。艾比知道，现在地球面临的危机非常严重，要求人们马上采取手段和行动来拯救地球。但是生态防卫本身也是有利有弊的，虽然能够保护地球，但是也存在很多问题没有办法解决。“如果你攻击某个制度，只会让它更加强大；如果你不攻击它，它又会不择手段地采挖山上的露天矿，在所有的河流中间拦筑大坝，在所有的沙漠里铺路，还要将你扔进监狱里去。”所以，进行生态防卫本身是对错，是否可以取得胜利，艾比也没有给出答案，但是，对于自己选择的道路，艾比一直没有后悔。对于始终存在的两难困境，到现在还经常给人们带来困惑。

艾比将人们的生态合理反抗意识唤醒了，这也给西方民众开展生态保护造成了很大的影响，生态性有意破坏也将一代人保护自然的行动激发了出来，出现了很多的组织。但是也必须认识到，这种生态防卫本身便具有一定的矛盾性和局限性，并且生态防卫产生的背景也比较特殊，并不在所有的国家地区都适用，并且这种方式也比较激进，在一定程度上违背了道德观念以及法律但是，现在地球危机加重，需要人们及时采取措施来拯救地球，并且地球生态的恶化，给人类留的时间也越来越少，人们必须努力地采取手段进行有效保护方式和途径的探索。从这个角度看，艾比生态观念的确具备更强的启示和现实意义。

三、奥尔多·利奥波德文学作品中的生态意识

奥尔多·利奥波德 1887 年生于美国伊荷华州伯灵顿市一个德裔移民家庭。在整个职业生涯中，利奥波德一直研究生态整体主义。利奥波德的“大地伦理”生态主义思想在构建的过程中，思想观念发生了较大的转变，最终确立了生态整体主义观念。20 世纪三四十年代后，利奥波德的思想愈加成熟。1933 年其在《林业杂志》上发表了“自然保护理论”这篇文章，在文章中，其对自己的生态整体主义进行了表述。并且其这个思想在《沙乡年鉴》中进一步得到了完善。并且，他的思想表现则是三个主要方面，分别是“像山那样思考”“荒野的价值”以及“大地伦理”。

（一）像山那样思考

利奥波德的思想吸收了功利主义和其他保护主义者的相关思想，认为人类应该明智和高效地利用自然界，人们应该重视长远利益。其非常喜欢的森林管理的目的也是和功利有关的。但是，利奥波德在西南部从事相关工作后，改变了这种思想。其中促使他放弃功利主义的观点和一件事情有直接关系，这件事情也改变了他的思维模式。利奥波德在《沙乡年鉴》的一篇短文“像山那样思考”中描述到：

我自己对这一点的认识，是自我看见一只狼死去的那一天开始的。当时我

们正在一个高高的峭壁上吃午饭。峭壁下面，一条湍急的河蜿蜒流过。我们看见一只雌鹿——当时我们是这样认为——正在涉过这条急流，它的胸部淹没在白色的水中。当它爬上岸朝向我们，并摇晃着它的尾巴时，我们才发觉我们错了：这是一只狼。另外，还有六只显然是正在发育的小狼也从柳树丛中跑了出来，它们喜气洋洋地摇着尾巴，嬉戏着搅在一起。它们确确实实是一群就在我们的峭壁之下的空地上蠕动和互相碰撞着的狼。

在那些年代，我们还从未听说过会放过打死一只狼的机会那种事。在一秒钟之内，我们就把枪弹上了膛，而且兴奋程度高于准确：怎样往一个陡峭的山坡下瞄准，总是不大清楚的。当我们用完了来复枪膛空了时，那只狼已经倒了下来，一只小狼正拖着一条腿，进入到那无动于衷的静静的岩石中去。当我们来到老狼的所在处，正好看见在它眼中闪烁着的、令人难受的、垂死时的绿光。这时，我察觉到，而且以后一直是这样想，在那双眼睛里，有某种对我来说是新的东西，是某种只有它和这座山才知道的东西。当时我很年轻，而且正是不动扳机就感到手痒的时期。

那时，我总是认为，狼越少，鹿就越多，因此，没有狼的地方就意味着猎人的天堂。但是，在看到那垂死时的绿光时，我感到，无论是狼，或是山，都不会同意这种观点。

狼作为捕食者，真的是“坏”的吗？在早期，梭罗（Thoreau）便进行了扩展传统人类中心主义观点的提出，但是环保运动并没有采纳其建议，而是采纳了平肖（Pinchot）的“明智利用”的观点，认为狼的数量越少，那么猎物便会越多。但是，从生态学出发，狼的存在能够帮助猎物以及其他资源不断地进行自我完善。“当一只被狼拖去的公鹿在两年或三年就可得到补替时，一片被太多的鹿拖疲惫了的草原，可能在几十年里都得不到复原。”所以，对于生态系统，乃至对于鹿群而言，狼也是必须存在的，在生物群落中，任何物种都有其作用和位置，都具备其独有的特殊功能。

“像山那样思考”指的是能够从整体出发、客观的思考，而不是从人自身的立场思考，将“整体论”的思想很好地表现出来。这种思想认为，无论是草木、动植物还是山川河流其本身便是同一个整体的重要组成部分，各个部分之间的联系都比较紧密。这便要求，人类不应该根据人的主观标准来对资源进行好坏的划分，而是应该“像山那样思考”，因为只有大山才真正知道需要什么。这种观点和主张在本质上和整体论思想一致。

（二）荒野的价值

什么是荒野，从字面意义来说便是荒蛮的野地，指的是那些生态规律起主导作用，没有人或虽有人到过、干预过，但没有制约或影响自然规律起主导作用的非人工的陆地自然环境，如原始森林、湿地、草原和野生动物及其生存的基地等。利奥波德认为，荒野是人类从中锤炼出那种被称为文明成品的原材料，荒野本身便是和文化对立的，并且具备不可毁灭的价值。但是，人们在看待荒野价值和对荒野认知方面却没有达成一致。特别是在工业文明时期，人们认为荒野属于被人类征服的对象。人类为休闲而用荒野、为科学而用荒野、为野生动物而用荒野，人们利用荒野来进行文化创造。这种情况下，荒野被人类文化改造，只剩下了残迹。即便是这些残迹，也被人类侵犯。现在，人们已经很难找到真正的荒野了，所有的荒野都在逐步地消亡。最近组织的北极研究所已经开始研究北极荒原工业化，这样很可能会成功地消灭这些荒原这也是最后的呼唤，或许在不久之后，人们就再也无法看到真实的原始森林、硬木林以及低地树林了。

1933 年 1 月，利奥波德与著名的自然科学家马歇尔（Robert Marshal）一起创建了荒野学会，希望能够更好地保护荒野地区。在“像山那样思考”中，利奥波德认为，狼嚎叫的声音中，隐藏的含义更加深刻。并且山能够很好地理解其含义，但是人类很少能够真正地领悟，这便很好地体现了荒野本身的价值。荒野原本便不是来源和构造都一样的原材料，其多样性非常的强，所以这也导致了其最后成品也呈现出多样化的特点。并且其最后体现便是文化的多样性。世界文化是非常丰富的，其也能够将荒野多样性反映出来。利奥波德指出，人们往往认为看不到的荒野对他是没有价值的，因而普遍地认为，一个未曾使用过的偏僻地区对社会是无用的，这种思想本身便是错误的。人们应该维护荒林本身的经济价值，更应该肯定其对于自然界的作用。

万物的发源地便是荒野。荒野对于陆地生态非常重要，在人类产生前，荒野是陆地生态系统的重要表现。就时间而言，荒野也是人类以往的家园；从空间而言，荒野属于人类的重要邻居。荒野能够将人们的历史意识激发出来，让我们真正了解民族起源，让我们明白我们究竟是从哪里来。万物都非常依赖荒野。荒野的存在也能够提醒人们，在相当长的时间中，人们生存依赖的便是荒野，并且人类文明也是以荒野为基础得到发展的，荒野是人类的根，并且荒野还孕育了很多物种，对于荒野人们不应该采取野蛮态度，也不应该说统治和主宰整个大自然，而是应该给大自然足够的尊重。

荒野具有明显的多样性。荒野从来不是一种具有同样来源和构造的原材料。它是极其多样的，因而，由它而产生的最后成品也是多种多样的。这些最后产品的不同被理解为文化。世界文化的丰富多样性反映出了产生它们的荒野的相应多样性。人们采取措施进行生物多样性的保护目的便是为了维护荒野生态的多样性。

简单来说，并不是人类创造了荒野，而是荒野创造了人类。所以，对于还存在的荒野，无论其面积大还是小，都具备其特有的价值。人类的生活是不可能真正离开荒野的。荒野不但是生命源头，也能够帮助人们找回自我。荒野为人类提供种种服务，它对人类的科学、人类的精神、人类的娱乐等均做出过重大贡献，以后还将起到重要作用。

（三）大地伦理

在《沙乡年鉴》中，“大地伦理”是非常重要的组成部分，也是利奥波德生态整体主义的基础。“大地伦理”以故事为开端、以记事的形式对利奥波德的大地伦理整体主义思想进行了较为全面的阐述。

原始社会时期，人们对共同体的理解范围仅仅是本部落或者本民族，所以原始人讲道德的范围是本部落或者民族。但是随着社会的不断进步，共同体的范围也有了明显的扩大，道德关怀的范畴已经扩大到了每一个人的身上。“你想人家怎样待你，你就应该怎样待人”，这也是社会伦理道德的最基本部分。现在，利奥波德则进行“大地共同体”概念的提出。并且随着观念成型，共同体范围也有了明显的扩大，人们道德关怀的范围也在不断扩大，这也转变了人类的地位，人们不再认为自己是征服大地共同体的人，而将自己看成大地共同体的组成部分。这也在一定程度上意味着人类需要给其他生物同伴足够的尊重，也需要尊重整个大地共同体，承担自己的义务。利奥波德曾经指出，人类应该转变自身的角色，不再妄图征服大地共同体，而是应该成为它平等的组成部分。其大地伦理不仅包含对每一个成员的尊敬，也包括对这个共同体本身的尊敬。

利奥波德也谈到过，经济价值的缺乏不但是很多生物种群的特征，也是很多生物群落的特征。以前农场主们只是选择使用那些确实有利可图的措施而忽视那些对共同体有利，同时显然对他们自己无利的措施。若是这些不具备经济型的种类受到一定的威胁，而人们对其又非常喜欢，那么就会想方设法地找出一些托词来使它具有经济上的重要性。但是这种保护主义的基础是孤立的私人经济利益，所以其片面性比较强，若是将单一的经济私利作为目标，将那些大地共同体中不具备商业价值的物种毁掉，那么会让大地共同体不再完整，大地共同体的功能也会出现缺陷。面对这种情况，利奥波德也认为保护主义体系它趋向于忽视，从而也就是最终要灭绝很多在土地共同体中缺乏商业价值，但却是它得以健康运转的基础的成分。它倾向于让政府去实施很多功能，结果这些功能实际上过于巨大，过于复杂，或许还过于分散，从而不能由政府去实施。

其指出人类不应该仅仅看中自然界具备的工具价值，补救的唯一措施，便是要用一种土地伦理观或者某种其他的力量，使私人土地所有者负起更多的义务。所以，利奥波德认为人类应该依赖大地共同体，并承担该承担的责任，要求人们形成“生态良心”，尊重土地。

对于大地伦理的价值标准，利奥波德要求人们必须转变以往实用主义道德评价的手段，合理地调整价值标准。在“大地伦理”最后一节“结语”（the outlook）部分中，利奥波德进行了大地伦理学含义的概括：当一切事情趋向于保持生物群落的完整、稳定和美丽时，它就是正确的，反之则是错误的。此处的完整指的是，生态系统完整性和物种多样性以及二者协调关系；稳定指的是对生态系统复杂结构进行维持，确保其能够进行自我调节和更新；美丽指的是审美意识的一种，此处的审美意识超越了以往的经济利益。三者本身便是三位一体的，属于一个完整的整体，对于大地共同体而言，三者是缺一不可的。通过这段话，利奥波德交代了大地伦理的基本价值准则，并且这也是大地伦理学需要遵循的最基本的准则。

对于土壤、水、植物以及动物等存在物，大地伦理学并没有直接将道德地位赋予它们，而是认为生物共同体的完整、稳定以及美丽是善的最高状态。只有生物共同体真正的好，才能够对其构成部分的相对价值进行确定，对部分之间的冲突进行裁定。所以，在这种道德观点下，所有的生物都是共同体中的重要组成部分，没有高低卑劣之分。“在有利于或无损于生态系统的完整、稳定和美丽的情况下，食肉类捕食食草类，食草类吃树叶和草，人捕食动物，燃烧木材取暖，都不为错。橡树是生命共同体中光荣一员，但它也被用以烧火。一棵橡树死了，但其他物种因此而受益。在一种和谐而稳定的联系中，共同体的每一个成员都是其他成员生命得以延续的资源。系统的健康则在于其长期的完整和稳定。”利奥波德提倡生态整体主义，其认为在环境问题解决时，不应该仅仅从人类的利益出发，必须认可生态系统本身的整体价值，从而维持生态系统本身的完整性、稳定性。但是在这个过程中，必然会产生一个重要问题，也就是在物种个体价值保护和共同体价值维护出现矛盾时，应该怎样权衡二者。对于这个问题，利奥波德的回答是肯定的，其认为在维护共同体价值的同时，也必须重视个体价值的肯定和维护。共同体是多个生命个体构成的，想要维护共同体便必须确保能量流动的有序性，只有食物链真正的完整，那么共同体结构才可能真正完整，在肯定共同体整体价值的同时，也包含了肯定个体成员价值。利奥波德也认为必须重视每一种生物的保护，认可其价值，如承认鸟儿就生物的权利的角度来说，也是应该继续存在的，而不论它们是否对我们有经济上的利益。这种情况下，大地伦理理论也不需要完全否定个体生命受到的伤害。

利奥波德大地伦理学的原则主要包含了三点：首先，人和自然关系属于伦理关系；其次，各种生物都是生物共同体的组成部分，从外延上看道德共同体和生物共同体是相等的；最后，在共同体中，评价善恶应该根据下面原则进行：当一个事物有助于保护生物共同体的和谐、稳定和美丽的时候，它就是正确的，当它走向反面时，就是错误的。大地伦理学在生态学整体观念的基础上，进行了共同体边界的扩大，人在自然的地位也有了一定的改变，进行了新伦理价值尺度的确定，其属于整体主义的生态伦理学，认为为了整体的“好”可以牺牲个体的“好”，并被誉为是“环境保护圈内的圣经”。

四、蕾切尔·卡森文学作品中的生态意识

蕾切尔·卡森，海洋学家，生态文学作家，人类环境保护先驱之一。卡森出生于美国匹兹堡市外一个小镇，宾夕法尼亚女子学院本科毕业，霍普金斯大学硕士毕业。

1935—1952 年供职于美国联邦政府所属的鱼类及野生生物调查所，这使她有机会了解和深刻感受环境问题。在此期间，她写了《在海风下》《环绕我们的海洋》和《海的边缘》等关注海洋生态的书。1958 年，卡森的一位朋友来信说，因为前一年飞机喷洒杀虫剂致使她家后院饲养的鸟都死了。这位朋友所讲的环境灾害坚定了卡森用文字讲述环境问题、投身环保事业的决心。1962 年，卡森出版了惊世之作《寂静的春天》。书中关于农药危害的文字遭到农药化工集团、农业部门乃至美国医学协会的猛烈抨击。1963 年，美国总统肯尼迪（Kennedy）任命的一个特别委员会调查发现，蕾切尔·卡森的结论是正确的。国会立即召开听证会，很快，40 多个提案在美国各州通过立法以限制杀虫剂的使用，DDT 等许多农药被禁止生产。在《寂静的春天》的影响下，美国民间环保组织和美国环境保护局应运而生，生态文学的旗帜就此被高举，人类环境保护的新时代就此开启。1964 年，蕾切尔去世后，美国内政部在她曾经生活过的缅因州设立“蕾切尔·卡森国家野生动物保护区”。1980 年时任美国总统的卡特为蕾切尔追赠“总统自由奖章”，这是美国政府颁给人民的最高荣誉。

在《寂静的春天》里，卡森说，地球生命的历史是生物及其周围环境相互作用的历史，植物与动物都生存在一个自然的生态规律中。人类对自然的破坏太厉害，“在人对环境的所有袭击中最令人震惊的是空气、土地、河流以及大海受到了危险的甚至致命物质的污染。这种污染在很大程度上是难以恢复的，它不仅进入了生命赖以生存的世界，而且也进入了生物组织内。这一邪恶

的环链在很大程度上是无法逆转的。在当前这种环境的普遍污染中，在改变大自然及其生命本性的过程中，化学药品起着有害的作用，它们至少可以与放射性危害相提并论。在核爆炸中所释放的锶，会随着雨水和飘尘争先恐后地降落到地面，停驻在土壤里，然后进入其生长的草、谷物或小麦里，并不断进入到人类的骨头里”。杀虫剂“不应该叫作‘杀虫剂’而应称为杀生剂”，因为它会杀死所有生命。“一些自称为我们人类未来的设计师们，曾兴奋地预期总有一天能随心设计改变人类细胞原生质，但是现在我们出于疏忽大意就可以轻易做到这一点。”我们为什么要生活在一个被毒化的环境中，我们为什么要把命运交给逆天而行的科学家？合成化学药物不仅能毒害生物，而且能进入体内最要害的生理过程中，并常常使这些生理过程产生致命的恶变。杀虫剂、除草剂的主要化学元素是砷，砷是一种剧毒无机物质，是第一个被确定的致癌物，是最通常的杀人剂。砷污染的环境导致马、牛、羊、猪、鱼、鹿和蜜蜂等动物死亡。但在被化工集体利益控制的现代社会，大量含砷的喷雾剂、粉剂类药物的毒恶本质被无限淡化和遮掩，它们以人类大救星的面目，以最常见的方式在人类生活的各个角落被广泛使用。

进入水系的污染太多了，有从反应堆、实验室和医院排出的放射性废物，有原子核爆炸的散落物，有从城镇排出的家庭废物，还有从工厂排出的化学废物等，还有专门制造出来屠杀生态系统的化学喷洒物。大量化学合成物与各种废物涌入河流，会产生无数不可思议的新的化学合成物。1943 年，位于丹佛附近一个化学兵工厂排放的氯化物、氯酸盐、磷酸盐、氟化物和砷等严重污染了周围生态。而更糟的是，他们发现了一种叫 2，4-D 的化学合成物，而这种合成物不是该厂生产的。后来发现，该化学合成物竟然是该厂排放的混杂污染物在自然状态下自发合成的。

土壤中最小的有机体可能也是最重要的有机体，一茶勺的表层土会含亿万个细菌，细菌是动植物腐烂的主要原因，若没有这些生命体的存在，地表生命的循环就会终止。各类农药与化肥对土壤来说意味着循环终止和死亡。研究表明，七氯、六氯联苯等都会在破坏植物根系的循环，杀死土壤之后，其本身在土壤中长期驻留。土壤中的这些残留不断累积，对所有生命注定是一场灾难。化工集团和政府利益集体在光天化日之下隐瞒真相制造灾难。20 世纪 50 年代，100 多万亩土地的鼠尾草被按计划喷洒农药予以消灭，随之绝迹的是以鼠尾草为食的松鸡、羚羊、柳树、海狸等。美国南部约 7500 万英亩的土地被化学喷药处理，1949 年后的 10 年间，用灭草剂处理土地 5300 万英亩，用除草剂治理灌木，对大自然的破坏非常严重，许多植物变形、枯萎、大面积死亡。利益集团宣传说：这种药粉对于人是无害的，也不会使植物和兽类受害。面对质问者，利益集团展示儿童们吃早餐的大餐厅猛烈喷洒本色烟雾的药剂“而根本无害”的广告画面，得意洋洋地宣扬说：告诉观众他们现在看到的是怎么回事，并通知他们这一切是安全的。于是，“无害”的杀虫剂药粉像白雪一样撒向大地和地上的生命。几天后，人们发现凡在撒过药的地方的鸟儿实际上已被消灭光了。1959 年，因为喷洒农药，仅一个村子就有 1000 只鸟儿中毒，知更鸟等 90 多种其他鸟类罹难，而喷过药的村子筑巢鸟儿减少了 90%，20 余种地面寻食鸟儿死亡。知更鸟与美国榆树的命运休戚相关，大西洋岸到洛杉矶山脉，这种榆树成了历史的组成部分，它以庄严的绿色拱道装扮了街道、村舍和校园。后来，因为喷洒农药，这种榆树奄奄一息。卡森问：人类为什么要允许这种屠杀事件发生？

化学药物的广泛使用对鸟类、鱼类、动植物的残杀根本成了不必要的破坏，正常情况下，自然生长的植物根本不需要人的干预，森林、草原、江河、湖泊和湿地等原初的自然状态无比和谐，无比健康，无比美丽。许多地方根本就没有虫子，在化工利益集团操纵下，化工产品在光天化日之下被无事生非地滥用，大量使用的唯一原因是卖掉产品赚钱。喷洒杀虫剂的另一大卑鄙恶果是，虫子的天敌被毒死，那么，下一季虫害发作时，化工集团的毒杀反而名正言顺了，他们终于以“大救星”的面目合理地出现了。这就是化工集团以无理的屠杀手段开辟合理的屠杀市场进而使得人们越来越离不开它的内在逻辑。

最好的办法依然是大自然原有的古老法则，比如加拿大森林保护中防止锯齿蝇蛹对森林的伤害，就是让白脚鼠、地鼠与鼷鼠等虫类天敌自然生存于森林，就是让森林自由生长，就是收敛人为干预。

在美国，《寂静的春天》成了当时正在出现的环境运动的奠基石之一，并且在由国家公园式的自然保护的视角向关注污染的视角转变的过程中，发挥了主要的作用。事实上，这本书迅速传遍全球，开启了全人类环境关怀的新时代。

参考文献

[1] 毕晟．生态视域下的英美文学研究［M］．成都：四川大学出版社，2018.

[2] 陈磊，唐琛，袁媛．英美文学与翻译研究［M］．东北师范大学出版社，2016.

[3] 陈敏，郗海燕，姚燕萍．英美文学与翻译实践研究［M］．北京：团结出版社，2017.

[4] 陈倩．基于生态思想的英美文学多维研究［M］．北京：中国农业出版社，2020.

[5] 陈小红．什么是文学的生态批评［M］．上海：上海外语教育出版社，2013.

[6] 陈燕琼．英美文学作品的时代使命［M］．长春：吉林出版集团股份有限公司，2020.

[7] 戴桂玉．生态女性主义视角下主体身份研究——解读美国文学作品主体身份建构［M］．北京：中国社会科学出版社，2013.

[8] 杜井娜．英美文学中的生态批评认识［J］．参花（上），2018（12）．

[9] 杜业艳．超越妇女主义——艾丽斯·沃克创作生态诗学研究［M］．徐州：中国矿业大学出版社有限责任公司，2016.

[10] 方兰兰，张亮，张运．英美文学与翻译研究［M］．长春：吉林美术出版社，2017.

[11] 方丽．绿色的文化批评：英国生态批评考评［J］．国外文学，2013，33（1）．

[12] 胡庚申．生态翻译学——建构与诠释［M］．北京：商务印书馆，2013.

[13] 胡庚申，宋志平，孟凡君，蒋骁华．生态翻译学研究［M］．北京：外语教学与研究出版社，2014.

[14] 胡光华．英美文学翻译教学研究［M］．哈尔滨：黑龙江人民出版社，2019.

[15] 胡海青．美国生态文学思想研究［M］．北京：中国文史出版社，2015.

[16] 华媛媛．美国生态女性主义文学批评研究［M］．北京：人民文学出版社，2014.

[17] 黄发洋．英美文学与翻译实践研究［M］．长春：吉林出版集团股份有限公司，2019.

[18] 黄新恺．哈代笔下女性悲剧的生态女性主义解读［D］．南昌：南昌大学，2007.

[19] 黄吟，关立红，孙兵．英美文学翻译与批评［M］．北京：北京理工大学出版社，2014.

[20] 贾延玲，于一鸣，王树杰．生态翻译学与文学翻译研究［M］．长春：吉林大学出版社，2017.

[21] 蒋兴君，游子．英美文学与翻译研究［M］．长春：吉林大学出版社，2017.

[22] 李鸿雁，马辉．解析英美生态文学中的“回归”主题［J］．学理论，2015（18）.

[23] 李霖，韩笑，王玲．英美生态文学理论研究［M］．长春：东北师范大学出版社，2019.

[24] 李美华．英国生态文学［M］．上海：学林出版社，2008.

[25] 李小青．永恒的追求与探索——英国乌托邦文学的嬗变［M］．成都：四川大学出版社，2010.

[26] 梁彩群．美国当代文学的生态解读［M］．长春：吉林文史出版社，2017.

[27] 梁静．英美文学翻译理论与策略研究［M］．北京：现代出版社，2018.

[28] 刘丹齐．美国生态文学简读［M］．哈尔滨：黑龙江人民出版社，2017.

[29] 刘丽明．生态主义视域下的美国现代文学解读［M］．北京：经济日报出版社，2017.

[30] 刘小勤，孙锐．19-20世纪美国生态文学批评［M］．北京：中央编译出版社，2017.

[31] 刘玉琢．翻译生态环境下英美文学作品翻译的顺应与选择［J］．短篇小说（原创版），2016（20）.

[32] 卢春林．英美文学与翻译实践研究［M］．北京/西安：世界图书出版公司，2017.

[33] 卢德春．女性视角的英美文学研究［M］．北京：中国商务出版社，2018.

[34] 卢玉娜．英美文学经典作品主题与特色研究［M］．长春：吉林大学出版

社，2018.
[35] 鲁春芳．神圣自然：英国浪漫主义诗歌的生态伦理思想［M］．杭州：浙江大学出版社，2009.
[36] 马军红．美国生态文学在中国的译介研究［J］．中国翻译，2015，36（4）．
[37] 马若飞．论英美生态文学的浪漫传统［J］．石河子大学学报（哲学社会科学版），2007（4）．
[38] 马若飞．英美生态文学的浪漫传统［J］．北京工业大学学报（社会科学版），2007（3）．
[39] 苗福光．文学生态学——为了濒危的星球［M］．上海：复旦大学出版社，2015.
[40] 彭杰．生态主义视阈下的英美文学研究［M］．长春：吉林大学出版社，2016.
[41] 平．英美文学教程与作品赏析［M］．北京：原子能出版社，2020.
[42] 齐心．多维视角下英美女性文学研究［M］．长春：吉林大学出版社，2020.
[43] 乔国强．美国文学批评史［M］．上海：上海外语教育出版社，2019.
[44] 苏焕莉．文化研究视野中的英美文学［M］．成都：四川大学出版社，2019.
[45] 孙乔，顾晓乔．张爱玲翻译生态环境下的英美文学翻译［J］．兰台世界，2015（7）．
[46] 唐晶，李静．生态女性主义文学研究［M］．北京：中国社会科学出版社，2019.
[47] 唐思齐．英美文学与作品鉴赏［M］．长春：吉林出版集团股份有限公司，2019.
[48] 汪凡凡．美国生态文学研究［M］．长春：吉林大学出版社，2016.
[49] 王扉．英美生态文学中的回归主题研究［J］．中国市场，2016（8）．
[50] 王卫新，隋晓荻．英国文学批评史［M］．上海：上海外语教育出版社，2012.
[51] 王孝会，李晓冉，吴雁汶．英美女性文学研究［M］．长春：吉林文史出版社，2019.
[52] 王孝会．现当代英美生态文学的嬗变与现实映射［J］．学园，2017（13）．
[53] 王育烽．生态批评视阈下的美国现当代文学［M］．济南：山东大学出版社，2013.
[54] 温晶晶．19 世纪英国女性文学生态伦理批评［M］．北京：国防工业出版

社，2015.
［55］夏光武．美国生态文学［M］．上海：学林出版社，2009.
［56］徐鹰．从生态翻译学角度看余光中译《老人与海》［J］．剑南文学（经典教苑），2013（8）.
［57］颜佳乐．从生态批评视角解读美国文学作品——以《麦田里的守望者》为例［J］．青年文学家，2020（5）.
［58］杨苗．英美文学理论研究［M］．长春：吉林出版集团股份有限公司，2020.
［59］杨艳春．斯坦贝克的生态女性主义思想研究［D］．哈尔滨：黑龙江大学，2011.
［60］张惠玲．基于生态批评视角的英国浪漫主义文学探究［J］．短篇小说（原创版），2012（22）.
［61］张慧荣．后殖民生态批评视角下的当代美国印第安英语小说研究［M］．苏州：苏州大学出版社，2018.
［62］张建春．生态批评视角下的20世纪英国文学研究［M］．北京：中国文联出版社，2017.
［63］张群．多丽丝·莱辛在中国的译介与接受［D］．兰州：西北师范大学，2019.
［64］张晓丽．英美文学赏析新视野［M］．长春：吉林大学出版社，2020.
［65］张玥，黄剑锋．张爱玲《老人与海》译本的生态翻译学解读［J］．淮海工学院学报（人文社会科学版），2015（11）.
［66］赵钦．生态女性主义视角下的多丽丝·莱辛科幻作品研究［D］．合肥：安徽大学，2019.
［67］周慧霞．英美文学的生态维度研究［M］．北京：中国国际广播出版社，2017.
［68］周建新．英美文学与文化［M］．广州：华南理工大学出版社，2019.
［69］周洁琼，韦振华．张爱玲与英美文学研究［M］．北京：北京工业大学出版社，2019.
［70］周淞琼．英美文学与翻译研究［M］．西安：西安交通大学出版社，2017.
［71］朱红．基于多元视角的英美文学研究［M］．长春：吉林出版集团股份有限公司，2019.
［72］朱新福．美国文学中的生态思想研究［M］．苏州：苏州大学出版社，2006.